ANNE
STUART

神秘軍火商的追殺令

原書名：黑色的冰

安妮・史都華（Anne Stuart）◎著
洪世民◎譯

故事大綱

這份兼差的工作真要人命。

工資僅足餬口的美國女孩雪若．安德伍在巴黎的出版社擔任童書的翻譯，她無聊到願意付出一切的代價來換取刺激和熱情——甚至一些些的危險。所以當朋友提供一個報酬豐厚的打工機會：週末去偏僻的莊園為商業會議擔任口譯；她馬上把握這求新求變的機會。

然後雪若無意中發現她的雇主表面為企業家，其實另有身分，而她意外地知道了太多事情。她的服務對象是一群非法軍火商，而且其中一人奉命要殺她。但雪若因為伯勤．杜森的搭救而逃過一劫，旋即發現自己正和她所見過最可怕又最誘人的男士一起逃命。他的動機是什麼？而她能活著見到真相大白的一刻嗎？

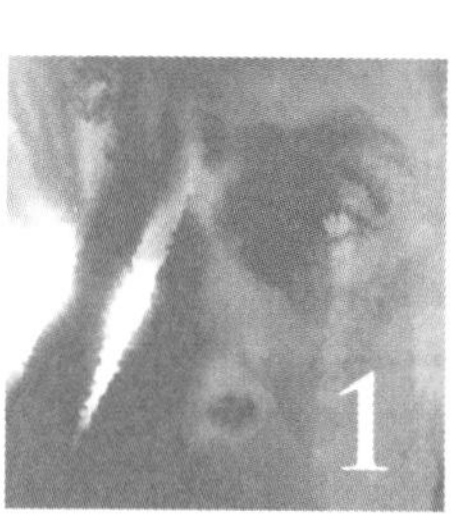
1

大家都說巴黎的春天美不勝收，緊裹著外套走過街上的雪若．安德伍心想，其實巴黎的冬季才是最美的。時序進入十二月初，葉已落盡，空氣清冷、爽朗，討厭的觀光客少了許多，總算讓巴黎的市民能有自己的生活。今年八月的時候，雪若曾自問為何遠離愛她的家人來到三千哩外的地方；但冬天一到，她來歐洲的原因就在眼前。

她多麼希望能跟法國人一樣，每逢八月就把巴黎丟給觀光客，但她目前的工作連餬口都成問題，哪敢妄想休假、醫療之類的福利。能找到工作已經運氣很好了。她常覺得，能以不算非法的身分留在法國已是萬幸，即使必須和另一個毫無責任感的外國人合租一小間沒有電梯的公寓。

雪若的室友希維亞，老是忘記繳她應該支付的一半房租，她也一輩子沒掃過公寓的地，而且每件家具與所有平面上都堆滿衣物。不過，她跟雪若都穿八號的衣服，而且很樂於把衣服借給雪若穿。希維亞一心一意想要嫁個有錢的法國人，為了達成心願，她幾乎每天晚上都不在家，雪若的呼吸空間因此多了許多。

事實上，雪若目前這份翻譯童書的差事，也是希維亞幫她找的。希維亞在勞倫兄弟出版社工作已有兩年，負責把一些間諜小說和驚悚小說從英文翻譯為法文。為保住飯碗和差強人意的薪水，她和中年的勞倫三兄弟都上過床。

童書的稿費更低，雪若又是按件計酬，但至少她不必向家人要錢，也無須動用祖父母留給她的信託基金。她的父母也不贊成她動用，因為那筆錢本來就指定做為她的教育基金，而在巴黎從事一份卑微的翻譯工作，絕對稱不上是「繼續接受教育」。

若非身為外國人，她一定可以找到更有挑戰性的工作。她精通法語，且義、西、德語流利，還略懂瑞典語和俄語，連阿拉伯語和日語都能說上幾句。她喜愛文字，更愛烹飪，不過廚藝的天分似乎不高，至少這是她被藍帶烹飪學校淘汰的理由。他們說，初學者的想像力不應該那麼豐富，不夠尊重傳統。

雪若向來不怎麼尊重傳統，包括家人都當醫生的家族傳統。她在北卡羅萊納州的家人有五位醫生：當內科醫生的爸媽，兩個哥哥是外科醫生，姊姊則是麻醉科醫師。他們至今仍不願相信雪若不想學醫，對她一見到血就想吐的事實完全不予理會。

除非雪若投降、乖乖去念醫學院，否則她不會去碰那一小筆專款。然而，除非太陽從西邊出來，否則投降的那一天永遠不會來臨。

在那之前，光用通心粉和新鮮蔬菜她也變得出許多佳餚；況且多走路可以使碳水化合物不致大量囤積，不過它們似乎還是喜歡囤積在她的臀部。二十三歲了，她的身材不可能回復少女的苗條，而看來她永遠也休想擁有法國女人嬌美的的體態。連英國室友希維亞具備的時尚感，她也付之闕如。她穿得下希維亞的衣裳，但始終展現不出那種傲慢又俏皮的神采；或許是她的臀部大了點。

勞倫兄弟出版社位於蒙馬特區一棟老房子的三樓。今天雪若又是第一個到，她沖了壺愛喝的濃咖啡，冰冷的雙手握著馬克杯走到窗前，俯瞰底下熙來攘往的街道。三兄弟不會讓暖氣開著過夜，而雪若資歷太淺，不准動空調，所以她早已懂得多放件厚毛衣在狹小的座位，以供保暖。

她沒有心情工作——天氣如此晴朗，四周老房子上頭的天空一片蔚藍。不知怎地，她就是對《勇敢雪貂芙羅娜》的冒險，提不起任何興趣。既沒有性愛，又沒有暴力，這本書真無趣，她沈思著。只有一隻骨瘦如柴、穿著粉紅芭蕾舞裙的齧齒動物拙劣地說教，鼓吹美國共和黨自鳴得意的價值觀。她巴不得芙羅娜扯下紗裙，跳入那隻對她秋波頻送的卑鄙黃鼠狼懷中。但芙羅娜絕不會如此屈就。

雪若淺嚐一口濃如信仰、甜如愛情、黑似罪惡的咖啡。似乎要開始抽菸才算真正的巴黎人，但就算故意要跟父母唱反調，她也不願用抽菸自我傷害。況且，當她遠在三千哩外的時候，父母其實已經沒那麼討厭了。

再一個鐘頭才會有人進辦公室，浪費寶貴的幾分鐘再去翻譯無聊的芙羅娜，也不會有人知道或在意。也難怪她那麼討厭芙羅娜，或許她的真實生活也需要多點性愛和暴力。

許願要慎重唷！有個微弱的聲音在腦海嘮叨，但雪若充耳不聞，一口氣把咖啡喝光。她已整整十個月沒有性生活，而且前一段戀情是那麼乏善可陳，絲毫激不起再找個男友的動力。也不是說克勞迪不好，他自認是調情高手，輕易便能讓生嫩的美國女人神魂顛倒。但她沒有。

缺少暴力應該不打緊，畢竟暴力常跟血同時出現，而她一見到血就想吐。她一輩子也沒碰過幾次真正的暴力。一來家人保護得無微不至，再者她為人處事向來謹慎：例如她絕不會在晚間到危險的地方遊蕩，一向小心門戶，並在穿越巴黎的奪命馬路之前，必定先左顧右盼才快步通過。

別再痴心妄想了，繼續窩在那間清冷的小公寓、度過另一個平凡的冬季吧！吃吃通心粉、翻譯《勇敢雪貂芙羅娜》以及《橘子布魯斯》，雖然她還是不明白一顆橘子怎會有生命。或許這就是《芙羅娜》遲遲無法完工的原因，畢竟柑橘的世界將更難以理解。

她遲早會找個新的情人。等希維亞釣到金龜婿搬走後，她就可以找個文質彬彬、戴鋼絲邊眼鏡、身材清瘦又懂得欣賞實驗式烹飪的法國男子同居。

但此時此刻，勇敢的小雪貂和這份必須一直想出法文同義詞的爛差事，還在等她埋頭苦幹呢！

希維亞的聲音比人先到，聽那昂貴的高跟鞋踩上樓梯，還有鮮紅小口的喃喃抱怨，準是她沒錯。問題是，希維亞怎會這麼早來？她平常至少要三個小時之後才會姍姍來遲呢！

門砰地打開，希維亞杵在那裡喘氣，頭髮一根也不亂，妝一點也沒花。「妳在這裡！」她大叫。

「不然我要在哪裡，」雪若說：「要喝杯咖啡嗎？」

「沒時間喝咖啡了，真是的！雪若，妳一定要幫我，不然我就死定了。」

雪若眨眨眼，幸好她對希維亞誇張的表達方式早已習以為常。「怎麼回事？」

希維亞楞在那裡，一臉的不悅。「我是認真的，雪若！妳如果不幫我，我……我真的不曉得該怎麼辦。」

她拖著一只大行李箱上樓，難怪聲音那麼大。「妳要去哪裡？要我怎樣掩護妳？」雪若認命地問。那行李箱裝得下一般人半個月的行頭，但若是希維亞的錦衣華服，大概只夠穿用三、四天。獨享公寓三、四天，而且不必跟在某人後面收拾東西。她還可以打開窗戶讓空氣流通，不用怕有人抱怨天氣太冷。嗯！她很樂意伸出援手。

「我哪裡也不去，是妳要出門。」

雪若又眨眨眼。「而那件行李？」

「是我幫妳打包好的衣物。妳知道妳的東西根本不能看，我放了所有我認為合適的衣服，除了那件皮大衣。妳不可能奢望我捨棄它。」她突然實際起來。

「我才不奢望妳捨棄什麼，我哪裡也不去。妳要我怎樣跟勞倫兄弟他們交代？」

「那個我來，我會掩護妳。」希維亞看看她。「妳身上的衣服還算體面，但如果是我，我會拿掉那條圍巾。妳很快就會適應的。」

不祥的預感油然而生。「適應什麼？請妳先深呼吸，告訴我妳需要我做什麼，我再看能不能幫妳。」

「妳非幫不可，」希維亞的口氣斬釘截鐵。「我剛說過，妳若不幫我……」

「妳就死定了，」雪若替她說完。「妳到底要我做什麼？」

希維亞如釋重負。「也不是什麼太麻煩的事，只需要到鄉下一座美麗的莊園住幾天，幫一群進口商當翻譯，撈進一些鈔票，接受許多傭人的服侍而已。妳可以享受美食、欣賞美景，唯一的缺點是必須應付一群無聊的商人。妳還可以盛裝出席晚宴，賺很多錢，跟妳看上眼的人調情。妳應該感謝我賜予妳這個千載難逢的機會。」

希維亞就是這樣，幫她忙還欠她人情。「那妳到底為什麼要賜予我這個千載難逢的機會？」

「因為我答應亨利，這個週末要去拉斐爾陪他。」

「哪個亨利？」

「亨利．布萊斯．梅里曼。梅里曼煉油公司的繼承人之一。多金、英俊、迷人、床上功夫了得，而且愛慕我。」

「多大年紀？」

「六十七。」希維亞毫無愧色地說。

「已婚？」

「當然沒有！我是很有原則的。」

「只要有錢、單身，還在呼吸就可以，」雪若說：「我什麼時候上路？」

「車子過來接妳了。他們以為是要接我，但我已經打電話過去解釋，說妳將代替我去。他們只是需要一個能把法文翻譯成英文、再把英文翻譯成法文的人，這對妳而言根本是小事一樁。」

「可是，希維亞……」

「拜託啦，雪若！求求妳嘛！我如果失約，以後就很難找到翻譯的工作了。亨利還不夠可靠，我仍得利用週末兼差才夠開銷，妳又不是不知道勞倫三兄弟給的薪水根本就不夠用。」

「妳的薪水已經是我的兩倍了。」

「所以妳更需要這筆錢，」希維亞死皮賴臉地說：「拜託啦！雪若，去嘛！換個胃口，狂野、危險一下嘛！妳需要去鄉下住幾天。」

「狂野？危險？跟一群商人？我不覺得有這種可能。」

「想想那些山珍海味。」

「賤招。」雪若逐漸開心起來。

「他們說不定會有健身房，舊莊園改建的會議中心通常都附設有健身房，不必擔心屁股變大。」

「賤招加一級。」雪若十分後悔曾向她吐露對身材的煩惱。

「拜託啦！雪若，」希維亞哄她。「妳想去的，妳會玩得很開心，那不像妳想的那麼無聊。說不定等妳回來，我們就可以一起慶祝我的訂婚囉！」

鬼才相信。「我什麼時候出發？」

希維亞難掩得意，她對自己的口才一向很有信心。「精彩的就在這裡，豪華轎車可能已經在樓下等妳了。妳到那邊後找哈金先生，他會告訴妳怎麼做。」

「哈金？我的阿拉伯語可沒那麼好。」

「不是跟妳說過，全部都是法翻英、英翻法而已，進口商或許來自很多國家，但全都會講英語或者法語。沒問題的，雪若，什麼都難不倒妳。」

「賤招加兩級，」雪若說。「我有時間……」

「沒時間了，現在八點三十三分，轎車應該八點半就到了，這些人向來準時。請妳稍微化個妝，我們就下樓吧！」

「我化好妝了啊！」

希維亞誇張地嘆了一口氣。「那樣不行啦！跟我來，我幫妳補幾筆。」她拉起她的手，想把她拖去洗手間。

「我不要補妝。」雪若抽出手表示抗議。

「他們付妳七百歐元的日薪，只要妳動動美麗的嘴。」

雪若重新握住希維亞的手。「幫我補妝吧！」她屈服了，跟著希維亞走入辦公室另一邊的小廁所。

——＊＊＊——＊＊＊——

伯勤．杜森點了根菸，愉快地深吸一口。除了這個名字，他還有薩伯勤．杜森、尚馬克．馬索、傑福瑞．皮爾賓、卡洛斯．聖塔利亞、瓦德米．布喬、威爾罕．麥諾等十幾個身分。前三份工作不能抽菸，但他也從善如流。他從不向弱點屈服，也很少為上癮、痛苦、折磨或心軟所動。若情勢需要，他可以偶爾發發慈悲，但通常眼也不眨地執行正義，做該做的事。

他不需要香菸，但他喜歡抽菸，一如他喜歡以美酒佐餐，以及喝幾杯別人以為可以讓他變得口無遮攔的威士忌。那時，他也會順勢洩露一點情報，讓事情順利進展。伏特加的效果也不錯，但他偏愛蘇格蘭威士忌，尤其喜歡在工作告一段落時，菸、酒一起享受。

這次的任務花了比較長的時間。早在兩年多前，他們已開始為他的身分鋪路；十一個月前他正式上場時，對一切已駕輕就熟。他向來很有耐心，深諳伺機而動的道理。想到事情即將告一段落，除了冷冷的滿足，他相信他會很懷念伯勤．杜森這個身分。

如今他已非常習慣伯勤的性格：不著痕跡的法國式魅力，敏銳、機智而冷酷，喜歡女人。比起之前，伯勤更常和女人上床。性也是他收放自如的嗜好之一，另一項來者不拒的樂趣。他應該有個妻子在馬賽，不過那無關緊要。他認識的男人大多都有妻小在母國，靠他們的工作酬勞過著幸福、快樂的日子。

他和這些人都是貿易商。他們從中東進口水果，從澳洲進口牛肉，或輸入軍火，賣給出價最高的人。

至少這次不是毒品，走私海洛因總令他不安。但他大可不必如此多愁善感，吸毒起碼是人們自己的選擇，而被他所販賣的武器射殺，則肯定不是。他對毒品的反應一定跟他早年的生活有關，只是那已經久到幾乎記不得了。

清冷、爽朗的一個冬天，空氣中隱約飄來蘋果的香味，園丁在大屋前的院子耙掃樹葉，規律的聲音像首催眠曲。在這裡工作的人，寬鬆的衣服裡面大都藏有武器，半自動機槍或烏茲衝鋒槍。那些武器或許就是他進口的。

如果被那些武器之一殺死，該是多大的笑話。

他隨手把菸扔在地上，踩熄。會有人來把煙蒂清掉，正如那些人一旦接獲指令，也會沉著地把他這個人清掉。奇怪的是，他似乎已經不怎麼在意了。

身後的門打開，吉爾斯・哈金踏入陽光下。「伯勤，我們在圖書室喝咖啡，要不要過來見見其他人？等口譯員到達就可以開始了。」

伯勤只好捨棄美好的十二月天，跟隨吉爾斯・哈金進入屋內。

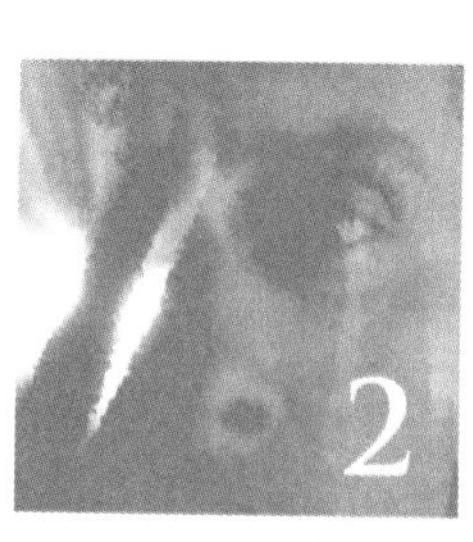

在車上，雪若有太多時間檢討自己的魯莽。穿制服的司機並未降下前後座之間的玻璃隔板，想喝點酒安撫神經又嫌太早，加上希維亞匆匆催她上路，害她忘記帶本書。這段似乎永無止盡的車程，只有滿腦子的思緒陪伴她。

想到希維亞僅用少許化妝品和一把梳子在不到三分鐘內完成的奇蹟，雪若便不自覺地伸手，把褐色長髮塞到耳後。書或許沒帶，但希維亞的愛瑪仕手提包裡有個粉盒，她很想再看看出現於鏡中的陌生人。

同一雙平凡的褐色眼睛，只因為畫了眼線、刷了煙燻妝，便在白皙的臉上顯得明豔動人。一頭直長頭髮不再垂貼雙頰，希維亞幫它噴了慕絲、信手抓幾下，不到一分鐘便蓬鬆起來。蒼白的嘴唇現在豐潤而有光澤，借來的絲巾盡責地美化了肩膀。

問題是，這個假象能維持多久？希維亞只需三分鐘就能變成這樣，不到五分鐘就能幫雪若從麻雀變成鳳凰。雪若也曾多次想要做出這種效果，總是功敗垂成。「簡單就是美。」希維亞教訓過她，但這「美」又談何容易。

或許她小題大作。畢竟他們要的是口譯員，又不是時尚模特兒，而語言正是雪若的強項。她只需做好份內之事，其他時間就假裝她經常住在大莊園，而非成天充滿甘藍菜味的小公寓。還有，盡量把握機會大快朵頤。

在鄉下的莊園住三、四個晚上，還讓希維亞欠她人情，這真是太好了。那裡或許沒有她渴望的性愛和暴力，但至少是個變化。何況，說不定某個無趣的商人身邊會有一位對美國女孩很有興趣的帥哥助理。什麼事都可能發生。

半小時後，目睹車子通過柵門、檢查崗哨和拉著惡犬的武裝警衛，她感覺米拉貝莊園的戒備幾乎要比美國在聖地牙哥的海軍基地諾克斯堡更為嚴密。車子越深入，雪若的一顆心就越忐忑不安。進來已經不容易，出去恐怕比登天還難，除非他們願意放人。

他們為什麼不放人？她還真可笑。當豪華轎車終於在寬敞的階梯前停下，她努力壓下好奇與想像，以學自希維亞的高雅姿態步出後座。

等待她的男人身材高大，衣著比一般法國人成熟而優雅，稱得上頗為體面。他顯然有中東血統，雪若對他擺出最燦爛的笑容。「您是哈金先生？」

他點點頭，和她握手。「妳是代替威克罕小姐前來的安德伍小姐吧？我剛剛才得知妳要來。如果早點知道，妳就可以不用多跑這一趟了。」

「多跑這一趟？你們不需要我了？」她可不想再花兩、三個小時塞車回城裡去，更不願割捨希維亞提到的大筆酬勞。

「來的人數比預計的少，就算沒有翻譯，瞭解彼此的意思應該不難。」他的語調和善且控制得宜。他們用英文交談，雪若立刻改用法語。

「我相信應該不難，先生，但我也可以很有用處。未來幾天我沒有別的計畫，我很樂意留下來。」

「假如妳沒有別的計畫，何妨回巴黎度個好假。」他也用法語提出建議。

「我住的公寓似乎不適合度假，哈金先生。」她不知怎地竟希望他讓她留下。她原本不想來，是希維亞的花言巧語把她騙來；當然一天七百歐元的酬勞也是一大誘因。

但既然來了，她也不想回去；即使回去似乎比較簡單。

哈金先生有些猶豫，似乎不習慣好辯的女人。然後他點點頭。「我想妳會很有用處，」他說：「讓妳這麼遠來又空手而回，也挺失禮的。」

「確實有點遠，」雪若說：「尤其司機可能迷了路，我們一再經過很多相同的地點，他下次應該帶張地圖。」

哈金先生似笑非笑。「我會要求他改進，安德伍小姐。現在，請讓侍者替妳處理行李，而妳來見見需要妳幫忙翻譯的賓客。工作應該不會太吃力，沒開會的時候，妳會有間漂亮的房間任妳享用。當然囉，有這麼一位可愛的小姐在場，我們的工作只會更加順利。」

不知怎地，這些稀鬆平常的法式客套，哈金先生表現起來就是有點怪，讓她想去洗手。她擺出應付好色的勞倫兄弟時專用的慈母式微笑，低聲說：「謝謝你的好意。」一邊隨他步上大理石階梯。

在法國鄉間，許多舊莊園已改成奢華的飯店或會議中心，破舊一點的則經營民宿。這座比她見過或聽過的都更為雅致，跟著哈金先生步入一間很大的側廳時，她的感覺越來越不安。

至少她不是唯一的女性。她很快掃視一圈，房裡有八個人在喝咖啡，兩名女子都很美，但美的方式完全不同。高大的蘭伯特夫人修長而窈窕，雪若認出她穿的是拉格斐，希維亞教過雪若如何辨認這個品牌。另外一位女士比較年輕，大概三十出頭，稍嫌太漂亮、太活潑了點。

介紹隨即進行：嚴肅而年長的日本人是大富先生，幸好他的英語流利，他那位眼神堅毅的助理是田中先生；中年的義大利人雷塞提先生有些浮誇，年輕、帥氣的助手一看即知也兼任他的情人；還有一位是魯特男爵。不出所料，沒有誰值得多看一眼，除了……

除了他。對自己的反應感到些許驚訝，她趕緊垂下眼簾。她不喜歡男人穿整套的西裝，即使是亞曼尼。她也不喜歡商人，他們大多毫無幽默感，滿腦子只想著賺錢。法國人固然有許多事物令雪若喜愛，但對金錢的迷戀不包括在內。可惜他也是商人，她想。真不公平，她怎會這麼快就迷上絕對不可能在一起的人。

蘭伯特夫人、雷塞提先生、魯特男爵伉儷、大富先生，還有杜森先生。

伯勤．杜森。幸好他似乎對她毫無興趣，僅點頭打個招呼，就完全不再理她。她的反應實在毫無道理，又不是沒見過更好看的男人。他比一般人高、精瘦結實，臉部嚴肅而狹長，鼻子剛挺，雙眼漆黑、幾乎不反光，她懷疑自己曾進入他的視線。他還有一頭異常烏黑濃密的長髮，是個虛有其表的人。她不會想要虛榮的男人，對吧？

不對，如果對方是伯勤．杜森，她想要。她移開視線，但耳朵自動接收到連珠砲式的義大利語。

「她來這裡做什麼？」雷塞提先生非常生氣，「來的應該是那個笨笨的英國女人。我們怎麼曉得她可不可靠？那個粗枝大葉的英國女人比較保險，哈金先生，請她回去。」

「雷塞提先生，在不懂義大利語的人面前講義大利語是很失禮的，」哈金先生以英文回答，以示不敢苟同。他看雪若一眼。「妳不會義大利語吧！安德伍小姐。」

她不知道自己為何說謊。哈金先生讓她緊張，而雷塞提先生公然的敵意更令她發毛。「我只會法語和英語。」她裝出開朗的樣子。

雷塞提先生仍不罷休。「我還是覺得太危險，我相信其他人也有同感。蘭伯特夫人、杜森先生，你們同意我們應該請這位小姐回去嗎？」他還是說義大利語，雪若只得保持一臉茫然。

「少白癡了，雷塞提先生。」蘭伯特夫人的義大利語帶著英國腔。看來她跟希維亞一樣，已經徹底汲取法國女性那種難以言傳的時尚感，而那是雪若覺得美國女性很難學會的。

「嗯，我不同意，」伯勤・杜森懶洋洋地說：「這麼美的人，多可惜！她闖得出什麼大禍？她或許連腦袋都沒有，絕對聽不出各位那些言外之意。」他的義大利語很道地，僅稍有法國腔和她無從解釋的什麼；他的聲音深沉、緩慢而性感。

「我依然認為她是個麻煩。」雷塞提先生放下咖啡杯。雪若注意到他的手微微顫抖。是喝太多咖啡了嗎？也可能是其他原因。

「不必再說了，」男爵開口。他身材圓潤，頭髮斑白，看起來如祖父般慈祥，雪若心中那奇怪的不祥預感因此減輕了些。「安德伍小姐，歡迎來到米拉貝莊園，」他用法語說。「我們非常感謝妳在最後一刻趕來代班。」

她及時想起自己應該聽懂男爵的話。「謝謝你，先生，」她以法語回答，努力注意這位和藹可親的老紳士，不再理會右邊的男人。「我一定盡全力做好我的工作。」

「妳會做得很好的，」哈金先生的話中似乎帶刺。雷塞提先生脹紅著臉，不再多話。

「我們下午的工作已經告一段落，或許妳也想先安頓下來。七點喝餐前酒，晚餐九點開始，希望妳能加入。我們會努力不要整天談生意，但有時也難免忘形，所以如果妳能盡量陪著我們，一定大有幫助。」

「她應該多盡量？」伯勤改說德語。「我可能需要找點娛樂。」

「伯勤，別老是用下半身思考！」蘭伯特夫人教訓他。「我們可不希望因你好色而誤事。男人有種壞習慣，一埋進女人的腿間，什麼不該說的事都會說出來。」

雪若眨眨眼，盡全力對走入視線範圍的伯勤，保持沒有反應的樣子。他緩緩露出曖昧而引人遐思的微笑。「我老婆總是抱怨，我在床上都不說話。」他說。

「請不必在這裡證明，」哈金先生說。「事情結束，你儘管跟著她回巴黎，你們要怎樣都可以。但在這裡我們有正事要做。」他換回英語。「容我就這些對話道歉，安德伍小姐。如妳所見，我們只有一半的人會說同一種語言，所以情況很讓人困擾。從現在起，我們只說法語和英語。請大家有這個共識，好嗎？」

伯勤半垂著眼簾看著她。「沒問題，」他用英語說：「等待是我的特長。」

「等待什麼，先生？」雪若毫無心機地問。

她錯了。他的目光突然像探照燈般轉到她身上，力道十分驚人，深邃的眼眸彷彿要將一切吞沒。她只希望自己不要成為他的目標，也希望自己記住一些常識，例如這個男人或許好看，但絕對是她高攀不上的人。

「等待消夜啊，小姐，」他圓滑地說。她還來不及會意，他已拉起她的手，舉至唇間。她不是沒被吻過手，在現代歐洲，吻手禮不算太不尋常。但吻她的通常是多禮的老紳士，吻手只是單純好玩的調情之舉。然而伯勤．杜森印在她手背的唇既不多禮也不單純，但她還來不及抽手，他已瀟灑地放開。

「妳一定餓了吧！小姐，」哈金先生說：「瑪莉會帶妳去房間，並請人把點心送進房裡。如果妳有興趣到處看看，儘管開口讓園丁帶妳參觀。這時候游泳可能冷了點，雖然是溫水游泳池，不過話說回來，美國人是不畏寒冷的民族。」

「我好像沒帶泳衣。」她完全不清楚希維亞到底幫她帶了些什麼。

「不穿也可以啊！雪若小姐。」伯勤的語調絲緞般柔滑。

這是她第一次感覺他對自己有興趣，但原因完全不清楚，畢竟初介紹時他幾乎沒看她。或許是既然沒有大魚，小蝦也好吧！

但她不會為他心神不寧。「那就真的太冷了，」她愉悅地說：「如果我需要運動，散步應該是不錯的選擇。」

「妳必須小心一點，雪若小姐，」雷塞提先生的法語口音很重。「現在是打獵季節，子彈隨時隨地可能飛出來，何況那些警衛犬晚上是放出來的，牠們可凶猛的咧。如果妳要出來散步，一定要找個人做伴，才不會誤入……不安全的地方。」

這是警告或威脅？或兩者皆是？這裡究竟在進行什麼勾當？希維亞到底把她騙進了什麼怪異的情況？

也怪自己太渴望性愛和暴力。然而，光看伯勤一眼，性方面的額度便告額滿，而暴力其實並非她的最愛。但是，不過短短一個週末，她應該會很愉快，想像這裡有危險未免荒唐。這是廿一世紀的法國，何況周遭都是穩重、平凡的商人！她一定是看太多希維亞翻譯的驚悚小說了。

「我會小心，不會到處亂走。」她說。

「那當然，」哈金先生以他一貫的淡漠說。他有種特殊的氣勢，好像總帶著點邪惡，而這一定是她討厭的胡思亂想。他時而霸道、時而卑屈，令她難以臆測他在這群生意夥伴中的地位。也難怪她會認為事有蹊蹺，誰叫他們要用以為她聽不懂的語言說些神秘兮兮的事，但他們應該只是一群因為環境隔離而缺少娛樂的人。「我們七點見。」

一名身穿黑色筆挺制服的女性出現，比較像《蝴蝶夢》那本書裡的怪管家、那位板著臉的丹佛斯太太，而非《歡樂滿人間》的快樂保母。「小姐，請跟我來。」她說的是法語，但那顯然不是她的母語，但雪若定不下心來猜她的國籍。

她知道伯勤注視著她，她用盡了意志力才沒有回頭看他。她不該知道他是好色之徒，正在動腦筋勾引新來的女人。況且他結婚了，而她和她那不負責任的室友有同樣的原則：

不招惹有婦之夫。希維亞或許是為了嫁給有錢人才只和單身漢上床，但雪若另有所求。她不太確定自己追求什麼，只知道，伯勤．杜森不可能給她。

「七點見！」她應聲道，同時猜想他們若在晚餐前兩小時便已開始喝酒，屆時會醉成什麼樣子。但這與她無關，任何事都與她無關，包括伯勤．杜森那些半真半假的暗示。他不是真的想要她；她不是他要的型，他喜歡的應該是長腿的模特兒，外表時髦，天塌下來都與她無關的女子。雪若想培養那種滿不在乎的心態已經很多年，雖然住在巴黎有點幫助，但離成功還很遠。

這裡簡直像座迷宮，她一定會迷路的，雪若跟著動作僵硬的瑪莉穿過走廊一邊心想。房間在走廊盡頭，她一踏入，滿懷的不安立刻都融化了。這個房間美得足以成為博物館的展覽室：一張有著綠色絲質床幔的床、大理石地板、豪華沙發，以及她離開美國後所見過最大的浴室。她沒找到電視，這並不奇怪，但她一定可以在這種地方找到值得閱讀的東西。走廊的桌上就有好幾份知名的報紙，她隨時可以抓一份來玩填字遊戲。填字遊戲極需語言能力，一兩篇就夠她忙好幾天。她只要記得別拿義大利文或德文報紙就好。

此時此刻，她只想舒舒服服躺下來，享受一段長長的午覺。「我的行李呢？」她問。

「衣服已經掛起來，箱子在櫃子裡，」瑪莉流暢地說。「我想哈金先生告訴過妳，晚餐要穿晚禮服，銀色蕾絲那件應該比較合適。」

如果希維亞捨得把銀色蕾絲禮服借她，這份工作對她真的很重要。非到緊要關頭，她絕不會讓那件別致的禮服離開視線。

雖然那件禮服的臀部和胸部都有點緊，但雪若不會笨到去胡猜有沒有其他衣服更適合。瑪莉必定很瞭解這裡的狀況，雪若應該善加利用她好意提供的資訊。

「謝謝妳，瑪莉。」她突然感到惶恐，不知該不該給她小費。但她還來不及猶豫，瑪莉已頭也不回地走出房間，顯然對不懂人情世故的美國人不抱任何期望。她在最後一刻回頭。「妳希望我幾點來叫妳？五點，還是五點半？妳會需要時間準備。」

瑪莉一定以為打扮很花時間。「六點半就可以了。」她爽快地說。

瑪莉的鼻子很長，沿著那道長鼻子而下的眼神充滿輕蔑和擔憂。片刻後她說：「如果需要幫忙，請儘管說。我弄過像妳這種頭髮。」她的口氣好像她的頭髮是沾到糞肥的稻草。

「非常謝謝妳，瑪莉，我沒問題的。」

瑪莉僅揚起兩道眉毛，再次啟動雪若心中的不安。

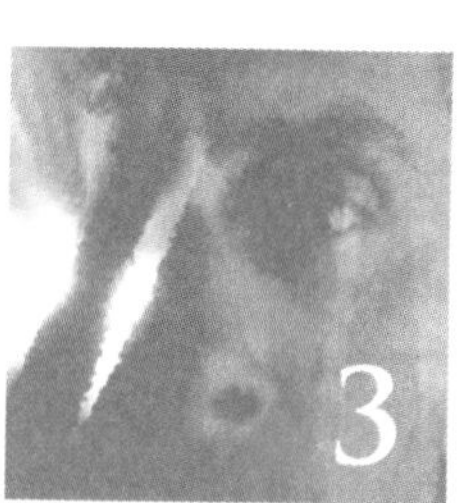

有人犯了非常嚴重的錯誤，將這個女孩送入虎穴，伯勤想。這麼嫩的生手絕對應付不了這裡如此劍拔弩張的場面。他一眼就看出她聽得懂房裡說的每一種語言，甚至可能更多，可是她拙於掩飾。但既然他一下子就發現了，相信其他人也用不了太久。

問題是：誰派她來的；還有，為什麼？最危險的可能是，她要來掀他的底細。雖然就他所知，還沒有人懷疑他，但世事難料。這次他扮演的是好色之徒，派個妙齡女郎混進來，是最完美的誘餌，好比拿一頭小鹿引誘飢餓的豹。這使得他必須像隻色狼，才能不被識破。

但她笨拙得好危險。世故的外表根本是紙糊的，只消望進那對褐色的大眼睛，她的想法便一覽無遺。緊張，甚至羞澀，還有那有害無益的性感。她快淹死了，可是自己並不知道。

然而話說回來，人不可貌相。遲疑、含羞帶怯的舉止或許都是偽裝，為的是讓他失去戒心。

她是針對他來的，或是其他人？是「委員會」派她來考核他的表現嗎？這個可能一直存在，畢竟他早已不避諱他已倦勤，以及什麼都不在乎的事實。生與死在他眼裡已無差異，但只要你替委員會工作，他們是不會讓你走的。他會被殺，而那一刻或許已經不遠。眼神嬌羞、說話輕聲細語的安德伍小姐，或許就是劊子手。

問題只有一個：他願意步上她架設的斷頭臺嗎？

或許不願意。儘管身疲神困、內心空虛，但他不願意這樣靜悄悄地消失。時間還沒有到。

他的任務表面上很簡單。上個月，奧古斯特．雷馬克被汽車炸彈炸得屍骨無存，有人認為是「委員會」這個很少人知道的地下反恐組織幹的，其實完全不關委員會的事。

奧古斯特．雷馬克是個唯利是圖又喜愛權力的商人，委員會對此有深刻的理解也樂意配合。他們只需盯著奧古斯特．雷馬克和軍火商，掌握「誰」正在運些「什麼」武器到「哪裡」的消息，然後做出諸如「他們該於何時介入」等更務實的決定即可。縱使將火力強大的機關槍運往非洲落後國家，可能塗炭生靈，但有更大的利益必須考量，而且那些超級強國根本懶得管這些窮國的死活。至少這是他的上司，他敬重的哈利．湯瑪森告訴他的。

伯勤當然知道超級強國的心態。那些窮國不產石油，所以委員會和它幕後強大的支持者根本不屑一顧。

伯勤原來的職責是混入這群軍火商就近監視，但奧古斯特．雷馬克的遇害改變了一切。此次會議是奧古斯特．雷馬克原先的左右手吉爾斯．哈金召開，目的在重劃地盤、選出新的領導人。軍火集團的首腦不僅要維持眾人和諧，還須處理煩人的雜務，讓其他人得以專注於如何取得及運送最先進、最危險的武器。

吉爾斯．哈金已開始張羅瑣事，但他野心畢露。他想接替奧古斯特．雷馬克的位置，覬覦利潤豐厚的地盤。問題就在這裡。歷經數十年的交易、暗殺和賄賂，奧古斯特．雷馬克生前掌握了中東地區大部分的軍火運送，那是一個取之不盡、用之不竭的市場，人人想要。

多年來，智利、科索沃、北愛爾蘭和日本等地對軍火的需求各有消長，唯有中東始終供不應求。而美國連番強勢出兵，試圖以武力恫嚇並掌控該地區，只使得中東的局勢越演越烈。

這群軍火合縱分子想均分中東的鉅額利益，而吉爾斯．哈金將被剷除。

伯勤並不急著看結果，他很願意花一兩天觀察並等待。這群軍火商已一個接一個、陸續得知吉爾斯．哈金與奧古斯特．雷馬克遇刺有關，他們不會善罷干休。未來幾天會有人解決吉爾斯．哈金，如果失手，就由伯勤親自動手。

要暗中散播吉爾斯．哈金弒主的消息並不難，有趣的是觀察各重要角色的反應。因為事實上，雖然吉爾斯．哈金很樂於從中獲利，但他並不是謀害奧古斯特．雷馬克的真兇。

主使者另有其人，而且就在這批軍火商之中。人可能已經在這裡，也可能還沒到。看到有人替他揹黑鍋，元兇想必樂不可支，但委員會迄今仍查不出兇手。一般的猜測是魯特男爵，外表笑容可掬的他，其實非常沒有耐性，對目標總是強奪，而非智取。他的夥伴、那位年輕的妻子莫妮卡，也差不多。

伯勤有個同事跟他打賭，她認為是大富先生，那個沉默寡言的黑道老頭目；具黑手黨背景的雷塞提先生也是可能的人選。當然，蘭伯特夫人也不容輕忽。

這群軍火販子人人有能力，個個有動機，不管真正的幕後黑手是誰，委員會都不會吃驚。

但伯勤把籌碼壓在最後一位抵達者的身上。克里斯．克里波羅乍看只是個配角，有希臘血統的他向來低調，但「多疑」正是伯勤的職責。飾演伯勤．杜森十一個月，他已經知道克里斯是這群人中最危險的一個。最可能籌劃那起汽車炸彈事件、讓奧古斯特．雷馬克帶著妻女及三個小孫子共赴黃泉的人，就是克里斯。

哈利．湯瑪森採信他的話，而把這項任務派給他。然而，吉爾斯．哈金依然非死不可；無論幕後黑手是誰，沒有吉爾斯．哈金的協助，謀殺不可能成事。

如果克里斯被選為這群合縱分子的領導人，那麼他也得沒命。其他人委員會都有辦法掌握，唯獨這個希臘人例外。

或許克里斯不會雀屏中選，那麼伯勤就可以再度消聲匿跡，更換名字、國籍，到另一個大陸進行另一項任務。哪裡都無所謂——一切如出一轍，好人和壞人換來換去。

但有一件事是肯定的，如果被那新來的小可愛一刀插進胸口，那什麼狗屁倒灶事都做不成了。

他不會誤以為自己隻身在此。雷塞提先生的情人簡森就是年輕的英國情報員，他騙妻子說他是藥商業務代表，必須到處出差。

伯勤深知誰都不可信任，同事也不例外。哈利．湯瑪森也有可能做出犧牲伯勤的決定。如果奉命殺伯勤的是簡森，他不會手下留情，成功的機會比那女孩高。任誰的機會都比她高。如果他們真的想殺他滅口，必須派高手來做。

可愛的安德伍小姐未免生澀了點。

但如果她的目標不是他，就是針對其他某個人而來。或許只是來蒐集情報，也或許是來殺人滅口。只要向吉爾斯．哈金反應，她將難逃被剷除的命運。就算是吉爾斯．哈金自己雇她來的，她也會迅速而乾淨地消失。

縱然那是最安全的作法，但他還不準備下手。這一行之所以吸引他，可不是為了來高枕無憂的，何況讓安德伍小姐活著，可能比死去更有價值。他會揪出她背後的指使者，查出她為何而來。

不能再拖了，雖然縝密的計畫很重要，但猶豫會鑄成大禍。他會查出他需要的資訊，再放風聲傳入吉爾斯．哈金耳裡。讓這樣一位妙齡女郎香消玉殞十分可惜，但她既然接了這份工作，就應明白其中的危險。而他早就不是多年前那個多愁善感的人了。

但願他知道她來這裡的理由。

＊＊＊

雪若覺得有點暈。她蜷縮在薄絲被裡熟睡了兩個小時，泡了灑進香奈兒香水的熱水澡，穿了希維亞的衣裳，使用希維亞的化妝品。再過幾分鐘就七點了，她得趕快把腳塞進那雙高得荒謬的高跟鞋，婀娜地下樓。

內衣開始讓她感覺到負荷過重。雪若一向穿白色純棉。雖然偏好蕾絲、緞子和大膽的深顏色，但拮据的經濟只允許她把置裝費花在看得見的東西。

希維亞則在內衣上花很多心血，幾乎都是成套的，還擁有五顏六色的襯裙、長襪、半罩式胸罩及吊襪帶，但求自己和「觀者」賞心悅目。雪若目前不打算為觀者著想，時間和地點都不對。伯勤．杜森或許令人著迷，但雪若對有婦之夫和好色之徒沒有興趣，完全不想在回到巴黎之前招惹任何人。這工作應該很簡單，就是在鄉下悠閒度過數日，翻譯無聊的商業用語。

既然如此，她為何如此焦躁？

或許只是因為伯勤．杜森，因為他勾魂的雙眸和緩慢、性感的嗓音。也可能是因為這群賓客啟人疑竇：他們一定在談什麼驚天動地的大事，才會那麼神經質。不過依據雪若的經驗，多數人都認為自己的顧慮生死攸關。或許他們手上握有某種新布料的織法、新一季的鞋子設計，或是零熱量的奶油配方吧！

無所謂。反正她就是待在不被注意的角落，隨時等候召喚，過去翻譯幾句，同時希望別再有人用她不該聽懂的語言說些讓人尷尬的話。帶自己的衣服來應該會更好，穿上希維亞的行頭，想不惹人注意也難。

或許她可以宣稱頭痛，爬回床上，一切明天再說。反正她知道她不必二十四小時待命，況且今晚應該比較像是交際場合。他們不會需要她，她也不必繞著一群藉酒裝瘋的人打轉。

話說回來，去看看他們為何如此偏執，或許也是個不錯的主意。如果不喜歡答案，只要堅稱自己一定得回家。哈金先生早就強調她的存在可有可無；她也認為，就算沒有共通的語言，他們還是可以湊合著把事情完成。畢竟，心情的寧靜還是比豐厚的酬勞更為重要。

但七百歐元確實可以緩和一些不安，何況她從來不是膽小怕事的人。她會下樓、綻放迷人笑靨、喝點小酒（絕不可以喝到言行失檢）以及跟伯勤．杜森保持距離。他那深不可測的眼眸，與似有若無的關注，令她心煩意亂。不知怎地，她還是不大相信他對自己有興趣。倒不是她毫無魅力，而是他的眼光應該更高，總要超級模特兒或富家千金，才入得了他的眼吧！

打開門，看到他守在外頭，只讓一切更加困惑。

他看看薄錶。「守時的美女，」他用法語說：「多討人喜歡啊！」

她猶豫著，不知該說什麼。一方面，他的話顯然帶著嘲諷；雪若很清楚自己還算動人，但就算希維亞的衣裳幫她加了分，離「美女」還是很遠。但為此爭論太小家子氣，而且除非必要，她不想跟他待在這洞穴般陰暗的走廊。

他倚著房門對面的窗，身後的窗外是一片井然有序的花園，而且燈火輝煌。他原來抽著菸等她，但突然直起身向她走來。

她還以為她對法國男士的優雅，早已習以為常，沒想到在那片刻依然被他的身影所迷惑，但她趕緊在心裡摑自己一個耳光。

「你在等我？」她輕快地說，同時帶上房門。其實她更想鑽回房間，將門鎖上。

「當然。我的房間就在這條走廊再過去，妳的左手邊。這房子的這一側只有我們兩個，而我知道這裡很容易讓人迷路，所以過來看看妳有沒有闖進不該去的地方。」

事情有異的暗示再次出現。或許真正神經質的人是她，不是哈金先生的賓客。「我的方向感很好。」漫天大謊，就算拿著最詳盡的地圖，她也一定會轉錯彎，但他不必知道。

「妳在法國住那麼久，應該知道法國男人總是自以為迷人，和很有騎士風度。這是我們根深柢固的壞習慣，妳會發現我如影隨形，隨時送上咖啡或香菸。」

「我不抽菸。」這些對話讓她越來越不自在。看著他費解的眼神、堅實優雅的身體，她早已心旌搖曳。為什麼她非得迷上這麼……錯誤的人？「你怎麼知道我住在法國很久了？」

「從妳的口音。必須待到一年以上，才可能講得那麼道地。」

「我來法國兩年了。」

一抹若有似無的笑。「妳看，我的直覺錯不了。」

「我不需要迷人又有騎士風度的男士。」她依然有點不安。這可惡的男人不僅外貌出眾，味道更是好聞。埋伏在裊裊輕煙之中，有著隱約而挑逗嗅覺的氣味。「我是來工作的。」

「當然，」他低聲說：「但是，誰說工作與娛樂不可以同時進行？」

他讓她魂不守舍。他們沿走廊而行，在光亮與陰影裡進進出出。她早已習慣歐洲人的調情藝術，那只是放縱自己的戲碼。她也知道這男人性好漁色，他自己用她不該聽懂的語言說的。他這些舉動，應該全在意料之中。

可惜她不想玩遊戲，起碼不想陪他玩。儘管散發著熟極而流的魅力，他絕不是打情罵俏之後、揮揮手就趕得走的對象。她無法不覺得他另有所圖。

「杜森先生……」

「叫我伯勤，」他說：「而我稱呼妳雪若，好嗎？我第一次認識名字叫雪若的女人，好迷人的名字。」他的聲音宛如輕柔的愛撫。

「伯勤，」她只好同意。「我真的覺得這樣不太好。」

「妳有男友了嗎？沒關係的。外面是外面，這裡是這裡，我們沒道理不能享受一下。」他說得好理所當然。

他若是別人，她的反應可能會不一樣。她懂得怎樣擺脫討厭的人，雖然結果常不盡如人意。不幸的是，她對他既著迷又害怕。他說的全是假話，但她完全不知道原因。

她停下腳步。他們已來到人多的地方，雙扇門後的英語和法語此起彼落。她張嘴，卻不知道該說什麼，該提出怎樣的立場，但他搶先一步。

「妳知道，我對妳著了迷，」他說：「我不記得有多久沒有這樣了。」她還來不及會意，他已經輕按著她、將她移到牆邊，吻了上去。

他真厲害，她在天旋地轉中想著，努力不做反應。他撫摸著她，似有若無地輕吻，她拋開一切思緒閉上眼睛，感受他的吻掠過頰骨、眼瞼，回到唇間，依戀了一會兒，又滑向她的頸側。

她的雙手不知如何是好，她該舉起手推開他，但她不想。那柔情似水的吻，讓她欲罷不能；既然她絕對只讓他吻這麼一次，何妨徹底體驗呢？

於是，當他的雙手自腰際移開、托住她的面頰，當他的唇緊貼她的唇，捨輕柔而強烈，她的嘴張開來，一邊告訴自己，偷嚐一口禁果沒有關係。畢竟這裡是法國，愛情萬歲！

但正當她準備沈浸於愛的歡愉，討厭的警鈴響起。他實在太老練了，深諳接吻的技巧，懂得如何巧妙地運用他的唇、舌和雙手，而她只要再蠢一點，就會被慾望淹沒。

然而，事情怪怪的。連她都看得出他在演戲，他的一言一行都精確無比，說該說的話、做該做的動作，但有一部分的他是後退的，正冷冷地旁觀她的反應。

她的手，在就要抓住那副結實肩膀前的一剎那，把他推開。她多用了一些力氣，畢竟他並沒強迫她，但他也很有風度地退後，似有若無的笑意再次浮現於嘴角。

「不要？」他說：「或許是我自作多情。我對妳太著迷，以為我們兩情相悅。」

「杜森先生，你很有魅力，但你正以我為對手，玩著某種遊戲，我不喜歡這樣。」

「遊戲？」

「我不知道這究竟是怎麼回事，但我就是不相信你會突然對我產生這麼無法控制的熱情。」希維亞老是責備她心直口快，但她不在乎，她必須拆穿眼前這個男人圓熟而醉人的謊言。

「那我只好更努力，但願妳會相信我。」他又伸手拉她。

愚傻如她，可能會再次任他宰割，但客廳的門赫然敞開，哈金先生怒氣沖沖地走過來。

伯勤從容地後退一步，哈金先生的臉色更陰沉了。「我們不曉得妳在哪裡，安德伍小姐。現在已經七點半了。」

「我迷路了，杜森先生好意帶我過來。」

「希望他真的是好意，」哈金先生低聲抱怨。「男爵正在等你，伯勤。還有，規矩一點，我們有正事要做。」

「當然。」他朝她的方向嘲弄地一笑，走過哈金先生身邊。

雪若正準備跟他進去，但哈金先生用力拉住她的臂膀，制止她。「妳得提防伯勤。」他說。

「我不需要提醒，那種人我很瞭解。」不盡然，她想。他正極力讓她以為他是那種世故而迷人、處處流情、不把道德放在眼裡的男人。而他確實是那種人，她並不懷疑；只不過真相不只如此，一定有更黑暗的部分，只是她還猜不透。

哈金先生雖然點頭，但顯然不相信。「安德伍小姐，妳很年輕，我站在父執輩的立場，非常不願意見到妳發生不好的事。」

想必是他那太過正式的英文，使這話聽起來很可怕，而非真的有什麼危險。但一絲不安不偏不倚地沿脊椎而下，再次讓她懷疑幫希維亞代班是不是個天大的錯誤。探險、奢華和金錢都是好東西，但代價不能太高。想起伯勤．杜森嫻熟的吻，她是如此害怕自己已跌入陷阱。

因為她竟想知道，被他真心親吻是什麼感覺。不是為迷倒她而作戲，而是跟她一樣的、真心誠意的吻。

她八成是瘋了，她經過哈金先生身邊，進入圖書室，正好看見伯勤和她見過的一個女人正親密地談話。男爵夫人對這個不是丈夫的男人未免太親切了，纖纖玉指挽著身著亞曼尼的手臂，仰起無瑕的臉面向他。

雪若從侍者的托盤取了杯雪利酒，走到門邊的沙發坐下，望著外面燈火通明的花園，背對伯勤和他那位更柔順的女伴。他們的對話乍聽下似乎夾雜多種語言，她不想聽。那等於偷聽，而之前無意中聽到的，已夠她難受了。

但她不一會兒就明白，他們很有禮貌，只說法語和英語，所以她聽到的都不是秘密，於是她放心地靠向椅背。想像力是她積重難返的惡習，她老是幻想處處陰謀密布。其實，一群做大生意的商人，怎麼可能有什麼危險？

她抬頭看見伯勤和那個女人溜了出去，沒入黑暗，她努力催生的理性頓時消散。若非他在最後一刻直視她的眼，狀似無奈地微微聳肩，目送他離去一定更煎熬。

「安德伍小姐。」老男爵在她身旁坐下，有點微喘。「看來我們被遺棄了。好啦，告訴我，像妳這麼漂亮的女孩，怎會想來這裡和我們這些煩人的老資本主義者坐好幾天的牢？妳在巴黎一定有更好玩的活動吧？有某個年輕人在等妳吧？」

她回以微笑，刻意不去惦記剛才消失的那對男女。「沒那回事，我的生活很平靜。」

「我不相信！」他說：「妳這麼年輕、漂亮！現在的年輕人怎麼回事，像妳這樣的人才竟然還沒被定下來？假如我年輕四十歲，一定會追妳。」

耍嘴皮她可以奉陪。「年輕二十歲就可以了！」她輕快地說。

「我比內人大三十歲，壓力就很大了，所以我給她很大的空間給自己找點娛樂。」

雪若眨眨眼。「您真慷慨。」

「況且，露台人來人往，她和伯勤能做什麼？抱一抱，親兩下？終究也只能開開胃而已。」

「我不懂您的意思。」

「我看到妳一直盯著他們看。內人跟伯勤在一起不會有問題，她對這種一晌貪歡的事，早已駕輕就熟。但是，伯勤不適合純真的妳。」

不過十分鐘，已有兩個人警告她。他們不知道無須提醒，她的自我防衛會及時跳出來解圍。「我來這裡當翻譯，男爵先生，」她坦率地說：「不會沉迷於危險的男歡女愛。」

「希望妳不會認為我危險，」他說：「說不定我是哦。好久沒人認為我危險了。」他一副意志消沉的樣子。

「我相信您是非常危險的男人。」她以鼓勵的語氣說。

他的笑容幸福洋溢。「妳知道嗎？孩子，或許妳說對了呢！」

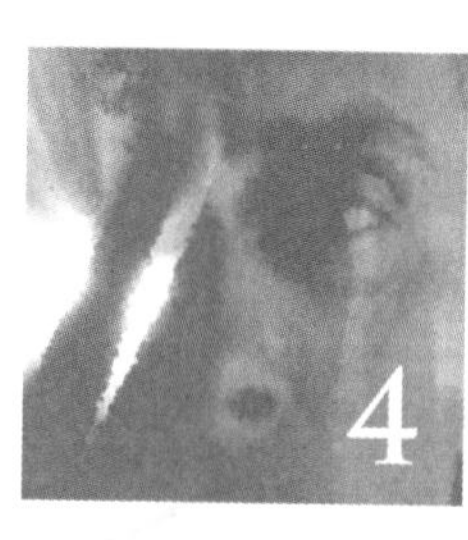

4

毫無疑問，伯勤一邊有條不紊地讓手指滑過莫妮卡堅挺的乳房，一邊想：那女人不是為他而來。如果是，她不會那麼快把他推開。資質再平庸的情報員也知道，要查出一個男人的底細，跟他上床是最好的方式，因為男人通常在做愛時最無戒心。

他不是一般的男人。他的血是冰冷的，男性慾望是冰冷的，連高潮時都是危險的。但雪若不可能知道，她剛到幾分鐘，已拙劣地洩露了她會多種語言，若他真是她的目標，誘餌當前，焉有不取之理。

這表示她的目標另有其人。這種事他通常不以為意——他有自己的任務，而不管她監視的人是誰，那人都得好自為之。

但這件任務已經進行好幾個月，他不想讓半路殺出的程咬金毀了他的努力。

他的手在莫妮卡的絲綢禮服裡游移。她沒穿胸罩，惹火如昔。她的丈夫老了，只要她老實交代行蹤就不干涉她，他甚至認為男爵曾「觀賞」過他們一兩次。他不會因此備覺興奮或困擾。不管有沒有觀眾，他都可以作戲，女伴是誰也不重要，她們只是他達到目的的工具。

眼前莫妮卡已無特別的價值。他在上次碰面時已摸清她的底細，但也不宜太快對她失去興趣。先到暗處撩起她的裙、貼著莊園冰涼的石牆給她一點甜頭，她才不會礙事。

他們當然會被看到。會被監視器錄到、被巡視的武裝警衛瞥見。哈金先生或許會錄下他們交歡的畫面，拷貝一份給老男爵，以及任何出價合理的人。

他一手探入她的腿間，令她在他嘴裡呻吟。她沒穿內褲，想必是為了給他方便。她摸索他的拉鍊，他知道她希望他是硬的，於是他回想她高潮的表情，讓它硬起來，另一手來到褲襠引導她，這才發現腦海中浮現的不是她的臉。是笨拙的雪若小姐。

他忽然間興致全無，不但沒拉下拉鍊，反而撥開她的手，然後用另一手三兩下讓她達到高潮，猛烈得令她放聲尖叫，全身僵硬。

這主意不太妙。他伸手捂她的嘴，任她狠狠地咬。莫妮卡喜歡粗暴的樂趣和遊戲，而這一刻，他知道她想吸血。

他制止她，從她喉嚨深處發出的嗚咽，宛如甫遭襲擊的母老虎。莫妮卡像隻貓，冷酷而我行我素，對尋常的痛苦無動於衷。和他堪稱絕配。

但他沒有興趣。他收手，讓她的裙子翩然落在腿上，她背靠石牆，張著嘴微微喘氣，眼神因剛才的滿足而有點呆滯。她嘴上殘留了血跡，這個狠女人。他應該更小心。

「真……好玩，」她的聲音宛如嘶啞而滿足的貓。「我們才剛開始。」

「我們結束了。」他對此話感到訝異。他原本想要如她所願，畢竟前一次和她雲雨是四個月前的事，而性娛樂能讓他的感官更敏銳。

但他不想要她，何況跟她上床也不會有什麼收穫了。關於那個於午後抵達、視他有如焦糖布丁，可是他一碰她就嚇住的神經質女孩，還有太多的問題沒有答案。

「什麼意思？」莫妮卡質問他。

他俯身親吻她圓潤的紅唇，舐淨他的血。「我們有過美好的時光，但妳不覺得該找新玩伴了嗎？妳丈夫聽妳說我的事情，一定聽膩了。下次不妨找個女人試試。」

如他所料，她不甘受辱，露出貓的微笑。「我們可以邀安德伍小姐共襄盛舉，那一定很有意思。」

他壓下怒火。「她不是我喜歡的型。」

「顯然我也不再是了，」她聳聳肩。「真可惜。不過如你所說，我丈夫的確厭煩了。他喜歡看男人傷害我，而你並不熱中此道。」

「或許下次試試。」他輕描淡寫地說，心裡真想扭斷她的脖子，那點綴著鑽石的美麗頸項。

「或許不用了。」她走過他身邊，頭也不回的進入客廳。

他點了根菸，把煙霧吹向天際，將她拋諸腦後，回到更重要的事。雪若是誰派來的？又是來調查誰的？

多可笑的名字。她大可自稱為瑪莉．波萍斯（譯註：電影《歡樂滿人間》的仙女保母，替孩子帶來歡樂）。這名字相當適合她的偽裝，但她不該裝成無知的少女。

或許是他背後的組織派來的，但他懷疑這種可能。像她這麼容易穿幫的人，早就被剷除了。她又是來監視誰？大富先生、雷塞提先生，還是蘭伯特夫人？或許是哈金先生？

唯一可以確定的是，她絕非聽命於這裡最危險的那個人。克里斯只聘一流人才，而且甚少雇用女性。

他想知道原本那位口譯員的下落。或許已經被割斷喉嚨、陳屍某條巷弄。安德伍小姐不是高手，不代表她不能夥同高手完成任務。那雙纖細的小手說不定和哈金先生的拳頭一樣能幹。

既然已經弄清楚她不是針對他而來，為什麼還念念不忘？只要在哈金先生耳邊說一句，她就會消失，他便可以專心工作。

可是，他厭倦了這份工作。厭倦那麼多謊言讓他忘卻什麼是事實，厭倦太多名字和偽裝讓他忘記真正的自己。厭倦漫長歲月讓他已分不清是非善惡。而更糟的是，他全部都不在意了。

不知道為什麼，雪若激起了他的好奇心。就讓事情有趣一點吧！太快除掉她很可惜。這次的任務並不艱鉅；他的身分早就為眾人接受，而哈金先生也不會是多大的問題。直到克里斯出現，他才能多一點消遣。而如果她成為障礙，他也可以跟哈金先生一樣輕易除掉她。但動作會快一點、仁慈一點，不像哈金先生喜歡看人受折磨。

看著辦吧！他天生就懂得行動的時機，而此時此刻，等待最為有利。等到雪若．安德伍犯下決定性的致命錯誤再說。

＊＊＊

她犯了致命的錯誤，雪若想著把酒杯放回桌上。她不該喝酒多於進食，尤其是在必須保持清醒的時候。晚餐漫長而悠閒，要跟上節奏並不困難。大家都在說應酬話，她只曾被要求翻譯了幾個字。幸好如此，因為只要她的酒少了一點，侍者立刻替她斟滿，使得她在上乳酪的時候已經微醺了。

即使如此，若不是在看到莫妮卡．魯特口紅糊了、頭髮亂了、眼神迷濛、腳步輕盈地回到客廳的時候連灌了兩杯蘇格蘭威士忌，她原本應該沒事。

伯勤．杜森先在走廊親吻她，走進擁擠的房間立刻看上另一個女人，帶出去做愛。一定是這樣，莫妮卡暈紅的臉就是鐵證。

她至少應該等到顏色褪了再進來，雪若偷偷批判著，把不知誰遞過來的威士忌一飲而盡。伯勤的表現比較節制，然而只要莫妮卡撩起裙子，他依然會解開長褲……

她喝得一滴不剩，又要了一杯。這關她什麼事？那男人顯然不會放過任何機會，至少她來得及把他推開。

她癱坐在椅子上，嫌惡地看著她的乾酪。伯勤在幾分鐘後回來，從容自若，神情和他們第一次見面時一樣沉著和鎮定。她何必想起他，不肯把感覺表現出來的男人，最討厭了。如果有人在花園草草偷情之後還能泰然自若，那他一定不適合她。她比較喜歡勇於流露真情的男人。

而一切都是她胡思亂想，她提醒自己，什麼也沒有證實。他是不是她喜歡的型並不重要，反正他是她高攀不上的。

冗長的晚餐期間，他完全沒有看她，更證明當時他只是一時興起。她靜靜坐著，需要她翻譯就翻譯，此外絕不多說。但是，莫妮卡．魯特則是晚宴的靈魂人物：機智風趣、魅力四射、頻頻挑逗在場的每一個人，男女不分。

眼看節節敗退的雪若就要醉倒，哈金先生終於起身表示晚宴結束。「諸位先生、女士，我們明天還有很多事。我提議到西廂的側廳喝杯咖啡和利口酒，然後就休息了。當然，想直接回房者也請自便。」他又小又黑的眼睛朝她轉來。「安德伍小姐，我們今晚不需要妳了。」

他顯然要打發她離開，正合她意——再一杯利口酒，她恐怕真的要不省人事了。趁眾人紛紛離席，她穩穩地站起來，相信她輕微失態的情形不會引起注意。

他在看她。她想不出原因，也不曾真正逮到他的視線，但她知道他整晚都在看她。一邊蠱惑其他女人，一邊看她。

或許當明晨酒意消退、一覺醒來就會明白，但現在她的心裡只有困惑、迷亂、恐懼。還有莫名的興奮。

她忘了莊園的走廊有多複雜。剛才是伯勤帶她下樓的，但她寧死也不會請他指引回房的路。靠自己摸索就行。

但摸索的時間出乎意料的久。她該先問好路，但剛上那座堂皇的樓梯一半時，已不見半個人影。她停下腳步，踢掉希維亞的高跟鞋，感激地嘆了口氣再繼續往上走，相當肯定遲早會找到她的房間。

她實在不曉得莊園究竟有多大。就算神智清楚，也未必找得到路，何況此刻？燈光昏暗，她可能永遠也找不到方向，穿過一條又一條雅致的走廊，每一條都既熟悉又陌生。直到轉過一個彎，出現一扇眼熟的門，她三步併兩步奔去，相信門後就是通往房間的走廊。

她錯了。濃重的霉味撲鼻而來，原來這裡還沒整修，她望入那片黑暗。它尚未加裝電力，但藉由積滿灰塵的窗戶所反射的光，仍足以一瞥莊園在某位金主決定挽救它之前的面貌。

牆上的灰泥碎裂，地板污損、變形，油漆罐默然佇立，彷彿證明這裡勢必會再有工程。還有一股味道藏在濕氣和霉菌底下，她無法確切辨認，是老舊、黑暗、難以言喻的……邪惡的氣息。她一定是喝醉了，才又開始想像某種危險。喝得太多，想像太過。她慢慢退出房間，沒想到竟撞上一具結實的人體。

她大叫一聲，又把聲音吞了回去，因為一隻厚重的手鉗住她的手臂，逼她轉身。是哈金先生，她鬆了一口氣。倒不是哈金先生有多親切，而是在這個節骨眼，任誰都好過那擾人心神的伯勤．杜森。

「謝天謝地！」她說。「我暈頭轉向，找不到回房間的路。」

「莊園的這個區域謝絕訪客進入，安德伍小姐。如妳所見，這裡尚未整修完成，在此逗留是很危險的。如果妳遇上麻煩，叫得再大聲，也不會有人聽見。」

這讓雪若完全清醒。她吞嚥一下，望著哈金先生陰沈而冷靜的臉。然後她強迫自己掛上微笑，化解緊張。

「我覺得我在這裡必須帶張地圖才找得到路，」她說：「如果你能告訴我回房的路，我會馬上回去，我累壞了。」

他仍按住她的手臂，一雙手又粗又醜，香腸般的指背長滿黑毛。他一言不發，害她一時又胡思亂想，以為他要把她關進這個怎麼叫也不會有人聽見的棄置廂房。

然後一切恢復正常，他放開手笑笑，雖然毫不愉快，但至少是笑。

「妳應該小心一點，安德伍小姐，」他訓斥她。「其他人可能比我危險。」

「危險？」她勉強不讓自己口吃。

「比如杜森先生。他或許風度翩翩，但妳最好和他保持距離。今天晚上在走廊看到你們，讓我非常擔心。為妳擔心，安德伍小姐。」

幸好這地方夠暗，他看不到她的雙頰泛起紅潮。「他只是在告訴我圖書室怎麼走。」

「用他的嘴嗎？我若是妳，我不會靠近他。那男人聲名狼籍，他對女人貪得無厭，而且他的喜好也有些獨特。如果妳在這裡陷入任何麻煩，我覺得我有責任。畢竟我算是妳的雇主，不希望妳發生任何不幸。」

「我也不希望。」雪若說。

「左轉，過兩條迴廊後右轉兩次。」

「你說什麼？」

「那是回妳房間的路。難道要我護送妳？」

雪若好不容易壓下一陣厭惡。「我自己回去沒有問題，」她說。「如果再迷路，我會尖叫。」

「那就叫吧！」哈金先生的冷漠總是讓她不安。

但她一路平安的回到自己的走廊，那裡沒有人在徘徊或等她回來。登徒子伯勤．杜森想必已經找到共度春宵的女伴了，她有點不高興的想，一邊推開房門。

有人來過這裡。門不能鎖，任何人都可能進來，但那曾被侵犯的感覺揮之不去。她搖搖頭，努力清除妄想。誰會對一個受雇的口譯員有興趣？

床罩已經拉開，希維亞的薄紗睡衣放在床上，鍍金的床頭桌上有個托盤，上有水晶玻璃的盛酒器和一盤巧克力。

「放鬆吧！白痴，」她大聲說，想讓房間別再那麼靜。「只是女僕來過。」

她拉掉身上的蕾絲和絲綢，迅速準備就寢。若是平常，她會直接上床，但撞見哈金先生驅走了睡意，所以喝杯白蘭地也無妨。

她或許當不上主廚，但她的味覺異常敏銳，這杯干邑白蘭地有點怪。有某種她認不出的味道。金屬味比較重，她會這麼說，但米拉貝莊園應該不會提供劣等干邑，一定是她的幻想。酒相當醇厚可口，她感覺得出眼皮往下垂。今晚一定可以睡得很安穩，不會夢見任何人，尤其是伯勤．杜森。

這時她才察覺空氣中飄著淡得不能再淡的香味，隱約而獨特的古龍水，引發澎湃的本能反應。她終於想起她曾在哪裡聞過：伯勤．杜森的亞曼尼絲質西裝的褶層。為什麼……

她想把小酒杯放回托盤，但它好遠，杯子掉在地上，發出微弱的鏗鏘聲，她也跟著杯子滑落在地毯上。

她試著坐起來，心想她沒有喝那麼多啊！一小口白蘭地不可能讓她醉倒。

但她顯然醉了，床鋪感覺起來好高，她爬不上去。床下的歐比松地毯非常漂亮，如果小心點，她可以避開碎玻璃，蜷縮成可愛的小球，墜入深而忘憂的夢鄉。

***

伯勤踏進她的房間，輕聲把門關上。他不必特別謹慎，他知道哪裡有監視器，只需繞開就不會洩露行蹤。何況，他是眾所周知的獵豔高手，所以如果他把每一位美女都弄到手，也不令人驚訝。

只是這位女郎並非美女。他站在她身邊，俯視她蜷縮的身體。她很漂亮。他平常不會用這個詞。她骨架勻稱，眉清目秀，雙唇甜美圓潤。

甜美？漂亮？或許她比他想像中厲害。她的確表現出某種基本上無害的人格特質。

他悄悄抱起她，放在床上。她把妝洗掉了，所以才會顯得那麼純真吧！她穿的睡衣相當昂貴，前襟繫了多條小緞帶，他將它們一一解開，讓睡衣向兩側滑落。

很美的身體。臀部比多數法國女郎豐腴，乳房也較豐滿，但仍洋溢著青春和健康，體態優美。沒有受過她應已通過的嚴格訓練的跡象。手臂和腹部都不失柔軟，表示她在床上一定熱情奔放。

別自欺欺人了！只要他一分神，就可能被她割斷喉嚨。而做愛本來就容易令人分神。

她身上有些痕跡，在乳房下緣。紅色的壓痕。他用食指輕輕掠過，不明白她受過什麼樣的酷刑。

然後他笑了。那壓痕很新——她只是穿了太緊的胸罩。就他所知，除非別無選擇，女人絕不會穿太緊的胸罩。他順著她修長的腿往下看，腳上的痕跡更鮮明，她也穿了尺寸不合的鞋。

他摻在酒裡的藥是上品，她會昏睡六到八小時，而且醒來不會有宿醉的不適；她在晚宴時不智地喝了太多，實在應該受點罪。就當是送她的小禮物吧！

他有條不紊地搜索房間，徹底翻遍。她另外帶了三雙鞋，尺寸都一樣，也都是細高跟。看來她還要蹣跚好幾天。如果她還在這裡。

沒有行動時穿用的黑衣服。至少不在房間，但她也不可能藏在其他地方而不被發現。沒有武器，沒有任何值得留意的文件。她的護照是絕佳的偽造品，照片比本人更樸素和年輕。護照上說她來自北卡羅萊納，即將滿二十四歲，五呎七吋高、一百二十一磅重，兩年前持學生簽證進入法國。她有工作許可，這倒令人意外。他從不信任身分太單純的人。

沒有其他文件類的東西，真的或偽造的都沒有。沒有多少錢。沒有處方藥物，沒有私人用品。

皮夾裡有一疊她擺出各種鄰家女孩姿態的假照片，很容易偽造的東西。

他把皮包放回原處，走到床邊。杯子碎成好幾大片，被下藥的白蘭地已滲入地毯。不算難以清理，他清理過更亂的，這一次至少不必清除血跡，也沒有屍體必須丟棄。還沒有。

他把已下藥的白蘭地倒進浴室的洗臉槽，再從身上拿出攜帶瓶，用裡面的酒注入空瓶。他還多帶了一只玻璃杯以防萬一，現在倒一點酒在杯中，放回床邊。

他又俯瞰著她。原來她這麼專業，如果他搜不到任何蛛絲馬跡，那一定是她想出了連他也猜不透的辦法。

當然，除非她並未說謊。她真的二十四歲、真的來自北卡羅萊納，真的不知道他們是誰，和他們在做什麼。

但既然如此，她為什麼要穿不合腳的鞋和不合身的胸罩。又為什麼要謊稱她不懂英語和法語之外的語言？

不可能，綜合各種情況，她不可能是一無所知的旁觀者。她是來這裡搞破壞的，而他必須找出她的目的及對象。

他開始把緞帶繫回去，但又戛然而止，讓腰部以下保持敞開。她會疑惑，但不會記得。他確實可以對她為所欲為，而她什麼也不會記得。

他應該能從她身上尋得不少樂趣，但如果她能醒著一起參與，感覺會更美妙。她或許經驗太少，不懂得順勢利用他稍早的追求，但他不會這麼樂觀。她已經洩露太多事情。讓她裸裎地躺在身下、進入她的身體，他會比她更瞭解她。

但如果她睡得不省人事，那就算了。

他在她旁邊坐下，望著她的睡相。如果現在把她殺了，事情會簡單許多。他可以做得乾淨俐落，至於哈金先生那邊，只要交代說他不信任她。哈金先生會接受他的說法。

他把手按在她的脖子上。她的皮膚溫暖而柔嫩，因他深褐色的手而更顯白皙。他感覺得到脈搏穩定的跳動，也看得到她胸口的起伏。他讓指頭掐緊了一會兒，然後放開。

他不確定自己為何放手。這不像他，不過話說回來，他最近常不按牌理出牌。或者說，是漠視他學過的規則。

他在她身旁躺下，頭靠在她旁邊的枕頭上。她散發著香皂、香奈兒和白蘭地的氣息，混合在一起形成誘人的味道。

「女孩，妳是誰？」他在她耳畔低語。「為什麼來這裡？」

至少在六個小時內，她不會回答。他嘲笑自己，然後坐起來。還有時間。既然沒帶武器，她的任務理應是蒐集情報，而他可以保證，她所發現的一切都帶不出莊園的牆。

還有時間。

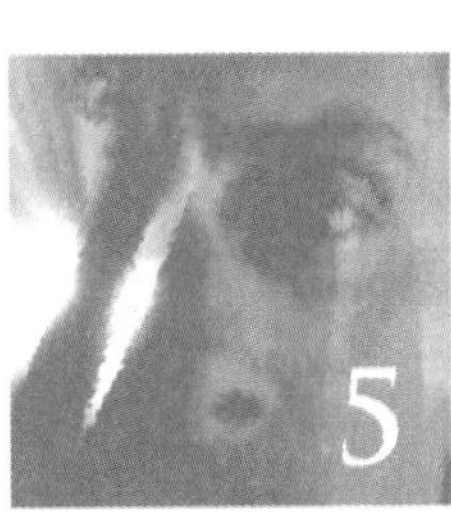

5

雪若向來很容易醒，常一有動靜就驚醒，而且起床後總是心情愉快地哼歌，儘管疲憊的父母和兄姊因此而揚言要砍她。

這天早晨也不例外，只不過眼皮猛然張開的瞬間，她不知道自己身在何處。

她決定先別驚慌，因為驚慌往往只是浪費時間。她靜躺著，讓記憶浮現。莊園，她被希維亞騙來莊園代班。昨晚喝太多酒，還有伯勤·杜森技巧純熟的吻。

已經好久沒人吻她，怪不得唇上還留著他的觸感。可惜她沒敢放開自己，讓他繼續。即使他只是在演戲，又有什麼關係？說不定他的演技十分精湛。

但她總是太挑剔也太固執，也如朋友所說「太美國」，而難以投入隨興做愛的樂趣。和伯勤這樣的男人翻雲覆雨固然會是美好的回憶，但她真的不喜歡除了回憶一無所得。

她慢慢坐起來，托著頭等待喝那麼多紅酒一定會產生的頭痛，但頭痛並未出現。她嘗試地搖搖頭，準備迎接延後來襲的痛楚，依然什麼也沒有。

她看看床頭櫃。她在睡著之前喝過一點白蘭地，對吧？所以她應該只有微醺，不該想不起其他的事。她喝了點酒，依稀記得杯子脫手。人跌倒了。

可是她明明躺在這張舒服的床上，小玻璃杯也好端端地放在托盤上，只剩一點酒在杯底，所以她一定是在不知不覺中喝多了。

她掀開被褥下床。停住。她的，好吧，希維亞的絲質睡衣前那一排小緞帶竟有一半開著，從下襬到腰部是敞開的。她到底做了什麼？

顯然沒做什麼有趣的事。她沖澡、穿衣服，仿照希維亞的時尚感將自己打理好。她望著淺褐色皮鞋的尖頭和細高跟，不禁呻吟起來。或許她可以說她有日本血統，喜歡赤腳走路。

不行，那恐怕行不通。雖然她很想擁有複雜的血統，但她是無趣且如假包換的盎格魯薩克遜白人，沒有人會聽信她的謊言而另作他想。

她下樓，沒有迷路，剛好來得及在工作前喝點咖啡、吃點水果當早餐。與會人士坐在長會議桌的兩側，大都有助理在旁。只有魯特男爵身旁是雍容華貴的妻子莫妮卡。

坐在主位的哈金先生朝他右側的空位比了一下。她坐下來，小心翼翼地將咖啡杯放在亮晶晶的胡桃木桌面時，察覺到伯勤．杜森並不在房裡。或許命運之神還是眷顧她的。

但她不可能這麼好運。他不一會兒便端著咖啡出現，找了空位坐下。而且是在她旁邊。

她心不在焉地聽著會議進行。替他們以前的夥伴奧古斯特・雷馬克默哀片刻。她聽過這個名字，但想不起在哪裡聽過。事情不弄清楚她會發瘋，或許稍後可以找個人問。又或許她該保持安靜，盡力變成背景就好。

接著的幾個小時，她並未太過分心。這群食品進口商忙著爭論重劃地盤的事，而儘管雪若很喜歡吃小羊肉、柳橙和烹調得宜的雞肉，但還不到迷戀的地步。她要翻譯的談話內容枯燥到令人發狂。她向來覺得數字乏味透頂，雞和小豬有幾隻、玉米要進幾桶，這種話題更無法燃起她的靈魂裡那位未來大廚的熱情。其他與會者似乎覺得這場討論相當引人入勝，她可以從她翻譯的數字想像原因。他們討論的金額，無論歐元、美元或英鎊，都是鉅款。她從不知道雜貨進口商經手的金額這麼大。

因為坐在桌子的前端，她必須轉頭看說話的人，而旁邊的男人自然永遠都在視線之中。雖然她時時保持警覺，他卻似乎已對她失去興趣，彷彿她不存在。因為法語和英語他都會，所以她不必幫他翻譯，他說話時她可以靠著椅背，假裝對他視而不見，一邊在每人面前都有的便條紙上亂畫。

在這個冗長、沉悶的上午，僅只一刻讓她困擾。有一個字她不認得，這不值得大驚小怪，再精通語言的人也不可能每個字都認得。

「Legolas除了是《魔戒》裡的精靈王子，還有什麼意思？」她問。

屋裡一片死寂，只剩杯子碰撞杯盤的聲音。每個人都瞪著她，彷彿她問的是他們的性生活，或更不該提的年收入；緊接著，這天第一次，伯勤和她說話了。

「萊戈拉斯是羊的品種，」他說：「不勞妳費心。」

屋裡有人竊笑，不知是針對他的不假辭色或其他事情。

「別問問題，安德伍小姐，只要翻譯就好，」哈金先生說：「如果妳做不到，我們可以另外找人。我們不希望會議過程因口譯人員的無能而受阻。」

雪若向來不擅於應付這種公然訓斥，何況她已認定自己不怎麼喜歡哈金先生。此刻她真巴不得坐上那輛豪華轎車回巴黎去，不要再看到這些人。

真的嗎？儘管不讓視線觸及身邊的男人，但她心裡非常清楚，她不想在必須離開之前離開。

「對不起，先生，」她用法文說：「如果我不需要知道某個字的意思，我當然不會問。我只是覺得如果能更瞭解主題，或許會有幫助。」

「當心啊！吉爾斯，」莫妮卡嘶啞地笑著說：「別欺負伯勤的小寵物，他可是會不高興的。」

伯勤的視線從桌上揚起。「吃醋啦？蜜糖。」

「夠了！」哈金厲聲道：「我們沒時間為這些小事爭吵。」

伯勤轉頭看哈金先生，如此也無可避免的看到雪若。他喜孜孜地笑著，舉手做投降狀。「吉爾斯，原諒我，你知道只要有美女在旁，我就很容易分心。」

「我也知道你若不讓自己分心就不會分心，其他人也一樣。把時間浪費在這種事情，賭注太大。這件事很重要的。」

雞、鴨、豬很重要？幸好雪若只是眨眨眼。進口商當然會認為自己進口的東西足以左右全世界的命運。桌邊的人似乎毫無幽默感，不過話說回來，一談到錢，很多人都不免嚴肅起來。她得自我克制，別再那麼輕浮。

哈金先生起身。「我們休息吃午餐，反正此刻不會有任何進展。」

「好極了，」伯勤說：「我睡過頭，肚子餓了。」

「你恐怕沒辦法吃了。」眼看其他人魚貫走出房間，雪若努力跟上，但她的位置本來就夾在這兩個男人之間。「我需要你幫我一個忙。」哈金先生說。

他們太靠近了。「對不起，借過。」雪若插話，試著側身閃過他。

「安德伍小姐，也要請妳幫個忙。」哈金先生一手搭在她的臂膀，要她止步。

法國男人喜歡碰觸女人。就這方面來說，北卡羅萊納的男人也一樣，友善的觸碰是經常有的事。但她不喜歡哈金先生的手擱在臂膀的感覺。

「當然，」伯勤馬上回答，興致盎然地看了她倔強的臉一眼。「你要我們做什麼？」

「我需要安德伍小姐幫忙跑腿，希望你能開車送她。我需要幾本書。」

「幾本書？」雪若重複他的話。

「給我的客人。他們不會成天工作，閒暇時也得有點消遣。我相信以妳在出版界的經驗，妳會知道他們需要什麼。只要買幾本常用的語言的書，法文、英文、義大利及德文。輕鬆一點、能解悶的——運用妳的判斷力吧！」

「可是派車送我去不就行了嗎？」她結結巴巴地說：「要杜森先生浪費時間辦這種事情而不能繼續工作，很不好意思。」

「杜森先生很樂於出去解解悶，是不是呢？伯勤，尤其是陪伴這麼一位年輕又可愛的小姐。而且我們的轎車出去辦事了。」

他為什麼撒謊？何必捏造藉口打發她離開，開除她豈不更一了百了？

「那下午的工作呢？」伯勤聽來漫不在乎。「我們不想錯過任何事。」

「別擔心，我會替你爭取最大利益，別忘了我們是生命共同體，何況現在還不到做成重大結論——例如決定由誰接任領導人——的時候，畢竟克里斯不在場。今天下午只是要爭奪有利位置。你大可安心休個假，盡情玩樂。帶安德伍小姐去聖安德烈享用午餐吧！不必急著回來。」

雪若絞盡腦汁，想找個合理甚至不合理的藉口來逃避，但一時毫無頭緒。「好吧！如果哈金先生確定。」

吉爾斯．哈金的笑容很和善，她感覺到的陰險一定是想像力過強。「我很確定，小姐。明早再回來工作就可以了，在那之前就盡情享受吧！」

「她一定會的。」伯勤挽起經哈金先生交給他的胳臂，力道很輕，但她仍跟著他走。他的碰觸並沒有比較舒服，她隨著他走出房間。那是另一種威脅，依然危險只是比較迷人。

一離開房間，要掙開便容易多了。「假如你可以把車借我，我相信我能找到那家書店。」她平靜地說。

「可是我就沒有機會和妳在一起了，」他說：「況且我的車從不借人，那方面我很挑剔。妳何不上樓換一雙舒服些的鞋？我相信妳帶了。」

她願意用十年的生命換一雙舒服些的鞋，但希維亞不覺得有必要，也不認為兩人鞋碼不同有何重要。雪若沒有一瘸一拐已經不錯了，但她仍擠出最美的微笑。

「這雙鞋很舒服，」她說：「如果可以，我們就出發吧！早去早回。」

「沒錯，」他喃喃低語。「但鞋子的事就錯了。」他有點刻意強調，彷彿認為她還有其他事不誠實。或者，又是她瘋狂的想像力在作祟。

他開保時捷。他當然開保時捷，雪若滑進前座時想。上樓拿皮包已讓他等夠久了，她試了希維亞幫她帶的每一雙鞋子，但別雙更難受。最後她僅抓了件外套便出門，一路平安地下樓，然後就看到他在那輛迷你小車旁等候。

天上有雲，至少車頂升了上來。陽光毫不刺眼，但他仍戴著墨鏡；他背靠著車，雙手抱胸，靜靜地等她。又是訂作的絲質西裝，亞曼尼吧！裡面是白色絲質襯衫，沒打領帶。一頭黑髮在頸後捲曲，表情難以解讀。他幫她開車門，內部空間看起來小而舒適。太舒適了。

而她完全想不出不跟他去的藉口。她將希維亞的愛馬仕皮包拉上肩，腰桿挺直，躲開他伸出的援手，爬進這部底盤很低的車。她聽到他笑了笑，才替她關上車門。

保時捷的內部一如她擔心的小，使他看起來更龐大。在莊園裡，他看起來屬於中等身材：優雅、勻稱，不會太高，也不會太魁梧。在車裡，他的存在卻充滿壓迫感，腿比她印象中長得許多。他將座椅退到最後，瞧了天空一眼，才啟動車子。

「妳確定不帶把傘？」他問：「天氣看起來不太穩定。」

希維亞沒幫她帶傘。「就祈禱我們會在下雨之前回來吧！我幫哈金先生的客人挑幾本小說，應該很快就可以回來。」

「那午餐呢？」他把車開上長而蜿蜒的車道，駛離莊園。

「我不餓，」她撒了謊。「如果待會兒覺得餓，回程再買點東西吃。」

「隨妳，雪若。」他的語調如鐵灰色西裝那般輕柔，也如他勁健手腕上的古銅色肌膚那般絲滑。他握著方向盤的手修長而優美，而且戴了婚戒。當然。那雙手也顯得非常強勁有力。「繫上安全帶吧！我開車很快。」

她張嘴準備抗議，但又閉了回去。她應該早已習慣歐洲人飆車的瘋狂勁道，況且他開得越快，這件事就越早結束。她拉過安全帶扣上，背部緊靠皮椅。

「妳好像不想跟我說話？」他問。她這才發現他們這幾分鐘都用英語交談。

她的確不想跟他閒聊，管他說法語或英語都一樣，畢竟他的話題都離不開調情，而他的婚戒近在眼前。「我有點累。」她閉上眼睛。

「那我放點音樂。」查爾斯．阿茲納吾爾的聲音縈繞車內，雪若強忍住一聲嘆息。查爾斯．阿茲納吾爾一向是她的最愛，此時聆聽著「威尼斯的哀傷」（譯註：How Sad Venice Can Be by Charles Aznavour），她的骨頭幾乎要融化。

那嗓音令她渾然忘我，差點忘了身邊有人。只是伯勤不容易忽視。儘管默不出聲，他仍佔據她的感官：昂貴古龍水曖昧地挑逗著她，和緩的呼吸聲更像對她細訴衷曲。

那古龍水暗藏魅力。她該問問是哪個牌子，或許可以買給哥哥。但仔細一想，這主意恐怕不妙，一聞到那獨特的香味，她一定會想起伯勤．杜森，而他的身影──已婚、好色卻極盡魅惑的身影，越快遠離她的生命越好。

這是她咎由自取，雪若想。查爾斯．阿茲納吾爾的聲音宛如絲絹纏繞著。她渴望生活有點冒險、性愛及暴力的變化。她已經出門探險了，還體驗了「間接的」性愛，且發現光是個吻她已應付不了。如今，她只期盼命運可別把暴力也扔過來。

上帝，我只是跟祢開玩笑啊！她把思緒拋向天際，繼續假睡。

我想要的冒險，只是美好、舒適、無趣的巴黎生活就夠了。

許願要慎重。她將雙眼睜開一條縫，窺看伯勤。他正專心看著前方的狹路，雙手輕鬆垂下、自信地放在小方向盤上，讓車迅速穿過鄉間。基於某種愚蠢的理由，她認為暗中觀察他或許能多認識他一點。他還是同一個樣子，鼻子剛挺、唇形漂亮、舉止沉著又稍微帶點促狹。彷彿覺得世界只是一個玩笑，一個黑色的幽默。

「妳改變主意，想先吃午餐了嗎？」他甚至沒有轉頭。說什麼暗中觀察，他早就知道她在看他，但一如往常地不動聲色。

她再次閉上眼睛，將他阻隔於外。「沒有，」她說。其實她的肚子咕嚕嚕地叫著，只是被查爾斯．阿茲納吾爾的聲音掩蓋了。

＊＊＊　　＊＊＊

他知道她在哪一刻真正睡著。她原本放在膝上、緊抓著皮包帶背的手，現在鬆脫了。她的呼吸也慢了下來，嬌美的唇不再抿成一條狹直不安的線。他該叫她把鞋子脫掉，至少也等下車前再穿。但就算他開口，她也不會承認腳痛。

她還撒了哪些謊呢？揭穿她的謊言一定很有趣，而且如果一切順利，他的時間綽綽有餘。首先他得打一通公用電話給哈利．湯瑪森，問問委員會對雪若的真實身分是否知情。他也得問清楚他們對萊戈拉斯羊將運往土耳其的意見。因為萊戈拉斯不是羊，而是火力驚人、有紅外線定位的智慧型武器，連最差勁的槍手也能造成嚴重死傷。他已大致知道委員會將要他怎麼做：讓他們運過去吧！讓無辜的人民犧牲，因為委員會要放長線、釣大魚。「連帶損害在所難免」是他們的箴言，而伯勤早就不在意了。

他看看熟睡中的同伴。以她的笨拙，她的身分掩飾不了多久。但她不能算是連帶損害，而是戰爭的結果。

不知為什麼，他只希望，處決她的劊子手不要是他。

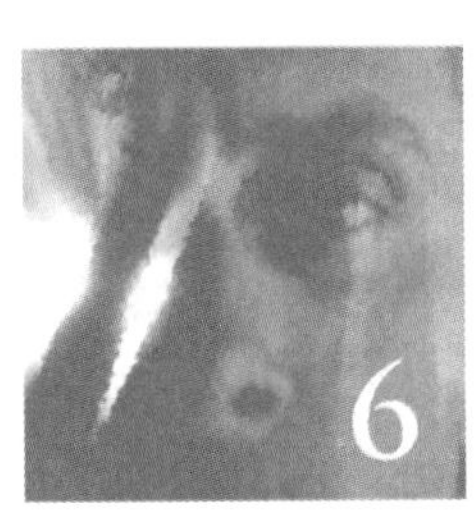

6

保時捷在一家小咖啡館外停下時，雪若倏然驚醒。她不知道自己睡了多久，更不敢相信與伯勤．杜森同處如此狹小的空間，她竟然睡得著。或許是一種自衛的本能。

「到啦！」他說，但並未熄火。「這裡就是窮極無聊的聖安德烈小鎮。轉角有家小書店，而如果妳改變主意，可以到這家咖啡館吃點東西。我一、兩個小時後回來。」

「一、兩個小時後回來？你要去哪裡？」

「去處理一些事。如果妳需要我做陪，非常抱歉讓妳失望了，有些事情需要我親自處理……」

「我並不失望，」她莫名地煩躁起來。擋風玻璃外，天色漆黑、烏雲密布，而小鎮讓人沮喪。「你確定那家書店有我需要的書？這個鎮真小。」

「無所謂。哈金先生根本不在乎妳買什麼書，他只是不要妳……跟我，這幾個小時在那裡礙他的事。至於妳帶回去的書，我想他連看都不會看一眼。」

她盯著他。「我不明白。」

「有什麼好明白的？這是他的一石二鳥之計。」他的手輕鬆地垂放在方向盤。好美的手，即使戴著平凡的金戒。

她推開車門，從低矮的車滑出去。氣溫已經下降，風勢加大，將樹葉快速吹過狹窄的路面。「兩個小時？」她看看錶。

「大概吧！」她才關上門，他已把車開走，飛快地消失在狹路的那頭。

已經一點多了——以他開車的速度，若是去馬賽，也到半路了，她真該帶把傘，天氣正逐漸惡化。

他離開也好。他害她莫名地緊張，她很少這樣。男人基本上是容易預測的生物，看到什麼大概就是什麼，但伯勤完全不是那麼回事。她對他的任何事都不確定——他的國籍、工作，甚至忽冷忽熱的態度。她唯一能確定的是他開車太快，以及太香。

她先去書店。無論如何，她都不能認為哈金先生派給她的差事是假的，況且她一向是負責而盡職的員工。書店並不好找，她得向一個一臉刻薄、就算懂英語也不屑用英語回話的老婦人問路。幸好，雪若知道：歸功於父母自幼稚園便送她去念私立女校，她的法語腔調還不錯，雖然口音比較像比利時人而非法國女子，但那遠比卑賤的美國人容易被老法接受。

那家書店跟預料中一樣淒慘，堆滿從某位教授的舊藏書室丟出來的書，好些書名艱澀到連她都翻譯不出來。當然全都是法文書，放眼所及沒有一本完整到有張書衣，而且大概全是二戰前的出版品。

無論如何，她還是挑了兩本小說買下來。如果哈金先生講法文的客人不喜歡，那她就自己閱讀。然後她走回咖啡館。那裡可能有報攤，八卦雜誌應該也很適合讓無聊的雜貨商人打發時間。

但別說報攤了，那間破爛的小咖啡館連份報紙都沒有。不過至少有食物，這一刻雪若簡直餓壞了。

她吃了長條麵包和布里乾酪當午餐，喝了濃咖啡，而非平常會點的紅酒。在這個節骨眼，在這份被希維亞騙來做的怪差事結束之前，她不打算再沾一滴酒。而她越快完成、越快帶著一疊歐元返回小公寓，她會越開心。

她盡可能放慢用餐的速度，不時看看手錶。快兩個小時了，伯勤肯定隨時會出現。希望是在下雨之前。

她付了帳走到外面，沿街掃視，搜尋保時捷的蹤影。街上空盪盪的，風吹得裙襬不斷拍打大腿，她轉身想回咖啡館，門竟已牢牢關上，窗裡掛著「休息中」的牌子。

這時第一滴斗大的雨滴打中了她，第二滴緊跟而來。她想回咖啡館敲門，但他們不理她。一開始他們似乎就不太歡迎顧客上門，現在不是人在裡面沒聽到敲門聲，就是充耳不聞。

她用最快的速度往書店走去，但書店也關門上鎖了。她躲進柱廊下，身子微微發抖，把外套披上的同時，濛濛細雨已全面降下。這個鎮實在很小，一棟公共建築也看不到。郵局也會午休，而就算還有店家，也不在視線範圍中。

放眼所及只有一所舊教堂。雪若忍住竟然為了躲避冰冷的雨而終於再去教堂的罪惡感；但她別無選擇。教堂位於主廣場的角落，便於留意伯勤的蹤影，況且室內一定比在戶外溫暖。

她走到半路，雨突然傾盆而下，淋得她渾身濕透。高跟鞋太緊害她走不快，只好停下來把鞋脫掉，再奮力衝到舊教堂的雕刻木門邊。

門竟然鎖著。這究竟是什麼鬼城鎮，連教堂也上鎖？萬一她是需要赦罪或默想片刻的可憐罪人，怎麼辦？

根據基督教的標準，她的確是個可憐的罪人，即使過去幾個月並沒有機會徹底違反教義。但這小鎮顯然不要求鎮民在白天表現虔誠。她緊貼著門，盡可能不讓身體淋到雨，一面看著雨水打在街上，匯聚成一道道水流，流過本來應該很美但差點讓她扭斷腳踝的石塊地面。

溫度持續下降，她用雙手抱住身體，抖個不停。接著恍然大悟，她把買來的書掉在路上的某個地方了。

「該死，」她低聲嘀咕，然後記起自己身在何處，趕緊閉嘴。再這樣下去，這可惡的一天就更完整了。伯勤離開已好幾個小時，以她的運氣，他大概不會回來。她將被困在這個不友善的無名小鎮，死於肺炎，然後希維亞就得去找個新室友。

車頭燈穿過雨水射來，照亮瑟縮在教堂門口的她。保時捷停在她的前面，她動也不動，看著他搖下車窗。「抱歉來晚了，」他的語氣毫無一絲歉疚。「我就說要帶傘的。」

「去你的，」她忍不住低聲罵道，一邊抓起扔在地上的鞋，再度踏進滂沱大雨中。她爬進乘客座，開始模仿印象中濕漉漉的狗，甩動濕透了的頭髮。

他沒有抱怨，真無趣。「抱歉，」他又說了一次。「書呢？」

「掉了。」

「妳真狼狽，」他嫌棄地注視她。「衣服全毀了。」

薄薄的絲襯衫緊貼她的胸口，黏貼著嫌小的胸罩，她把襯衫拉起來。希維亞很喜歡這件襯衫。襯衫壞了是她活該，誰叫她害雪若這般狼狽。

「妳會冷。」他說。

雪若想了好幾種答案，大致不出「廢話」的意思，但她拒絕變成潑婦。「是的，我很冷。」她打著哆嗦伸手抓安全帶，因為抖得太厲害，而無法扣上。最後她放棄了，用力往後一坐，恨不得把皮椅也毀掉。

伯勤沒有發動車子。他在看她，或者她以為如此。滂沱大雨中，車裡很暗，而他沒有開燈。「妳要不要去旅館把濕的衣服換下來？」他像在問她想不想吃蛋捲冰淇淋，口氣如此隨意。

「不用，」她以乖戾的語氣回答。「把暖氣打開就好。」

他發動車子，以同樣自殺式的速度飛馳，但這一次是在天昏地暗和傾盆大雨中，而且她沒繫安全帶。開保時捷或許很有面子，但它的暖氣系統實在不怎樣，半小時後她還是覺得冷，手忙腳亂地扣安全帶，因為萬一車子在這種媲美勒芒大賽車的速度下翻車，她還想要有求生的機會。

天色全黑了，不僅因為下雨，也因為白晝已盡，雪若盡力縮進椅子裡，希望他已忘記她的存在，卻又有點氣他真的無視她的存在。他冷不防地把車開到路邊，讓輪胎在濕滑的路面斜行，最後在一排樹籬前停下。

這麼窄的路不該在路邊停車，但他們一路上都沒有見過任何車。想到這點，更增添她的不安。她單獨和一名陌生男子在一條漆黑的路上，而且她不信任他。

這一次他打開儀表板的燈，燈光冷酷無情地射在狹小的空間。伯勤・杜森不再親切迷人，而是一副很危險的樣子。

「妳到底在做什麼？」他質問。

「我想繫安全帶。」不幸，她的聲音冷得微微顫抖。「你開太快了。」

「笨蛋，」他壓著嗓子說，伸手去座椅後面拿東西。這個動作讓他擦過她的身體，她屏住呼吸等他坐好。他手裡拿著一件白襯衫，她還來不及意會，他強而有力的手已抓住她的下巴，用柔軟的衣料擦乾她的臉。

「妳這樣子真像隻浣熊，」他冷冷地說。「妝都花了。」

「很好，」她低聲回答，伸手去抓襯衫。「我自己來。」

他一把抽回襯衫。「坐好。」他以意料之外的細心輕拍她眼睛周圍。襯衫有他的味道，像他身上難以捉摸的香水，像他不該抽的菸，像他肌膚上難以形容的味道。而她怎會知道他肌膚的味道？

他把襯衫扔在她的腿上，但依舊揑著她的臉。「好了，」他說：「這樣好多了。現在的妳神祕而凌亂，他們會認為我們整個下午都在床上度過。要不是妳那麼美國，那或許正是我們該做的事。」

她用力想掙脫，但他的力氣比她預料的更大。「我們沒有。」

「真可惜。妳失望嗎？我們大可繞點路再回去，哈金先生不會想那麼快見到我們。」

「不用了，謝謝。」她以最禮貌的態度說。

他沒有動，也沒有放開她的下顎，深得幾近漆黑的眼眸凝視她的眼睛，空洞的深淵裡，有著令人費解的神情。他的眼裡並未透露什麼，但她依然因明白接下來要發生的事而屏住呼吸。

「我不該這樣做。」他平靜地說。

她還來不及開口，他已吻了她，修長的手指捏著她的臉。

法式接吻之所以出名不是沒有根據的，這是雪若最後一個清晰的想法。而他絕對是箇中高手，先是如羽毛般拂過她的唇，再用他的舌溫柔地輕碰。她明知該推開他，明知自己愚不可及，還是張開嘴。

畢竟，一個吻會有什麼傷害？尤其來自伯勤這麼擅長接吻的人。保時捷的空間這麼小，他們做不了什麼，而回到別墅以後，只要她用點心，依然可以避開他。所以實在沒有理由不沈進皮椅，享受他的吻。他正緩慢而輕巧地拉咬她的下唇，挑逗地令她發出輕吟。

他抬起頭，雙眼在黑暗中熠熠閃亮。「妳喜歡吧？雪若，妳隨時可以回吻。」

「我……我想、我想我們都同意這樣做，不……不太聰明。」她結巴起來。她想歸咎於寒冷，雖然她的體內正熊熊燃燒。

「或許吧！」他的唇貼在她下巴的弧線上。「可是聰明的事情都很無趣。」

這一次他更用力，不再是溫柔的引誘，而是提出要求，她也想配合的要求。

他的手伸進毀掉的絲裙，沿著她的腿往上滑，宛如火燄舔舐的觸感吞噬著她。她放下雙手阻止，但他不予理會。她只是將他按在腿上，一點改善也沒有。

他再次退開，跟她一樣暫停呼吸。而她則努力駕馭迅速飛逝的理智。「為什麼？」她低聲責問。

「好笨的問題。因為我想要，也因為我想要妳。而妳只需拒絕，但妳不會。因為不管妳對自己怎麼說，妳跟我一樣想要。妳想要品嚐我的吻，想要我的手在妳身上。不是嗎？」

她想全盤否認，斥他為異想天開、妄自尊大、錯得離譜、既傲慢又頑固……

「回吻我吧！雪若，」他低語道。而她竟然是那麼地聽話。

她喜歡接吻，嗯，熱愛接吻。當對象是伯勤，他們似乎遊走在高潮的邊緣，他在她裙裡的手不必繼續往上，她已幾乎爆炸。他只需用他的嘴，游移、觸碰、品嚐她的唇，稍稍更深、更用力，她便感受到一陣寒顫從喉嚨直衝身體的最深處。她伸出手碰他。

那輛車不知從哪裡冒出來，車頭燈射進擋風玻璃，喇叭遽響，輪胎滑過狹窄路面。險些撞上停在路旁的保時捷，然後就開走了。但雪若已從伯勤的誘惑中猛然警醒，盡可能地遠遠離開他。

她希望燈不要亮，讓她不必看他。只是，如果他們繼續在黑暗中，或許會停止不了。他以平靜而難以解讀的表情看著她，幾分鐘之前的事對他似乎毫無影響。「妳再過去就要掉到車外了。」他說。

「這主意也不錯。」

他似笑非笑。「是雨天就很錯。坐好，不必緊張。我說了，只要妳說不想要，我不會碰妳。」

「我不想要。」天大的謊言，至少是表面的謊言。她的身體想要他、渴望他。但她的大腦十分清楚他是毒藥，只是她的腦必須跟不斷融化的身體打一場硬戰。

「沒問題，就聽妳的，小美女，」他輕鬆、愉快地說。「把安全帶繫上。」

她曾冷得手腳不聽使喚，但此刻的震顫更嚴重。他看著她摸索，毫無幫忙之意，彷彿想知道他能讓她心神不寧到什麼地步。最後他總算伸手幫忙，修長的手指掠過她的腹部，害她緊張地跳起來。

「除非妳要求，雪若。」他以安撫的聲音說完便關掉頭頂的燈，重新發動車子。暖氣終於來了，在雪若雖然一身濕透、卻又覺得過熱的時候才來，但她沒有抱怨。

至少他們沒有更進一步，天曉得如果她有機會，她會交出什麼。她仍感覺到他的手在腿上烙下的印記，長長的手指撫過柔嫩的肌膚，離她的核心如此之近。她必須將這些逐出腦海，擦拭他的唇味，在兩人之間築起冰冷的牆，但得祈求那道牆別被她的體熱融化。

「杜森先生，你是獵豔高手，」車開了幾分鐘之後，她以值得稱讚的冷靜語調說。「我只是不懂你為什麼要在我身上浪費時間。是男性的好勝心？或是男性荷爾蒙太多？有個女人不想要你，讓你嚥不下這口氣嗎？」

儀表板的光線讓她可以看到他的輪廓，但他面無表情。「這些話是要我相信妳完全不覺得我有吸引力嗎？我很瞭解女人，親愛的，我很清楚她們什麼時候有興趣，什麼時候沒有。我不明白妳在猶豫什麼，但我永遠都能很有風度地接受拒絕。還有別的女人，而且多得是。」

對話進行的方向與她的盤算不一樣。不過，這個奇怪的男人從未以她想要的方式行事。

「想必別的女人更容易上鉤。」她語帶嘲弄。

「噢，我相信只要我有意，要引妳上鉤也不會很難。」

不知為什麼，她覺得受到羞辱。他甚至無意勾引她？為什麼？她不討人喜歡嗎？她並未把反應表現出來。「你可以相信你願意相信的任何事，」她說。「但你下次想要下手的時候，該挑個比保時捷前座更好的地方。這不是適合性愛的場所。」

他對她微笑。「儘管放心，雪若，我可以在這輛車的前座做得非常好。我做過的。」

如此無禮的話怎會引人遐想？她一定是失溫了。「送我回莊園就是。」她放棄了，小聲說著。這方面他確實勝她許多，而且說實話，她或許真如他所料的那樣想要他。或許比他想要她更甚，因為她其實不很相信他的說詞。他這種男人該去追逐如莫妮卡．魯特那樣絢麗的花蝴蝶，或是蘭伯特夫人那種冷豔的英國美女。憨傻的美國丫頭應該不是他喜歡的型。

但他真想要她、或者純屬本能反應都好，她只要保持距離就能安然無恙。昨晚她不就看到了，兩人分開不到五分鐘，他就和莫妮卡．魯特連袂消失。

他在全然的靜默中開完剩下的路程。車子來到雄偉建築的背後，她看看腕上貴重的小手錶，竟有點希望它停止轉動。

時間才六點半，眼前還有一個漫漫長夜。而雪若只想泡個熱水澡，然後上床。

不知怎地，她覺得那不可能實現。他把車停下，俯身解開她的安全帶。「我想妳會比較喜歡另一個入口。這個門離妳的房間最近，妳可以在別人看到並問些問題之前沖個澡、把衣服換一換。」

「有什麼好問的？我又沒去不該去的地方，也沒做不該做的事。」話一出口，她就後悔了。親吻伯勤是個很不聰明的舉動，若不是被那輛車打斷，她早已鑄下更嚴重的錯誤。

「真的嗎？」他低聲說：「既然如此，我可以跟妳一起上去，完成我們剛才開始的事。」

她差點就中了他的激將法，幸好她還保有一絲清醒。「不用了，我想已經結束了。」

「是嗎？」當他露出那抹緩慢而惱人的笑，她好想一拳打過去。他朝她靠過去，她深怕他又要吻她。但他只是幫她推開車門。「晚餐見。」

她抓起毀掉的鞋、濕透的皮包和她的尊嚴，踏上庭院。雨勢已經轉小，只剩濛濛細雨，但空氣更添寒意，讓她的衣服又濕又黏。她回頭看保時捷，但車裡太暗，看不到伯勤。也好。

「謝謝你的便車。」她說完，有點太過用力地關上車門。

她似乎聽到他大笑著把車開走。

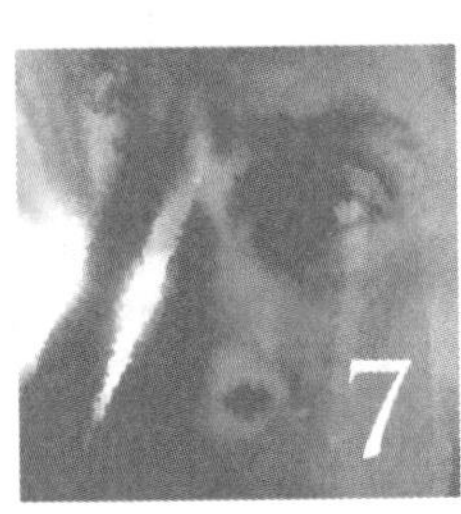

伯勤不喜歡誤解事情。從早到記不得何時，他就開始觀察人性、猜測人心，而他的直覺很少出錯。但現在他對雪若．安德伍的看法正在改變。

依常理判斷，她是個危險的情報員。笨蛋才會認為有其他的可能。而她若不是非常、非常稱職，就是非常、非常拙劣。他只猜不透究竟是何者。

晚餐時她姍姍來遲，這不意外，而他盡量躲開。她非常地留意他——任何人都能察覺，而這間屋裡可沒有人是笨蛋。她安靜地坐著，吃得很少，眼睛四處看但就是不看他。換作別的情況，他或許會覺得有趣，但在這個節骨眼，他實在笑不出來。

她的外表不像剛來的時候那麼光鮮亮麗了。深色的頭髮被雨淋得捲起來，妝更淡了，嘴唇通紅而有點腫。他沒吻得那麼用力吧？說不定有，但她也以同樣的熱情回吻他，直到那輛該死的車打斷他們。

當時如果進入她的身體，他一定可以挖掘到許多秘密。現在還是可以。

莫妮卡．魯特正以大白鯊的本能逼近雪若，想扯下她一隻胳膊。伯勤冷眼看她緊挨著雪若，用極富魅力但恐怕只唬得了天真少女的聲音和雪若聊天。雪若戒慎地看著莫妮卡，對她挑釁的問題一概以單音字回答，而且沒沾一滴酒。真可惜——他原本指望酒精能讓他的工作更為順利。

不過，他並非那種只走捷徑的男人。

「我覺得法國男人很不夠意思，妳不覺得嗎？安德伍小姐。」莫妮卡說著：「他們只顧自己的表現，完全不在乎女人的感受。太自以為是了！就拿伯勤來說吧！只有膚淺的傢伙才那麼注意衣著。」

雪若朝他瞥視一眼，沒有答話，目光又回到面前那盤幾乎沒動過的食物。這樣莫妮卡是得不到樂趣的，伯勤一手旋轉著酒杯懶洋洋地想。或許他該幫她解危。

「可是妳沒說到重點，男爵夫人，」他慢條斯理地說：「男人之所以執著於表現床上功夫，是為了取悅他的情人。如果他只在意自己的快感，那就另當別論，但如果他的自尊心要求他當個好情人，那麼女人也受惠啊！是不是？」

雪若仍凝視著盤子，雙頰微微泛起紅暈，桌邊每個人都看見的紅暈。

莫妮卡乘勝追擊。「當然，除非那個女人明白她不過是情人滿足虛榮的道具，她的愉悅只是反映情人的高強本領，而非他真實的慾望。」

伯勤聳聳肩。「那有什麼關係？只要她快樂就好啦！」

「而你很擅長讓女人快樂，」莫妮卡輕聲說，又故做遲疑地補上一句：「至少我是這麼聽說的。」

伯勤沒心情說笑了。在場每個人都知道他搞過她，包括她有窺淫癖的丈夫，也包括天真的雪若小姐。照時間表，這群人在四十八小時內就要離開，而他幾乎一事無成。選新領導人的事毫無進展，克里斯也尚未現身。不過，他可能已先派了雪若過來打底，做些前置工作。其他人傻得不明白局勢有多脆弱，不明白他們的代理口譯員有多不可靠。

在這群仰賴嚴格保密才能成事的軍火商之間，已經出現一名危險的未知人物，而莫妮卡的爭風吃醋更是於事無補。必須找個人來轉移她的注意力，避免她持續盯著他和雪若，但他苦無人選。哈金先生偏愛少男；蘭伯特夫人過分挑剔；雷塞提先生是同性戀；大富先生則是顧家的男人。除了這些人之外，只剩下她的丈夫，而莫妮卡早就厭倦他了。

「今晚該工作了，」哈金先生打了岔，顯然對莫妮卡的言行也很不悅。「我們進度落後，不能再等克里斯了。我們得在很短的時間內決定很多事——重劃營運範圍、選新領導人，並決定該對奧古斯特．雷馬克遇刺的事做出什麼反應。這些事極端重要，不能再浪費時間了。」

啊！雪若，伯勤想。她轉過頭，吃驚地看著哈金先生，而伯勤猜得出她的疑問。進口雜貨和牲畜「極端」重要？他們的領導人為何被暗殺？她若不是愚不可及，就是精明得不可思議。

「那我們就工作吧！」男爵說。

「該做事的人留下。安德伍小姐，妳今晚的服務到此為止，我們沒有妳也能應付。」

雪若接受了這道逐客令，立即起身。「抱歉我忘記買書回來。」她說。

「什麼書？」

「你派我去買的書。」

哈金先生揮揮手打發她。「那不重要。我們將在會議室工作，我相信妳待在房間會比較舒服。」

這無疑是個指令兼警告，但雪若仍繼續她毫無掩飾的演出。「不知道這裡有沒有電腦可以借用？我想收電子郵件。」

一片死寂，而伯勤靠向椅背，猜測哈金先生打算如何處理。出乎意料地，哈金先生點點頭。「二樓樓梯旁邊的圖書室有電腦，妳儘管用，不用客氣。」

「我只是想收一下電子郵件，」她從桌邊站起來。其他人原地不動，對雇員不必講究禮貌，伯勤壓下起身的衝動心想。如果她只是要去收電子郵件，那他就是俄羅斯芭蕾舞團的女主角。但她會機警到懂得消除上網紀錄嗎？

她一把門關上，對話立刻引爆。「我覺得這個女人有問題，」魯特男爵以德語說：「我們不用口譯員也順利得很，為什麼要叫個陌生人來這裡？」

「我雇用的原本是個頭腦簡單的女人，口才足以讓事情更順暢，但很以自我為中心，不會注意到任何不尋常，」哈金先生用德語回答。「這一個我就不確定了。」

「不確定？」莫妮卡嚴厲地問：「我從不認為你是倚賴運氣的男人，吉爾斯。你應該除掉她，越快越好。」

「有必要我會做。」哈金先生不喜歡被人命令，他認為自己已經熬出頭，就要大權在握了。「該做的事我一定會做，但我不會衝動。如果有個美國人無聲無息地消失，可能會產生許多後遺症。我必須確信沒有人會發覺她不見了，或是真的非除去她不可。兩者目前都還不確定。一旦確定，安德伍小姐就不再是個問題。」

「如果你們不會說義大利語，請說英語或法語，」雷塞提先生抱怨。「你們到底在講什麼？」

莫妮卡回眸一笑。「我們在討論安德伍小姐是不是威脅，如果是，又該如何除掉她。」她的義大利語十分完美。

「殺了她，製造假車禍。」雷塞提先生說。

「或許可以，」哈金先生回答。「但她使用我的私家車，我不想為了掩飾一件死刑而犧牲我的車。何況好司機不容易找。」

「殺了她就對了，別再大驚小怪，」大富先生說：「如果你一定要那麼謹慎，我可以叫我的助手處理。我們有更重要的事，還浪費時間爭吵。我想知道我們要如何把四打萊戈拉斯送進土耳其。」

「那是你的問題，大富先生，」伯勤不動聲色地說：「在我交貨之前，我想知道錢從哪裡來。相信我，我的貨非常震撼，是美國的武器研發業所曾製造的最佳產品。」

「伯勤，沒有人信任你，」蘭伯特夫人說：「我們誰也不信任誰。因此我們才能合作無間。我們掌控了幾乎全天下的非法武器買賣，信任只會造成干擾。」

「幾乎全天下，」伯勤重複她的話。「但不是整個天下。克里斯到底在哪裡？我不喜歡這樣拖延，那讓我緊張。我們難道不該替他擔心，而非擔心一名野兔般狡猾的倒楣女孩？」

莫妮卡大笑。「野兔？她比較像小白兔吧？瞧那雙大眼睛和不斷抽動的小鼻子。我們只是不清楚那是不是在作戲。而我，首先就不建議我們賭上我們的事業來等真相大白。如果克里斯在這裡，他也一定會這麼說。」

「克里斯不在這裡，而我們已經浪費太多時間在那丫頭身上了，」哈金先生顯然被惹惱了。「伯勤，跟著她，看看你能發現什麼。我並不想引來有關當局的注意，但也不想為她浪費時間。我們從雷塞提先生提議重新劃分中東客戶的提案開始，那應能給你充裕的時間做個判斷。如果她是威脅，殺了她。如果不是，別再理她，回來工作。」

伯勤揚起一道眉毛。「這種小事為什麼要我去辦？」他質問道：「我已經陪了她快一整天，什麼也沒發現。」

「你逼得不夠緊。她跟你在一起的時間最多，你最有機會查出她的底細。」

「而且，」莫妮卡如貓般愉快地說：「她迷上你了，白痴都看得出來。」

他沒否認，白痴都看得出他像會引發她的過敏。他把酒一飲而盡，將椅子往後一推。

「我的榮幸。」他慵懶地說。

然後他把手插進長褲口袋，緩緩走出房間，一派輕鬆地接下這個任務。

圖書室不見她的蹤影，但電腦正在關機，可見她的確用過它。她也試過湮滅瀏覽紀錄，但不夠仔細，因此不難查出她的路徑。她查詢過萊戈拉斯，也找到正確的網站告訴她，這些非法武器有多大的危險性。她也查了屋裡一半的人，包括他在內。

他不必費心檢查——他很清楚她能從這種粗淺的搜尋查到什麼，又查不到什麼。伯勤・杜森現年三十四歲，已婚，無子女，據傳與許多恐怖組織過從甚密，但未獲證實，另涉嫌為非法武器與藥品的國際交易商。和三起國際刑警組織幹員謀殺案有關，公認為重大危險分子。

那些她都看了。但話說回來，她進入這個任務之前，應該聽過簡報，這些資料早該知道。如果她事先毫不知情，那他想更接近她、查出她的身分就難了。

而他就要探探她到底有多難捉摸。以及，套句莫妮卡的話，他的功夫有多好。沒時間慢慢優雅地跳慢舞了，他必須立刻查出她來這裡的真正原因。

然後做該做的事。

＊＊＊ ＊＊＊

雪若嚇壞了，她坐在雅致的房間中哭泣。剛上的妝從臉頰滑落，她又要變成浣熊了。而這一次伯勤不會再拿柔軟又乾淨的襯衫，拭去她的狼狽。她不能讓他靠近她。

她必須離開這裡。她怎麼會陷入這個毒蛇窩？她早就感覺出事情不對，但爸媽總說她的想像力太豐富，而她也覺得他們說得有理。沈迷於驚悚和奇幻小說更是毫無助益。

但這次不是幻想。這些人不是雜貨商，她怎會覺得他們是呢？這完全是個謎。伯勤·杜森看起來像雞肉進口商嗎？莫妮卡·魯特男爵夫人有可能靠著大豆的利潤，購買設計師服飾和豪華鑽石嗎？

「笨蛋！」她大聲說。她必須在他們認定她為不利因素之前，趕快離開這個鬼地方。離開餐廳的時候，她聽到一個德文句子提及她的名字，但她沒有停下腳步。盡快上網搜尋太重要了。魯特男爵是個和藹可親的老人，他不會讓他們傷害她的。除非他也對這裡進行的勾當一無所知。

她的行李箱在雕飾衣櫃底下。她把它拖出來，把希維亞的衣物扔進去，包括毀了的絲質短衫和稀爛的長襪。要離開不難，她只要跟哈金先生說她收到室友寄來的電子郵件，說她的祖母病入膏肓，所以她得立刻搭機回國。她甚至可以告訴他們，她已經訂好法航的機票，班機將在十二個小時內起飛。剛好來得及回巴黎、收拾一下行李，就飛回家鄉。這是她成年後第一次真正感到恐懼。

她挑出希維亞最樸素的衣服：一件緊身的黑色洋裝，雖然她已經設法把前襟用別針別起來，還是有點太暴露。洋裝底下是富豪情婦才穿的法式蕾絲黑色內衣褲，而如果要她再穿太小的高跟鞋，她會哭出來。

但如果想活著離開這裡，她又非穿不可。她可以掩飾驚慌——她向來不善於說謊，但賭注從來沒這麼大。就當作一場戲，她告訴自己，像《慾望街車》裡的白蘭琪……不，必須是更自立自強的人！以她的情況，絕對找不到好心的陌生人讓她依靠。

行李亂成一團，但她不在乎。她走進狹小的浴室，把化妝品掃進希維亞用過的刺繡化妝包，出來後將它扔進行李箱，關上箱子。

「要去哪裡嗎？」伯勤・杜森站在敞開的門口慢條斯理地說。

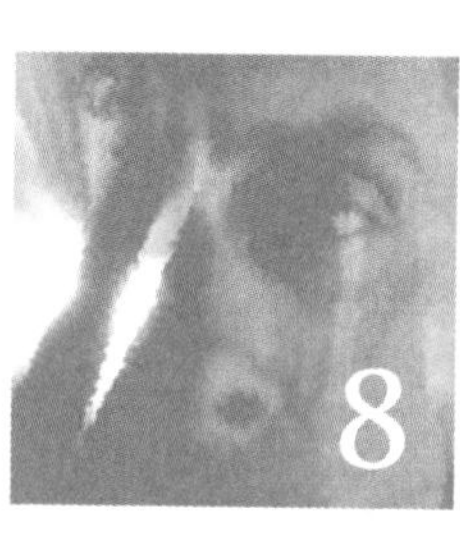

雪若・安德伍注視他的樣子，彷彿撞見連續殺人犯，伯勤懶洋洋地想。她處於恐慌狀態，一種淚流不止、沒頭沒緒的恐慌，彷彿她真的是不巧掉進這團混亂的無辜者。但伯勤從不相信巧合。

這就好像在一間鏡廳裡面，你分辨不出何為原件，何為原件的影像。她到底是個無辜者，還是笨拙的情報員？或是裝無辜、或裝笨拙的傑出情報員？

但他時間不多，只有一種方式可以讓事實水落石出。傷害她不會取得進展，她受過忍受痛苦的訓練，不想洩露的事情便不會洩露。

但還有其他方式、愉快許多的方式，可查出他想知道的東西。他用腳把門關上，看見恐懼在她眼中蔓延開來。

昨晚搜索房間時，他已知道監視器在哪裡。機器幾乎涵蓋整個房間，包括床鋪和浴室。就算他們沒有飢渴的收視群，也會被錄影存證。他必須演一場精采的戲，不然很難瞞過哈金先生那群人的眼睛。

但那並不代表他非有觀眾不可。房裡有個死角，那是放有一座鍍金矮櫃的小凹室。矮櫃是路易十五的風格，說不定是真品。這個小凹室正合所用。

她靜立在房間中央，見他過去，緊張地退了幾步。她以為她知道他是誰、可能做些什麼，其實她幾乎一無所知。

他打開雕飾衣櫃，露出電視機，按下開關。調高音量，再大聲，然後轉換頻道，找到他要的。哈金先生總讓色情片全天候播放，於是房裡頓時充滿假裝滿足的呻吟聲。

「你在做什麼？」雪若嚇壞了，避免視線接觸那低矮而寬廣的電視螢幕。兩男替一女服務，不是他最愛的幻想，但音量大到足以蓋過他們的交談。

他什麼也沒說，只脫去外套扔在椅子上。他現已站在監視器恰好照不到的地方，而電視發出的聲音可以淹沒他們的每一句話。「過來。」他說。

這等於是叫她跳樓，她倔強地搖頭。「我不知道你在這裡做什麼，但我希望你馬上離開。」

「過來。」

她若真的不想動就不會動，但他的前置作業做得很好，很清楚她對他的著迷。在車裡展開的行動雖然功虧一簣，然而優勢仍在。她或許害怕，但身體亢奮的力量還在，這力量比恐懼更強。

她停在一步之外，仍在監視器的範圍。「我不喜歡看色情片。」她顯然期望聲音冷靜，但顯現出來的依舊是緊張。

「我想也是。畢竟，美國人對於性愛總是過分謹慎。」

「我對性愛的觀念非常健康。」她暫時忘了該緊張，正是他想要的。「我不是你認為的那種壓抑的美國人。」

「那就過來。」

她沒察覺他正在後退，引領她走出監視器的範圍。不過她或許不知房裡有監視器，不知這幢翻新過的莊園裡，每個房間都有。

她抬頭挺胸、準備打仗般舉步上前。「我不怕你。」她說。

「妳當然怕我，我的寶貝，」他說：「那正是樂趣之一啊！」他的手滑到她的頸後，伸進瀑布般的頭髮裡，將她的臉往自己湊進。她仰望他，睜大的雙眼流露驚慌，而他差點就產生……某種感覺。同情？不捨？悲憫？沒有空間容納這些情緒了。

他吻了她。他記得她嘴唇的滋味，她嘆息似的聲音，以及她在唇下的移動。他記得，也想要。因此他忽然很高興自己決定來這裡，或被迫過來。否則他就得另找藉口了。

他的動作加深，一手摟住她的腰，將她舉了起來。她緊抓著他，他帶她轉身進入凹室，把她壓在鏡面牆壁上，開始愛撫她的乳房。

她曾用別針縮小領口。他抬起頭，氣息沈重地問：「這衣服是怎麼回事？」

她並沒有迴避。「領口太暴露，我把它別起來。」

「本來就該露的，解開。」

她眨眨眼，她每有遲疑時就會這樣。接著她伸手，拿開小小的安全別針。

「把衣服拉開。」他說。

他以為她會猶豫。但她沒有。她拉開交纏式的絲質洋裝，他認出其下的蕾絲內衣來自巴黎最貴的精品店，是那種用來款待富豪的玩意兒，絕非區區一名翻譯員所負擔得起。又一個謊言。

然而，他也發現她的胸罩尺寸不對。不是嗎？她柔嫩的肌膚似乎被黑蕾絲束得很緊，他想幫她拿掉。但時間有限。

於是他只再次親吻她，拉她貼住自己，她近乎全裸的身體火熱地貼著他敞開的襯衫，而她熱情地回吻，想讓他相信她不是膽小的處女。儘管她在他的懷裡不停地顫抖。

電視裡傳出大而真實的呻吟聲，夾雜著尖叫和低語。他們發出什麼聲音都沒關係，沒人分辨得出影片和實景的差別。

她的肌膚觸感溫熱，在他的手中柔軟如絲。此時她已環著他的頸部，怕被強風吹走似的緊摟著他，他喜歡這樣。「脫掉妳的內衣。」他說。

沈浸在夢幻般的歡愉、幾乎就要閉上的雙眼，猛然睜開。「什麼？」

「妳認為我們在做什麼，雪若？胸罩可以留著，如果妳堅持。」

她嚇呆了，面無血色。「走開。」她說，用力推他。

來不及了。從他踏入她的臥房，就來不及了。或許從他初見她的那一刻起，一切就已無可挽回。

高級內衣的設計都很容易去除。他的手插入兩人之間，抓著蕾絲猛力一拉，帶子就斷了。

「我不走！」他殘酷地說，再次拉她貼住自己。這是工作，是他必須執行的任務。他又吻住她，而她的手雖然試圖推開他，她的唇卻在回應。

何況一切都已無可挽回。他把她抱到古董櫃前，抬放上去，站到她的雙腿之間。他不知道她是否明白接下來要發生的事，也不知道她能不能理性思考。那不重要。

她果然已經濕了。他很快解開長褲，進入她的身體，而且非常深入。他立刻感覺到她還來不及制止自己，一小陣高潮已漣漪似地竄過，讓她渾身打顫。

她快哭了、似要把他推開，而他不會如她所願。他在她抗議前吻住豐潤的唇，抬起她的腿勾在腰上，開始抽送，直到確定她已任他擺布，確定她想貼近、想回應，卻因坐在五斗櫃上而不能如願，才放開她。他感覺得出震顫持續加劇，更知道：不管她的意識怎麼說，她的身體已凌駕其上，只想得到完整。只想得到滿足。只想得到他。

然後他抽了出來，差一點完全抽出，宛如喝蜜一般啜飲她痛苦的呼喊。「妳是誰？」他在她耳畔呢喃。「妳來這裡做什麼？」

她抓住他，拚命想把他拉回來，但他比她強壯許多，他按住她，用雙手將她的臀部壓在櫃子金色的頂面。「妳是誰？」他再問一次，語調冰冷的程度，一如身體的火熱。

她的雙眼迷茫，嘴是脆弱的傷口。「我是雪若……」她哽咽地說。

他猛烈地進去，又在她阻止前抽出。她再次叫喊，但他面無愧色。「妳的衣服不是妳的，」他低聲說道，而背後電視的噪音越加強烈，媲美他無情的興奮，「妳假裝不懂許多語言。妳來這裡另有目的，而那跟翻譯無關。妳是來這裡殺人的嗎？」

「我的天！」她大叫。

他再衝刺，感覺得出她在邊緣徘徊，即將爆炸，無可奈何被他耍弄於鼓掌之間。「雪若，妳想要什麼？」他低語，知道終將聽到她的真話。

她的眼中都是淚水，不停地顫抖。「你。」她說。而他相信她了。

他不再思考。他拉起她，將她的腿勾在腰上，深深地將自己埋了進去，高潮猛然襲擊，讓她放聲大叫，大過電視上的叫聲，一種無助而歡愉的抽搐哭喊。

但他沒有，而他已厭倦了遊戲。他在她的體內抽送，緩慢而從容，靠上鏡壁做為支撐，托住她的臀部，不急不徐、溫柔地和她做愛，直到渾然忘我，然後他將自己注入她的身體、投入一切，沈沒在她滾燙、優美的身體，和柔軟、甜美的嘴裡。

他等著自己找回平穩的呼吸，等著震顫不再衝擊身體，這才撤出來，靠著牆撐住癱軟的她，直到她的腿恢復力氣。他抱著她片刻，從鏡中看到自己黑暗而殘忍的臉。活生生的惡棍，而他莫可奈何。很久以前，他就接受這個事實了。

他退後，整理好衣物。她望著他的眼神，彷彿注視著鬼魅，他好想將她擁入懷中給予安慰。她那樣子，好像剛失去親人。自以為世故的她，其實並不能適應他帶來的經驗，徒留一臉的迷惘與失落。

但他不能。他閉上眼，前額緊貼著她的臉，拉好洋裝蓋住她的身體，繫好腰帶。他無法再讓她躲過監視器，但他可以避免外人看見太多。

當所有合理的答案都被排除，你別無選擇，只得相信最不可能的那一個。雪若．安德伍確實是如她所稱的無辜者，被捲入大得難以理解的漩渦。而說也奇怪，是所謂的好人造成最大的傷害。到目前為止是如此。

他將讓事情有利於他，並轉移哈金先生對雪若的懷疑。他必須回那部電腦消除愛管閒事小姐留下的虛擬路徑，再讓其他人相信，她不值得掛心。

但首先他必須跟她做個結束。他漫不經心地輕吻她的嘴，用德語說：「再會了，小甜心。事情很美妙，只可惜我們沒有時間多做些什麼。」

她凝視著他，迷惘了一會兒。然後伸手，用盡全身的力量，摑他一記耳光。

懊悔無用，自責是未知的情緒，而他的身體仍滿足地哼著歌。他回以扭曲的微笑，拾起扔在椅上的外套，走出房間，輕輕把門帶上。

——＊＊＊——＊＊＊——

雪若背靠著牆。雙腿癱軟，索性沿著牆慢慢滑落，坐在漂亮的拼花地板上。她開始打顫——起初很慢，僅是微幅的震動，但它越震越烈，最後整個人失去控制，連連發抖。

她用雙臂環抱著身體，但得不到溫暖。她閉上雙眼，開著的電視機斷斷續續發出的呻吟聲加深她的困惑，她又睜開眼睛。斷裂的蕾絲內褲躺在小凹室的地板，就在古董矮櫃之前。這座櫃子漫長而優雅的一生，可能沒做過這種用途。不過，這裡是法國，誰知道？

她想吐。當然會想吐，她對於所發生的一切既恐懼又厭惡，而她還是不明白這是怎麼回事。

她沒有拒絕。她無法逃避這簡單的事實：她沒有拒絕他。他會不會接受是另一回事。然而他那樣對待她，是她允許的。

多麼恐怖又噁心的事，而她喜歡。

不，那樣說不對。那跟喜歡無關。她不喜歡被操縱、被恫嚇、被折磨，以及被利用。這些他都做了，卻依然能給她高潮。或者，最令人驚駭的：正是因為他那樣對她？所以她有受虐狂嗎？

不。她沒有被懲罰、被羞辱、被用完即丟的秘密需求。她的過去沒有陰影，沒有任何自我憎恨，而需要乞求他人任性地對待她。

那她為何讓他做那些事？為什麼心裡尖叫著不要，卻依然回應他？為什麼明知他的真面目，依然抓住他不放？為什麼她會有高潮？

她可以告訴自己，那是生物本能。如果她曾荒唐到跟家人討論過這類事情，他們會告訴她，那是正常的生理反應。不必羞恥，也不必驚駭或噁心。

問題是，她的內心深處知道，是什麼令她羞恥、令她驚駭、令她作嘔。不是她在如此無情的情況下達到畢生最強烈的一次性高潮。

而是她很想再體驗一次。

伯勤回到電腦前面，飛快敲著鍵盤搜尋已查詢檔案。他一直擁有把思考、生活和感情區分開來的絕佳能力。小時候就有了，用以跟著足跡踏遍全球的母親，害怕被她扔下。

把心送到另一個地方，你就不會覺得痛了。你聽不到垂死之人的尖叫怒吼，聞不到血腥的味道，也用不著計算死亡人數。只要把心轉個方向，其他事情就會自動回到它乾乾淨淨的地方，碰不到你。

他是電腦高手，動作迅速果斷，而他也知道時間所剩無幾。最大的問題在於是否有人正在監測，就像用監視器側錄他們的一舉一動，哈金先生或許也派人在另一個房間，監視著他在電腦上的每一步，並早已記下雪若笨拙的搜尋。

或者，他們只定期查閱電腦的歷史上網紀錄，若是這種情況，他便可以放心清除雪若的足跡。

不管怎樣，他都會清掉雪若的動作，就算哈金先生和其他人發現，他們仍不知道是誰清除的。他願意為她盡力到此，再多就會洩露身分了。每場戰爭都會有老百姓陪葬，誰讓她出現在不該出現的地方。

正要敲下刪除鍵的瞬間，背後傳來聲響。他不必回頭，那近乎超自然的感應力已知道誰正在靠近，立刻喚出冷靜、淡漠的自己。是哈金先生，而他的出現早在意料之中。

伯勤讓手擱在滑鼠上。一按，那就消失了。一按，她就有為生命奮鬥的機會。

「伯勤，安德伍小姐的事查得如何？」哈金先生點了一根粗厚的古巴雪茄問。

他的手指躊躇了。「她什麼事都不知道，」他說：「沒有人派她來，她也沒有任務。她就是她說的那個人。」

「多麼不幸啊！對她來說。你願意告訴我，她懷疑了多少嗎？」

伯勤注視著他的手，將它從滑鼠上挪開，稍微轉動螢幕給哈金先生看。「她已經不相信我們說的一切。」他的語氣鎮定。

哈金先生彎下腰，目不轉睛地盯著螢幕。他點點頭。「可惜，」他說：「對她來說。但我想這不出我所料。我會處理她的，那是我的專長。我該告訴你，男爵對於你和那丫頭沒被監視器錄到很不高興。我夠瞭解你，所以知道那不是意外。你這樣做真的很不應該。男爵想要點小小的娛樂，而那又不會傷害到誰。」

「我沒心情表演給那個老頭看。」

「你表演過，而且是跟他老婆一起。別想否認，或者說你不知道那裡有監視器？哪裡有監視器從來瞞不過你的眼睛。所以，今天晚上怎會不一樣？」

這問題狀似隨意，但伯勤不會中計。「搞他老婆是一回事，如果他想看，而她也想被看，我又何必反對？」

「那麼你為什麼不想讓他看你上雪若小姐呢？你是在保護她嗎？你冰塊般的心，有一角開始為她軟化了嗎？」哈金先生愉快地說。

伯勤轉頭看著他，表情泰然自若。

哈金先生聳聳肩。「蠢問題，伯勤．杜森，請原諒我。我們每個人都知道你是沒有任何溫柔情感的。你想要親眼看我殺了她嗎？」

這時候伯勤按下刪除鍵，雪若瞎搞的所有痕跡就此消失。「不特別想。你確定那是最好的處理方式嗎？如果有個美國人突然無聲無息地消失，可能會導致一堆難以回答的問題。」

「該來的躲不掉。安德伍小姐真可憐，但她不該那麼好管閒事。她的美國同胞不是說了嗎？好奇的貓咪等於自找死路。況且她不會無聲無息地消失。我會叫手下妥善安排，車禍、不幸的意外之類的。」

「那不會破壞你的風格嗎？我知道你對火和金屬情有獨鍾，而它們會留下痕跡。單純的車禍不會出現那些痕跡。」

「感謝你這麼替我著想啊！先生，但我會把一切控制得很好。如果我不小心留下不大好看的痕跡，我們可以放火燒車，焚毀屍體，以免橫生枝節。」

「非常實際的做法。」伯勤說。

「你確定不要一起行動？我一向很樂於與人分享。」

「我想從安德伍小姐身上得到的東西，已經享用過了，」他冷冷地說：「其餘任你處置。」

***

他回到側廳和其他人一起喝咖啡和睡前的利口酒，跟莫妮卡有一搭沒一搭地調情。男爵不高興地瞪了他兩眼，除此之外，幾乎沒有人注意到他先前不在場。也似乎沒有人發現哈金先生離開，伯勤替莫妮卡點菸時想著。

但話說回來，誠如哈金先生所言，好奇的貓咪等於自找死路。況且這個菁英貿易組織的成員無不善於自我克制，只知道自己必須知道的事。他們知道可以仰賴哈金先生讓事情保持機密，他向來做得很好。那才是最重要的。

他看看手錶。他跟哈金先生分開大約已過一小時——雪若死了嗎？他似乎應當如此期望。哈金先生是創意十足的虐待狂，只要他打定主意，他可以讓過程持續好幾個小時，甚至好幾天。這回他的時間不多，但慈悲和簡潔並非他熟悉的事。

不管他先前的拒絕，莫妮卡今晚要到他房間，她已清楚地表示。一定是男爵堅持的，畢竟他的替代娛樂剛被伯勤剝奪了。而伯勤會為她服務，讓技巧填補興致的空缺。如果他是哈金先生，雪若的痛苦會激起他的興奮。但他不是哈金先生，所以他只希望她的死亡是乾淨俐落的。

他盡可能在側廳逗留，不想返回樓上。他只希望它快點結束。他無法保護她，任何嘗試都會危及自己。畢竟，一條無辜的生命怎比得上一旦這個軍火幫派瓦解，便可能獲救的成千上萬，甚至百萬條人命？假設它會瓦解——但哈利．湯瑪森那群人似乎只想繼續監視。然而，他很久以前就相信，人生本來就充滿各種醜陋的算式，大可不必浪費時間為它哀悼。

偏偏莊園這一側只住了他們兩人，而且房間相連。他經過時，幾名女僕正在整理那裡，他擺出漫不經心的姿態逛到敞開的房門。沒有施暴的跡象——他一定是在別的地方處理她。

女僕正在拆床單。「安德伍小姐呢？」他想探知哈金先生編出什麼樣的藉口。

「她必須提前離開，杜森先生，」一名女僕回答：「哈金先生說她家裡有人過世。她走得很匆忙，連行李都沒拿。我們得隨後幫她送回去。」

家裡有人過世，也對。是她自己。行李箱早就在門邊，怎會不拿？他考慮提醒女僕不要注意其中的矛盾，如果她想活命。

但他的職責不是拯救無辜，所以他隻字未提，僅點點頭，回到自己的房間。

淋浴的時候，他覺得聽到她的尖叫。他立刻關了水，但不聞動靜。沒有聲響，沒有喊叫。如果命運如此無情的捉弄時她仍活著，應該不會在他聽得見的範圍。

哈金先生一定把她帶到莊園的另一處，看起來尚未整修但已安裝先進電子及隔音設備的那一側去了。就算她叫，他也聽不到。此外，根據他對哈金先生的瞭解，她應該早就無法發出任何聲音，連啜泣也不可能。他必須摒除雜念，懊悔、遲疑，甚至同情都不該是他的本性。

他很快地穿上一身黑衣服。舒服的長褲、套頭衫，長髮紮在頸後，穿上帆布鞋，走向房門。

午夜十二點多。莫妮卡不久就會來找他。他在考慮拆掉房內的監視器，只為惹惱男爵，不過理智還是獲勝。他不能太過火，他偽裝且已經變成的這個人喜歡有觀眾。

他打開門，步入空無人跡的走廊。隔壁房間的女僕已經離開，門也開著。雪若・安德伍的所有痕跡已從米拉貝莊園消失，彷彿從來不曾存在。也從他的心裡消失了，另一個輕易被遺忘的死者。而這麼多年來，他第一次做出一個不合理，甚至感情用事的決定。但他應該已經沒有感情。

他要找到雪若。

他把門帶上，往莊園禁止進入的那一側前去。如果她還沒死，至少他可以催促哈金先生加快腳步。是多愁善感也罷，總之他不希望她受苦。救她已不可能，但他可以讓她少受一點折磨。或許那是他碩果僅存的人性。

他在哈金先生最常用來審問的房間，發現她瑟縮在角落，哭泣著。還活著，雖然為期不久了，伯勤冷冷地想，隨手把門關上。哈金先生轉頭看見他，十分驚訝。

「伯勤·杜森，你來這裡做什麼？你已經告訴我，你沒有興趣陪安德伍小姐玩。我不希望你改變主意。」

哈金先生已經脫掉外套和領帶、捲起袖子，解開了襯衫的鈕釦，毛茸茸的厚實胸膛流著汗，手握短刀和焊槍，顯然正處於亢奮狀態。

伯勤聞到燒焦的味道。他回頭看雪若。她沒穿那些情趣內衣，似乎在哈金先生找上門之前換了衣服。現在她穿著深色長褲和襯衫，褲管被撕開，露出修長的腿，襯衫掛在手肘，露出胸部和簡單的白色胸罩。

他看到那些記號。哈金先生用刀子又割又烙，想在雪若的臂膀刻畫圖案。她還沒有休克，但也撐不了多久。她知道他來了，但沒看他，僅閉著雙眼縮在角落，頭靠著牆，默默地流淚。

「我無意掃你的興，吉爾斯，」他說：「我只是想來看大師完成他的作品。」

她因這句話睜開眼睛，目光穿過幽暗的房間，直直向他射來。他望進那對褐色的眼睛，第一次那麼清楚地看到自己、他是誰，以及他變成了什麼樣子。

「請隨意，」哈金先生說：「我跟你不一樣，我一向喜歡觀眾。她真的很漂亮，不是嗎？」他往她靠去，用灼熱的刀撩起一束濃密的頭髮。頭髮被刀身燒得吱吱作響，接著一撮飄落地上。

「非常漂亮，」伯勤看著她說。哈金先生還沒碰她的臉，但那是遲早的事。他從來不必現場觀賞哈金先生工作，他已聽過太多，非常清楚接下來的發展。

他什麼也不能做，他無法阻止哈金先生。他根本不該來這裡，不該來看她，但必須做的事他永遠會做。「男爵在找你，」他突然說：「伊朗那邊出了問題。」

「伊朗老是出問題，」哈金埋怨道：「有多嚴重？」

「非常嚴重，可能不能等到天亮。」

「任何事都可以等到天亮，」哈金先生說，順著雪若的臂膀劃下一刀，燒烙著皮肉。她沒有尖叫。「你看她多聽話？非常容易訓練。我告訴她，如果她發出太多聲音，我會讓刀子進入她的兩腿之間。那裡今晚已經有你光臨過，我想那就夠了。」

伯勤沒說話。她再次閉上眼睛，他注意到那張沉默的臉有多蒼白，而且淚流成河。

「你覺得我該讓她別哭嗎？」哈金先生夢囈般說道：「我可以挖出她的眼睛。」

雪若抽了一下，隨即歸於平靜。「或許你該去找男爵瞭解伊朗的問題，」伯勤提議。「畢竟，我們是來工作，不是來玩的。」

哈金先生回頭，像小孩那般嘟著嘴。「也對，」他說：「愛管閒事的美女多得是。我馬上把她解決掉。」

*** ***

既然無濟於事，雪若乾脆靜坐著。她曾試圖逃跑，但他狠狠傷害她，讓她昏了過去，醒來就在這個可怕的小房間，感覺灼熱的刀刃抵著她的皮膚。

她已經失去思考與推理的能力了。她就要死在一個魔鬼的手中，一個對痛苦的細膩之處拿捏異常準確的虐待狂。她已經接受她命該如此，認定她無能為力時，伯勤竟走了進來。

她毫不期待他是來救她的。她完全沒有那種幻想，他跟哈金先生一樣殘暴與邪惡，只是手法不同罷了。甚至有過之而無不及，因為他的殘暴與邪惡深藏在優雅的外表之下。

她看著第二撮頭髮掉落地面。讓他們毀壞她的身體也好，她從遙遠的深處想。頭髮長短不齊，應該就不會被開棺瞻仰遺容了吧！

竟然想到這種瑣碎的事，她一定是快要休克了。她的父母會很生氣，他們始終不希望她來巴黎。他們希望她待在家裡，跟其他家人一樣當醫生，可是她不聽話。她常常一見血就吐，現在卻必須看著、聞著自己的血。至少爸媽認為她不該來法國的想法獲得證實了，這勉強算是好處吧！

到最後，最倒楣的莫過於希維亞。她美麗的衣服有去無回，還要獨力支付那棟小公寓的龐大租金，還會被法國警察詢問失蹤室友的各種問題。希維亞的生活方式經不起太多挖掘，但雪若只覺得希維亞罪有應得。害好朋友送死的報應僅是少許不便，實在不怎麼公平。

當然希維亞不是故意陷害她——**天啊！這真痛，我快要暈過去了，但我不能，一暈過去他就會殺了我**。倘若希維亞自己來，什麼事都不會發生。希維亞一向只在意自己美不美，不會多管閒事。她絕對不會被困在這裡，被一個魔鬼拿火熱的鋼燒烙皮膚，還被另一個更可惡的怪物觀賞。

雪若沒有尖叫。她用力咬著嘴唇，咬到舌頭沾上鮮血，但她沒有尖叫，就算他拿刀尖劃過她的皮膚，看著血凝聚成珠，沿皮膚涓滴流下。

「我來把她結束，」哈金先生一手抓住她的頭髮，讓刀抵著她的喉嚨。「你先去圖書室，我隨後就到。」

雪若閉上眼，繃緊身體。至少就要結束了，黑暗會是愉快的解脫。她把頭一仰，給他更方便的角度，渴望完成劫數，哈金先生笑起來。

「看到我多厲害了嗎？伯勤。我讓他們渴望死亡。」然後他將刀子往下。

那聲音很奇怪，一個詭異的爆裂聲，然後她無法呼吸，重量壓了下來，腦中盡是血和漆黑，而且聞到汗酸味。這跟她想像中的死亡很不一樣，但至少它不會痛，而她沒有動，讓黑夜壓倒她。

重量忽然消失，她又能呼吸了。她睜開眼，看到哈金先生癱在地上的一片血泊中。不是她的血。

伯勤．杜森站在她眼前，神情既冷靜又冷漠。他將一手伸給她——另一手握著槍。

「生或死，雪若，妳自己選。」

她把手交給他，讓他拉她起來。

她全憑意志力站立。疼痛在她的手臂、雙腿等哈金先生留下記號的地方來回呼嘯。可是哈金先生死了，她活著，即使她必須向世間她最恨的人求助，她也願意。她不想死。

「有後梯可以通到車庫附近。我們必須經過警衛和警犬，而妳必須安靜，完全聽我的話。否則我會一槍射死妳，自己走。」

她不信任自己的聲音，只點點頭。他的口氣十分鎮定而冷靜，彷彿剛才並未殺人，也從未打算殺死任何人。她必須找到同樣的冷靜。

他扣住她的手臂，拉著她前進。她幾乎跟不上他的腳步，她的身體發抖、虛弱又暈眩，但她不能要求他放慢速度。要是拖累了他，他或許會立刻拿槍抵著她的腦袋。

她踉蹌地跟著他走下沒有開燈的窄梯，出了樓房，進入霜凍的十二月的夜。空氣清新而冰冷，猛然衝上來時讓她差點窒息，只想吸滿整個肺，試著驅散血與火的味道和氣息。她還想吸，但伯勤突然把她推到牆邊，用身體遮住她，藏在陰影之中。

他壓得很用力、緊貼著她，她心不在焉地注意到。他十分強壯——她已經領教過了，不是嗎？她或許憎恨他令人顫慄的強勢，但若想得救，救助者越強壯當然越好。

雪若隱約聽到一隻警犬的低聲咆哮，緊接著一句訓斥。那些警衛正在莊園裡巡視，但他們還不知道出了狀況。

「我可能得射殺他們，別讓我也得射殺妳。」話只是耳畔的一陣氣息，一陣輕風，但她點點頭。

警衛已經經過，但他們還會回來。「答應我一件事，」她低聲說，音量比伯勤靜默的溝通大了一點。

他捂住她的嘴，她痛得想大叫，但忍住了。「小聲！」他嚴厲地說，不再慵懶，也不再迷人。

她點了頭，他便放開手。警衛已走到偌大的傳統式花園中間，子彈或許射得到他們，人卻鞭長莫及。

伯勤挪開身體，儘管剛才緊貼著她，卻似乎無動於衷。「答應妳什麼？」他終於開口問了。

「不要射殺那些狗。」

他茫然注視她片刻，接著眼裡閃過一個奇怪的表情。若是其他情況、出現在其他男人身上，她可能會說他覺得這句話很幽默。但在此生死關頭，沒有玩味的空間。「我盡量，」他說。「來吧！」緊握住她的手，他開始奔跑。

10

這個夜晚不再真實。哈金先生讓這個地方燈火通明，於是他們必須從暗處躲到暗處，才能穿過廣闊的長形草坪。伯勤似乎擁有超自然的本能，知道下一步要移往何處，而她運用鋼鐵般的意志，拒絕思考看到和遭遇到的一切。真實早已消失，而如果這是一部好萊塢電影，她會在自己的床上醒來，汗流浹背，對如此逼真的夢魘餘悸猶存。

她還活著，但這不是夢，是最醜陋而駭人的真實。她因為無法忍受死亡、痛苦和流血的畫面，拋開家族傳統，遠離家園。現在，她全身沾滿一個死人的血。

伯勤離開過兩次，而她麻木、順從地待在暗處，等他回來把她拖走。他的保時捷停在弧形的車道附近，而他們最後一段的衝刺用盡她僅餘的氣力。他必須像塞屍體般把她塞進乘客座，而她整個人陷入皮椅，閉上眼睛，感覺黑暗像布幕垂下舞台，逐漸接管一切。

他坐上身邊的駕駛座，她聽到安全帶的喀噠聲，差點大笑。多麼謹慎的男人，殺人一聲不吭，竟總是記得繫安全帶。他靠過來繫好她的安全帶，手的觸感比刀子更令她畏懼，但她靜止不動，繼續閉著眼睛，搜尋迫切需要的空白感。

他在無月光的黑路上開得飛快，飛也似的逃命，但他依舊伸手開了收音機。那是一首幾年前的暢銷歌曲，歌詞唱著：她的雙眼宛如左輪手槍，她能用眼神殺人，她射了。射擊、殺人、槍。

空白的感覺不肯出現。她轉頭看他。「你今晚殺了一個人。」她說。

他吝於看她一眼。「我今晚殺了兩個人，妳沒看到我割斷一名警衛的喉嚨。但我保證沒有傷害任何一隻狗。」

她驚恐地望著她。「你怎麼還能開這種玩笑？」

「妳說不希望我殺掉那些狗，是開玩笑嗎？如果可以，我會讓事情簡單一點，但我決定順從妳脆弱的感情。」他以賽車手的速度和技術轉過街角，僅用餘光瞥她一眼。

她不知道誰比較惡劣：哈金先生那樣以殺人為樂的人，或伯勤這樣毫無感覺的人。

「睡一下吧！小女孩，」他說。「我們還有很長的路，今晚妳也忙夠了。我停車找食物的時候會叫妳。」

「我再也不想吃任何東西，」她的聲音微弱而發抖。她聞得到血腥味，還有另一種更基本的腐敗。

「隨妳，反正美國女孩也太胖了。」

她找不到一絲憤怒。如果她不夠瞭解狀況，她會認為他這麼說只是為了幫她脫離暈眩、麻木的狀態；但他不可能關心。她應該問，他要帶她去哪裡，但她鼓不起勇氣和好奇心。他會帶她去他想去的地方，做他想做的事。她只能希望，當他決定再碰她的時候，是要殺了她。她寧可死，也不要跟這個冷血的禽獸做愛。

「睡吧！」他又說了，語氣溫柔，儘管他可能和善的念頭無比荒謬。但收音機播放的歌是那麼輕柔而令人寬心，唱著愛和謀殺。都毀滅了。一切爛透了，歌裡唱著，她完全同意，閉上眼睛，讓黑暗降臨。

＊＊＊　＊＊＊

確定她睡著之後，伯勤轉頭看她一眼。她真狼狽：手臂被淺淺地割和烙了幾個地方，臉色蒼白、淚痕斑斑，化妝品再次給她一對浣熊眼。她看起來很脆弱，但他知道她比外表堅強。她還活著就是一件奇蹟，她忍受著哈金先生苟且求生。

哈金先生做事講究方法，自有其一套節奏。他不准他們叫，再用各種方法讓他們叫，就像做愛的人企圖使頑抗的女人達到高潮。一旦他們叫出聲音，他就會加快動作，但雪若卻有辦法保持沉默。她嘴上有血，雙唇也因不讓她出聲而咬到腫起來。但那也或許是他的嘴造成的，他肯定不是個溫柔、體貼的情人。

他已經發現她是無辜者，而這是必須知道也是最重要的事。但他竟然進一步介入與他無關的狀況，拒絕接受每場戰爭都有傷亡的事實，干涉哈金先生的娛樂，破壞了一切。

或許他只是厭倦了所有的連帶損害。或許他想要拯救而非奪走一條人命。或許他真的因職業倦怠而不惜自取滅亡，一時興起便把重要的任務搞砸。

這一時興起可是個大麻煩。他必須盡快抵達安全的地方，幫她處理細皮嫩肉上的傷，再想出她和他下一步該怎麼辦。

她不難處理。包紮安撫後，讓她鎮定下來，再送上飛往美國的班機。她的體重約在一百二十五磅上下，給予適量的藥物讓她平靜而順從，還能有辦法上下飛機，應該不難。

但今晚來不及了。首先他得回到他的安全藏身處之一，幫她清洗後重新評估情勢。捅了這麼大的簍子，委員會或許會決定結束他的性命。他已老而無用，而且開始衝動行事，因此從資產變成負債。他的雇主不是那種會給員工第二次機會的老闆。

哈金先生不是不能犧牲，但時間還沒到。何況主要目標都尚未現身，他已放棄任務，開始逃命。哈利．湯瑪森知道了一定臉色鐵青。那無所謂。他對結束早有準備，他已不再掛念任何事、任何人，甚至自己的臭皮囊。只要他確定雪若安全無虞，他們隨時可以來處置他。

她的韌性和恢復能力，都超乎他的想像。當太陽從法國鄉間升起，她的氣色已經好了許多，而且睡得安詳。他先往北朝諾曼地而行，再繞回來從西北方南下巴黎，而非直接從南部進入。這樣尚不足以擺脫追兵，但他希望再隔幾個小時才有人發現哈金先生的屍體，並看出誰不見了。

他考慮丟棄這部車，偷部新車更能掩飾行蹤，但基於某種理由他不願打擾熟睡中的雪若。他在巴黎有很多地方可以藏起這部車，他只祈求幸運之神再眷顧幾個小時，讓她平安上飛機。

他停在巴黎郊外的一個小鎮，沒有熄火，下車到一間小商店買必需品。他運氣好，他們有他猜想是她的尺碼的鞋，有健怡可樂和現成的三明治，那吃起來會跟長棍麵包一樣硬，但現在不是挑嘴的時候。他們都得吃東西才撐得下去，雖然他預料他得壓住她、強迫她吃。那個畫面有種怪異的煽情，但他沒時間多想。

濃甜的咖啡符合他的喜好，他一手開車經過巴黎早晨的街道，駕輕就熟地在神風特攻隊般的車陣中穿梭，像摩托車似地在卡車與計程車間蛇行，甚至還曾開上人行道。這麼快的車速，旁人只覺車子一閃而過，不會注意到任何事。巴黎慣有的交通擁塞在他眼裡根本是小事一樁，平安開進西部式旅館的地下停車場時，他相當確定沒有人跟來。他們在未來幾個小時內安全無虞。

這是一家美式旅館，平庸、昂貴而不顯眼，他長期租用一間中上等級的房間，在需要臨時藏身處或偶爾停工時使用。就他所知，還沒有人知道它的存在，但他也知道秘密維持不了多久。一旦他們開始找他，他們就會追蹤長期租屋紀錄，然後他的好運便蕩然無存。

不過那需要一些時間，而他願意賭一賭。雪若需要包紮與整理，也需要吃些東西，如果他不想使用藥物，還需要幫她洗腦。他尚未決定要跟她說什麼。他無法讓她相信這全是一場夢，因為她手臂上有烙印，耳旁的頭髮長度怪異。她臉色蒼白，眼袋青腫，那用冰敷應該有效。

他把車開進分配到的車位，熄火。這層停車場在這時候杳無人跡，無所事事的富人還沒起床，上班族則早就出門了。他因此得以在最少目擊者的情況下帶她進入房間。

她已經睜開眼睛，茫然望著他。她也已經把襯衫拉到前面，但沒有扣上。或許移動手臂太痛。他伸手要幫她扣，但她往後縮，彷彿怕他打她。

「我只是要幫妳扣好襯衫，」他說：「妳不能這樣進入飯店，尤其我們不想被人發現。」

「這裡是哪裡？」

「麥克琳恩飯店，為了預防這種狀況，我在這裡保留了一個房間。」

「這種狀況？你有過這樣的經驗？」

「有。」真假參半。他確實曾一身狼狽，或差點洩露身分，也曾有無辜者夾在兩軍之間。以前他會逃之夭夭、保護自己，任傷者自生自滅，但這次他沒有。

襯衫的前片碎成條狀，應該是哈金先生割開的。他伸手到後座要拿襯衫，看到她閃避，不覺有點惱怒。她怎會到現在還不能體認，他是她最無須擔憂的人？

「穿上，」他說：「把袖口扣好。那樣會較難清洗，我們不想讓全世界的人看到哈金先生的記號。」

聽到哈金先生的名字讓雪若發抖。「我可以披著它，何況人們比較可能會注意到我沒穿鞋。」

「我停車幫妳買鞋了。光著腳或穿別人的鞋，是無法逃命的。它們在後面的袋子裡。」他拔出車鑰匙，伸手從前座底下取出他的槍、兩本護照和藏得很好的一疊現金。她沒有動。

他爬出車子。「我們在這裡待得越久，情況就越危險，」他說。「快把襯衫換了，不然我會動手幫妳。」

她小心地脫去毀壞的襯衫時，他應該把頭轉開，但體貼有禮的階段早就過了。她的白色胸罩不像幾小時前穿的性感內衣那麼撩人，而她彆扭、痛苦的動著身體，套上他的襯衫，接著一臉厭惡、像撿人二手貨似的穿上鞋子。他注視著她，不願意有任何反應。

她跟著他進入電梯，步伐很慢，他也不催促，只要沒人看著他們或出現狀況，他便保持距離。電梯很小，瀰漫廢氣和大蒜的味道，電梯門關上了。電梯上升的途中，她一直低頭看著腳。

他也注視著她的腳。樸素的黑色平底鞋看起來相當合腳，長褲的破片拍打著小腿。她的頭髮有燒焦羊毛的味道，而她的血從白襯衫的寬鬆長袖裡流下來。

「糟了。」電梯還沒到達他的樓面就停住，電梯門打開讓其他人進來。他迅速把她逼進角落，用他較大的身體擋住她，讓她的臉埋入他的肩膀。她想跳開，但他更用力地摟住她的腰，施加的疼痛恰好足以讓她聽話又不致叫出聲音。「假裝我們是情侶。」他朝她耳裡輕聲說著德語。

如他所料，她完全明白他的意思，這異常之舉仍需解釋，但不是現在。剛進電梯的中年商人有禮地移開視線，而伯勤更貼近雪若，用他的髖部頂她，宛如熱情尚未滿足的情人。

她猛然往上一瞪，震驚地看著他。她一定是感覺到他的勃起了，也知道他是多麼齷齪的好色之徒。這種想法還挺好玩。

正因她一定會大起反感，他反而想吻她，但聰明人懂得不要強求。何況有旁觀者在場。

那男人出去了，電梯門還沒關上，她已將他推開，明顯地在發抖。「別再碰我。」她小聲說。

「別鬧孩子脾氣，」他回答：「我這是想救妳的命，雖然原因我也不清楚。妳必須安靜地聽我的話，跟著我走。如果我要在聖母院的中央，當著巴黎半數人的面跟妳做愛，妳也不能反對，瞭解嗎？」

「跟我的屍體做吧！」

「很有可能。」他們到達頂樓，走廊空無一人。他曾考慮要不要割斷方才那男人的喉嚨，但如果他們運氣好，敵人出現之前那男人早就離開飯店了。而處置那具屍體可能會製造更多問題，算了。更何況，雪若說不定會開始尖叫。非常不切實際，這些美國人。

「我們在最後一間。」他說，等她先踏出電梯。這不是禮貌，而是如果他先出去，她有可能按下電梯跑走，而他並不想跟她起衝突。她抬頭看著他，充足的日光讓一切一清二楚。他看到她深褐色眼裡的痛苦和恐懼，也看到直射而來的恨。

很好，那能幫助她活下去。他知道恨是非常有用的能量，而激起她的恨意並不會釀成傷害。對她，他也沒什麼好怕的——她不可能嚇他、傷他或從他身邊逃跑。但她的憤怒會讓她在身心都想放棄的時候，繼續努力存活。

他跟著她往走廊盡頭走去，平庸無奇的走廊，跟世界上一千家飯店如出一轍。他開門的時候，她裹足不前，他只好輕推一下。她給他的眼神，足以讓膽小的男人癱瘓。

「進臥房把衣服脫了。」

「滾你的蛋。」

他大笑。「妳的手腳都是割傷和燙傷，傷口需要消毒、擦藥，妳也需要休息。相信我，在妳恢復過來、於今晚離開之前，我不會碰妳的。」

她看起來並不相信。「離開？」

「我會送妳搭上飛機離開巴黎，回美國去。妳住哪裡？」

「北卡羅萊納。」

「離紐約近嗎？」

「不近。」

「那從紐約回家的路妳得自己想辦法。只要妳離開法國，安全就沒問題，但現在有很多人正趕著要來殺妳。」

「我想他們要殺的人是你，不是我。」

「噢，他們也想殺我。每個碰到我的人，最後大概都會想殺我。」他說。

「我可以理解。」她的聲音非常微弱。

他懶得爭辯。「妳是要自己脫了那些衣服，還是要我幫忙？」

「我自己來就行，」她頑固地說。「臥室在哪裡？」

他指著身後的雙扇門。「在裡面。我稍候就來。」

「我不會再次跟你睡覺的，」她說。他可以看到她的脆弱因憤怒高漲而消退。那也能幫助她活下去。

「再次？我不知道我們做過的事情跟睡覺有關。」

她滿臉通紅。他出神地望著紅暈染上她的臉龐，沒想到她還會有這樣純真的反應。他開始同情她了。「別放在心上，雪若，」他溫柔地說：「除了幫妳做些急救護理，我什麼也不會做。妳身上的其他部位都不會遭到侵犯。」

他看得出這種僅陳述事實的坦誠方式，只讓事情更困難，但這不是當下該煩惱的問題。她需要醫療、進食、著裝，踏上歸途，任何時間都很寶貴。除非他瘋狂走運，才可能到晚上還沒被找到，而最聰明的辦法是一直移動。但他必須先確定這位意外出現的夥伴能移動。

他回來時她坐在床上，彷彿去看婦科醫生那樣，將床單包在身上，而且仍穿著內衣。見他在身旁坐下，她便想移開。「別鬧孩子脾氣，雪若。」他說。

她看著他手上的深棕色瓶子和他打算使用的棉棒。「那是什麼？」她問。「藥房買不到這種東西。」

「它也是很好的東西。非常昂貴也非常高科技，比同等重量的黃金更值錢。能幫助傷口復原，讓它一兩天就消失，甚至不會留下疤痕。」

「你從哪裡弄來的？」

「商業秘密。」他將濃稠的半透明綠色液體倒在一根棉花棒上。「它只有一個缺點。」他輕握哈金先生用過刑的左手臂。

「怎樣？」

「擦在傷口時奇痛無比。」接著他將凝膠塗在第一道傷口上。

她抽了一下，他本以為她會大叫。他選擇這家飯店有很多理由，其中之一就是隔音絕佳，因此不必擔心有人會聽到她的叫聲，但除了喉嚨深處發出彷彿被勒住的聲音，她什麼話也沒說，堅忍地抵抗疼痛。

經驗告訴他，這說不定比哈金先生的「儀式」更痛。落在哈金先生手中的時候，因為驚嚇和恐懼她已經半麻木了，所以哈金先生的「手工藝」要過一陣子才會發揮效果。如果她活得到那時候。

她咬著唇不肯出聲，嘴又出血了。他繼續敷藥，盡力忽略她的身體因抵抗疼痛而產生的抽搐。

「對付疼痛有更好的方法，」他平靜地說，繼續在她的手臂上一條條的塗。「妳越是反抗，它的反擊就越厲害。如果妳放鬆，順其自然，情況幾乎會徹底轉變，彷彿痛的是別人。那種方式會好許多。」

「你有很多疼痛的經驗？」她好不容易才說出話來。

「夠多了，」他說。「吸氣。妳知道的，就像他們教小孩子那樣。深呼吸，規律的深呼吸，盡量放鬆。」

「我做不到。」她哽咽難言。他感受到她的心跳因疼痛而加速。

「我可以幫妳分心。」

這句話引起她的注意。「不要——」

「我知道，不要碰妳。」他放下那隻手臂，舉起另一隻。「那就跟我說話。告訴我，妳去哈金先生那裡做什麼。」

「我告訴過你了！我是代替我的室友去的，因為她要跟新交上的男友約會。我完全不知道那是什麼地方，更不知道要替那麼噁心的怪物工作。」

「現在妳知道了，而這也使得妳成為負擔。妳怎會剛好懂這麼多種語言？大部分美國女孩連英文都講不好。」

她憤怒地瞪他一眼。她是這麼容易預測，這麼容易玩弄。他只需針對美國女人說出輕蔑的評論，她就把痛苦忘得一乾二淨。他以前似乎喜歡複雜、難以預測的女人。但不知怎地，他喜歡她。

他還以為她不會回答。「我有點天分，」她的聲音因抵抗疼痛而抽緊。「我的父母送我去念昂貴的私立學校，我從幼稚園就開始學法文了。」

「難怪腔調那麼完美，其他的語言又是在哪裡學的？」

「學校。我在霍利約克學院主修現代語言，而且我的父母常出國。我甚至可以用拉丁語交談。」

「現在沒有人說拉丁語了。躺下來，讓我處理腿部的傷。」

她用太多精力對付疼痛，沒力氣反抗他了。她躺下來，拉床單蓋在身上。腿部的情況稍好，那時哈金先生正努力讓自己有高潮，還沒太注意這裡。

伯勤不久前才置身她的腿間。她有雙修長的美腿，但他在她的套房時未曾仔細欣賞。

「我說過我的語言能力很好，只要是語言我都喜歡。」

「那你為什麼要在一家三流出版社做那種爛工作？妳會是很多組織求之不得的天才。」

「我喜歡我的人生，我寧可翻譯兒童圖畫書，也不要涉足軍火秘密交易。」

他完成他的工作，把瓶子和棉棒放在地上，然後上床坐在她的身邊，俯看著她。「我的天使，那正是妳不該說的話。妳必須忘了前兩個晚上看到的一切，我們要對付的人非常危險，而妳已認得其中的大部分。妳是個聰明人，雖然行為愚蠢，但只要打定主意，應該可以破解我們在會議中討論的一切，現在妳已經知道那不是雞肉和穀物了。」

她不喜歡他靠這麼近，也不喜歡仰望他，儘管他沒碰到她。「忘了吧！雪若，」他輕柔地說：「否則妳即使想要後悔，也可能沒那個命了。」

雪若仰望著他。她平躺在他的床上，身上只有內衣和床單，而她在不到二十四小時前才跟他做過愛。該死，說不定不到十二小時——她完全不知道現在的時間。

她的身體動彈不得，甚至無法伸手推開他。他俯身看著她，深不可測的雙眼半開半閉；在那心慌意亂的瞬間，她以為他又要親吻她。

但他沒有。他撐起身子、離開，彷彿與她一刀兩斷。「我要去沖個澡，然後想辦法替妳弄本護照。」

「我不需要新的護照。」

他搖搖頭。「用本名走動，妳絕對到不了家。我知道我在做什麼，雪若，聽我的話，妳或許可以活著離開這團混亂。」

她瞪著他。「你是誰？」她說：「究竟是做什麼的？」

從他的微笑看不出任何端倪。「我認為妳沒有必要知道。試著睡一下，妳需要體力才能完全康復。」

她不想聽話，但她因過分疲憊，無法反對。疼痛已經減弱成隱約的抽痛，遍佈身體的每一吋，在這一刻，睡眠聽起來確實比真相重要許多。

「好吧！」她不甘願地說。

「什麼？妳竟然同意我的話？多麼難以置信。」

「去死吧！」她的聲音微弱，幾乎聽不見。

「這比較像妳，」他喃喃道。「盡量睡一下。等妳醒過來，可以再重新羞辱我。」

她以為睡意會立刻來襲，但它令人洩氣地頑抗。外面是陰天，如果她努力重建過去幾個小時的回憶，或許可以猜出現在是幾點鐘，但回憶是她最不想做的事。她不願回想昨天發生的任何事，從與他同車的那一刻開始。她不願回想在她房裡那段狂暴的時間，不願重新經歷那些痛苦和恐懼，她更不願記起吉爾斯．哈金死沈的身體壓在身上。名副其實的既死又沈。

他傷害她，企圖置她於死地，而她恨不得他死。她一直自以為是和平主義者，寧死也不願傷害別人，但事情一旦攸關自己的性命，所有高尚的情操便化為糞土。假如她有槍，她一定會親手射穿吉爾斯．哈金的腦袋，一定樂於親手了結他的一生。

或許吧！這一刻她已分不出真假。她聽到淋浴的水聲，聞到香皂、刮鬍膏和他身上的古龍水，若有似無、撩人的氣味。她一直無法斷定其中的成分──隱約、擾人、近乎……

煽情。她不喜歡搽香水的男人。

淋浴聲戛然而止，門不一會兒就開了。她抬頭看見伯勤一絲不掛地走進房間，連浴巾都不圍。她猛然撇開頭、閉上眼睛，然後聽到他的笑聲。

「男人的身體令妳不自在嗎？雪若。」他說。她不理他，讓眼睛緊閉，耳裡聽著衣服沙沙作響，以及抽屜和門開啟的聲音。出乎意料地，她竟然差點就睡著了，但一感覺身邊床鋪下陷，眼睛忧然睜開。

他沒穿太多，但至少已經得體。他穿上了長褲，襯衫前襟敞開。真奇怪。她都跟他做愛了，竟然還不知道他有沒有胸毛。

他沒有，他的肌膚光滑、晶亮，她再度閉上眼睛，試著將他隔絕於腦海之外。

他幫她蓋好被子。「睡吧！雪若。妳的藥需要再敷四個小時，然後就可以洗掉，但這四個小時內妳必須躺著，讓藥發揮療效。」

她原想充耳不聞，但還是忍不住反駁。「世上沒有一種藥能那麼快就治好吉爾斯·哈金在我身上搞的名堂。」

「或許沒有，但肉體的痛苦會消失。至於要不要讓它在妳心裡留下傷痕，由妳自己決定。」

「由我決定？」她想坐起來，但他把她推回床上，力道強勁。

「由妳決定，」他斬釘截鐵地說：「妳年輕、強壯而且聰明，即使因為聰明而弄得一身狼狽。但如果妳夠明智，我想妳會將它拋諸腦後。」

「真有感情。」她嘲笑他。

「只是實際，」他說：「他割傷妳、灼傷妳，但沒有強暴妳。」

「他沒有，強暴我的人是你。」

他罵了髒話，就算她再精通多國語言也不該知道的髒話，但她就是知道。過了一會兒，「隨妳怎麼說吧！」他說：「我一定有暫時性耳聾，我好像沒聽妳說過一個『不』字。」

她的確沒有說過，他倆心裡都有數。她沒有說話，片刻後，她感覺他離開床邊。她沒發現自己一直屏住呼吸，有點期待他再觸碰她，等他離開才把氣吐出來。

「我得出去一、兩個小時。不要應門，不要接電話，不要走到窗戶旁邊。我不認為有人知道這個地方，但妳也不能太過篤定，很多人正在找妳。」

她撇開頭，不理他。她只希望他消失，從這裡消失——要是他再多說一句，她真怕自己會破口大罵。

她聽到前門關起來，接著是自動鎖喀噠鎖上的聲音。她才睜開眼睛，看著昏暗的房間，發現自己終於獨自一人在他的床上。

她慢慢坐起來，盡力不動到傷口，但它們真的不痛了。不管那黏滑的綠色液體是什麼，它果真抑制了疼痛，至少目前如此。她輕觸手臂，看見那玩意兒在每一道傷口形成蠟般的塗敷層，將傷口封住，但不會因為身體挪動就脫落。她掀開床單、站起來的時候，甚至連一點刺痛的感覺都沒有。

那或許是某種放射性毒素，他幫她塗抹的時候真的痛入骨髓，而她任何時候都不信任他。但她覺得身體已比較強健，沒那麼虛弱了，所以單憑這點說不定可以判他無罪。她似乎已足夠強健，應該可以在他回來之前離開這個鬼地方。

她的衣服已被割得稀爛，不能穿著出門，而她寧可赤身露體也不要穿他的衣服。但自衛的本能終究還在，如果穿伯勤的衣服可以不必再見到他，那就穿吧！

他所有的衣服都是黑色的。當然，他的戲劇化不亞於他的魔鬼本性。不妙的是，她唯一穿得下的長褲，是一件寬鬆的絲質睡褲。他像大部分男人、尤其是法國男人，髖部很窄，偏偏她的屁股比較大。

然而，他並不是法國人。她不確定她怎會知道，他的法語毫無破綻，他的言行舉止、他的一切都顯示他就是她在網路上查到的那個人。住在馬賽的武器製造商之子，怪不得他會從事武器買賣。畢竟，從合法軍備到非法軍火只是半步之差。

而且「已婚」，她提醒自己，一面將手伸進他的絲質襯衫，且事先畏縮起來準備著。但輕薄如蟬翼的衣料幾乎沒碰觸到她的皮膚，她竟然毫無疼痛的感覺。她走到窗邊，凝視窗外。天冷且下著雨，再過不久可能就要飄雪了。現在下雪未免早了點，但話說回來，世界似乎已經橫著轉。她不能再指望會有正常的事情。

她搜遍整個房間，找不到一分錢。她找到一包想必是古柯鹼或海洛因、那種她碰都不想碰的東西，但沒有現金。沒有任何能送她前往巴黎另一頭的錢。要判定此刻的方位很容易，因為艾菲爾鐵塔在她的左手邊，而塞納河就在面前蜿蜒流過這座朦朧的城市。

走偏僻巷弄回到位於馬黑區的公寓是場長途跋涉，但怎樣都比待在這裡更好。她抓起他的外套，那是一件黑色開斯米風衣，觸感如奶油般柔軟，殘留的香水味挑逗著她，讓她恨不得一把將它扔掉，不要再被他的氣息和感覺包圍。

但現在不是表演戲劇動作的時候。她一手伸進頭髮，感覺它的參差不齊和燒焦的髮尾。目前無計可施，但只要回到公寓，她就可以叫希維亞幫她修剪。

他曾說，回她的公寓很危險，但他已經對她說了太多謊話，而且他才是她生命中唯一明顯存在的危險。何況沒有人知道她住在哪裡。小公寓是希維亞向她某位前男友轉租的，而她和雪若都未登記為房客。雪若的信件送到出版社，電話帳單則寄回美國，所以除非他們非常努力，根本不可能找到她。而她不覺得他們會認為她值得費心。

那並不表示她不會回美國。她固然不信任伯勤，但這二十四小時的所見所聞，已足以讓她明白自己的確在無意中碰上一群非常危險的人；而如果連伯勤都算好人，她就更不想見到真正的壞人。最安全的地方是北卡羅萊納的山區，過度呵護她的家人的懷抱。不知為什麼，巴黎和它周圍的鄉間，已經完全失去吸引力了。

裹著伯勤的外套，舉步維艱地穿過冰冷、潮濕的街道，並無法讓她的心情好轉。她的腳凍僵了，但至少鞋子合腳。真好笑，他竟然會在他們逃回巴黎的路上停下來幫她買一雙鞋。她實在無法理解他的腦子在想什麼，也不想理解。她只想遠離他和其他的人，越遠越好，不要被他們找到。

她餓了——簡直餓壞了，連回想吉爾斯．哈金的所作所為也無法轉移注意力。她想不起來多久沒吃東西了，而正是因為沒吃東西才能保持亢奮。她的公寓裡有食物和溫暖的床。明天就回家，搭她能搭的第一班飛機。下次當家人叫她不要出門的時候，或許她會乖乖聽話。

她果然猜對了，雨逐漸轉成雪。她停下腳步，靠著一棟建築喘氣。沒有人注意她，人人低頭快步穿過街道，絕不多管閒事。過一會兒，她挺起腰桿，繼續上路。天色越來越暗，而就算是燈火通明的巴黎街道，若非時勢所逼，她也不想一個人走。她用力拉緊外套，再次邁開大步，試著不去理會那若有似無的古龍水味。

——＊＊＊——＊＊＊——

他沒想到會花這麼多時間。法蘭克一向好商量，特別是伯勤表示願意出一大筆錢的時候。他答應今天晚上六點前備妥文件，他們可以在前往機場的路上順道過來，只要幾分鐘就能補上照片。

他要把她送上午夜前起飛的法國航空，然後便可以鬆一口氣，專心處理自己的事。吉爾斯．哈金比計畫中早死了一點，但那不算滔天大禍，畢竟克里斯也尚未現身。只要送走雪若，這個任務還有機會補救。他不太確定自己為什麼沒辦法等到那時候，他很少被情緒分散注意力。多一項意外行動，他就得多費唇舌向委員會解釋。然而他並不打算說出真相。

他進入一家小餐館，要了威士忌加蘇打水。雨不斷落下，逐漸轉成雪，而他坐在窗邊，看著窗外陰暗的街道，等待著。

在他對面坐下的男人外表像個英國公務員，古板、無趣、中產階級的中年男子。他的名字是哈利．湯瑪森，而實際上他是個沒有靈魂的機器人，把委員會當成一部上緊發條的機器操作著。他脫去濕了的雨衣，把手上的報紙放在桌上，要了杯咖啡，最後才看著伯勤。

「你做了什麼，尚馬克？」他質問道。

伯勤點了一根菸，兩天以來的第一根，充分利用它的戲劇效果。哈利或許知道他的真實姓名，一如知道所有人的真名，但總以尚馬克這個化名叫他，不知道這個特別的名字源自他的阿姨賽西兒養的寵物豬。

當然，尚馬克是隻非常優雅的豬。他們是有高貴血緣的家族，身邊的人和物不可能不優雅，而賽西兒喜歡將那隻大腹便便的越南豬強行帶入歐洲和亞洲最高級的飯店。這隻優雅而壞脾氣的豬，終於在賽西兒和他母親同遊緬甸時失蹤。

伯勤一直懷疑牠的終點是某個人家的廚房，算是牠咬伯勤臀部的報應。那是伯勤自己不對，當年他十二歲，無聊、叛逆、厭倦被人從地球的一端拖到另一端，又因為尚馬克得到的關愛比他多，他決定報復賽西兒和母親的背叛之舉，便在那隻豬於舖了毛的專用床墊上打盹時欺負牠。

尚馬克生氣了，咬了伯勤的屁股，贏得他不情願的敬意。至少那隻笨豬沒有不理不睬。

寵物豬失蹤的時候，賽西兒對牠早已失去興趣，一如多年前他母親也對獨生子失去了興趣，時間或許就在他出生之後的幾天。她曾清楚表明，他來到人世並非她的選擇。她當時的情人佔有慾很強，不讓她拿掉孩子，直到他證實孩子不是他的。而他拂袖而去之後，為時已晚。瑪西去了某位庸醫的診所，懇求進行晚期流產手術，而他在三個小時後出世。

他常納悶，她為何不乾脆勒死他，或把他扔進垃圾車。或者不必玷污她的雙手，就讓他在三十二年前那個十一月的冬夜裡餓死或凍死算了。或許她一時感情用事。或許是她的狀況太嚴重，她當時差點死掉，也使得他們只好動手術拿掉她的子宮和卵巢，使她永遠不必再受懷孕的屈辱。

過去他常想像她躺在那家診所的病床上，懼怕死亡，於是和她宣稱信仰的上帝討價還價。讓她活下去，她就撫養她的小孩，做個好母親。

但她根本沒有做到，她是個很爛的母親。至於所謂的撫養，他勉強算是被一連串飯店的男女僕人養大，然後在十五歲時和他母親的老友私奔，一個年齡大他一倍的女人，體態如少女，心如……

嗯，她是有愛心的，而且她愛他。或許是第一個愛他的人。他十七歲時在摩洛哥離開她，有一天趁她外出幫他買禮物的時候，頭也不回就走了。當他們不在床上時，她喜歡他衣著高雅，所以他很早就學會欣賞絲質衣物。她在幾年後過世，他聽說的，但懊悔的感覺早已不上心頭。

他二十出頭的時候被一個很像哈利．湯瑪森的男人吸收。一個冷血、鐵石心腸的渾蛋，深知伯勤這種人只要經過適當訓練，潛能無限。他們訓練他。

政治、道德對他毫無意義。表面上他是替「善」的一方工作，但就他所知，善惡雙方其實相差無幾。雙方都是屍骨堆成，甚至沒有人注意到夾在中間的無辜生命，他也一樣。雪若．安德伍是個特例，他打算在哈利那些人找到她之前，善盡照護之責的特例。

「吉爾斯．哈金那裡是怎麼回事？」

這是哈利最令他討厭的一點，滿嘴狗屎的人不必罵髒話。「事情出了點錯。我能說什麼？」他把菸頭按熄。他不想抽菸了，另一個惱人的情況。

「你可以告訴我，那個女孩是怎麼回事。她是什麼人？」

「女孩？」

「別裝蒜了，尚馬克。這個週末在米拉貝莊園的工作人員，不是只有你。那個美籍小秘書，是替誰工作？她出了什麼事？」

伯勤聳聳肩。「我跟你一樣沒有頭緒。我想她領男爵的薪水，但她去那裡是娛樂用途。你知道男爵喜歡偷窺，而且很喜歡莫妮卡和別的女人做給他看。」

哈利皺起鼻子，流露出獨身主義者特有的厭惡。「你甚至懶得查清楚？」

「我盡力了，老闆，」他慢吞吞地說，知道哈利討厭人家叫他老闆。「我怎麼也沒辦法讓她招供。」

哈利看了他許久。「如果你沒辦法從她身上挖出什麼，那我相信她應該沒什麼值得擔心。如果要我以一句話形容你，你是我們有史以來最好的審問者。比另一邊的任何人都出色，連已故的吉爾斯·哈金都比不上。他對他的創作太熱中了點。所以告訴我，我們的老朋友吉爾斯·哈金怎麼了，還有那個女孩又是怎麼回事？」

「死了。」他點了另一根菸。他不想抽這索然無味的東西，但這能給他一點事做。

「你把兩個人都殺了？」

「只有吉爾斯·哈金，他已經把那女孩做掉了。」

「她的屍體呢？」

伯勤隔著飄動的煙霧看著他。「吉爾斯．哈金完工的時候，她的身體已經所剩無幾了。」

「這樣啊！」哈利啜了一口咖啡。就伯勤所知，這男人不抽菸、不喝酒、不做愛。他只是一部機器，僅此而已。伯勤也將被訓練成這副德行。「太早了點，」哈利繼續，「不過只要沒有後遺症，應該還可以挽救。吉爾斯．哈金是可以棄置的，但伯勤．杜森不行。其他人會回巴黎完成討論，遲不出現的克里斯也會加入。你就等他們來吧！」

「你覺得他們不會起疑嗎？懷疑我為什麼要殺了吉爾斯．哈金？」

「他們認識你，也認識吉爾斯．哈金，哪有什麼好懷疑？他們在乎的是鞏固協議、劃分勢力範圍，並選出新領導人。他們或許會選吉爾斯．哈金，因為他是個勤快的傢伙，但在他出局之後，我猜克里斯十之八九會獲選。而你必須出手阻止。」

「他們或許可以對吉爾斯．哈金的死裝作沒看見，但克里斯的組織裡人手太多。他們一定會有後續動作。」

「所以你也會死，」哈利．湯瑪森說。

伯勤的眼睛連一下也沒眨。「是嗎？」

「事情很簡單，你應該做過，就算沒有，也不難。一旦他們選擇克里斯，你開始抱怨與胡鬧，把子彈塞進他的腦袋，然後我們派去的人會射殺你。你事先裝好假的血袋，一聽到槍聲，就像石頭般倒下。這表示你只有一槍擊斃克里斯的機會，必須一舉成功。」

「我從不失手。」

「的確。所以伯勤．杜森會死，而我可能會讓你在接下一個任務之前，到法國南部度幾天假，這樣夠意思吧！凡事都有第一次。」

伯勤又點了根他不想抽的菸。「那群軍火商接下來會怎樣？」

「男爵顯然是下一個人選，他很容易控制。我們無意中止他們的事業。總有人要提供武器給國際恐怖分子，而藉由監視這個集團，我們可以循線查出各分支團體，介入他們的計畫。」

「去年四月我運了雷管到敘利亞。有七十三個人喪命，包括十七名孩童。」他的聲音不帶感情，但瞞不過哈利．湯瑪森。

「別告訴我，你還在介意那種事！戰爭是要付出代價的，孩子。對抗恐怖主義一定會有死傷，尚馬克。你跟我一樣瞭解那些數學。死了七十三個人，卻有可能拯救成千上萬的人。有時候你必須在兩害之中取其輕。」

「是啊！」伯勤說，隔著菸圈看他。

「尚馬克，我信任你，我知道你從來沒有犯過撒謊的錯誤。如果你說那女孩死了，那我就相信她一定死了。何況你有什麼理由說謊？認識你這麼多年，我從沒見你流露過任何人類的情感，或任何弱點。你是部機器，先進而精準，不可或缺。」

「就算是機器也需要休息，」他說。「讓別人執行這個任務，讓我消失吧！簡森的偽裝已經牢不可破，他可以處理克里斯。」

「為什麼？」

「因為我累了。」

「幹我們這一行的人不能有職業倦怠。很少休假，不能休息。只有一種退休方式，尚馬克。像吉爾斯．哈金那樣的方式。」

「這是恐嚇嗎？」他懶洋洋地問，按熄菸頭。

「不，只是陳述事實。那群軍火商明天將在丹尼斯飯店開會，克里斯後天會到。就交給你了。我有充分的信心，你會完成該完成的事。」

「是嗎？」

「別惹我生氣，尚馬克。你知道搞砸這件事的後果有多嚴重。」他起身，把報紙摺得整整齊齊夾在腋下。

「自由世界從此毀滅嗎？哪一次不是如此？」伯勤懶得起身。「我聽太多了。什麼多數人的需要大於少數人的需要，都是垃圾。你一定是看太多《星艦迷航記》了。」

「我想你要說的是《星際大戰》吧！」哈利說。

「我很清楚賭注是什麼。」伯勤說。

「千萬別忘記。任何事情。」

伯勤抬頭看他。他的時間已經不多，而他什麼也不在意。他的好運已比他的預期更久，但不會再久了。他會在第一場雪降下來之前死去。但是，雪似乎已經在下了。

但在他們找到他之前，看在舊日的交情，他或許會先割斷哈利．湯瑪森的喉嚨。

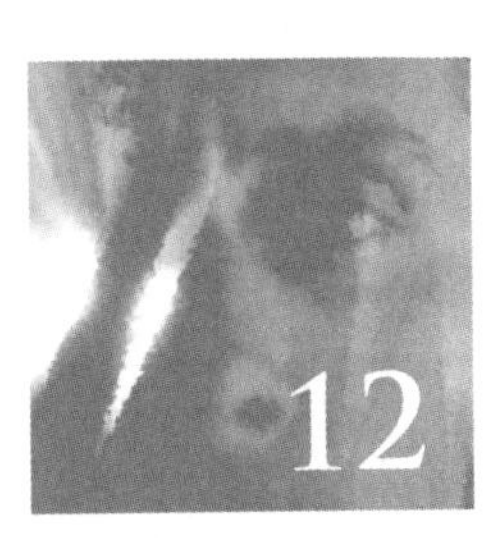

她不見了，理所當然。他甚至一踏進狹窄的電梯就知道了，不過他還是上樓，確定一下。房間裡一片漆黑，她還讓一扇窗開著。冰冷的空氣夾帶零星的雪花灌了進來，他關上窗子，放下窗簾，才把燈打開。他不知道他們有沒有在監視，但他沒有心情冒險。

沒有強行進入的跡象，沒有血跡。她的衣服留在房裡，但他的外套消失無蹤，而且有人搜過他的衣櫃。如果他們來抓她，不會費心幫她更衣。他們也不會費心把她帶走，倘若他們找上門，她會陳屍他的床上。

這表示她的離開是出於自願，所以她不再是他的責任。他警告過她，基於某種唐吉訶德式的瘋狂理由，他竟試著救她。不管他願不願意承認，都已冒了身分曝光的危險。

而她對他的命令置若罔聞，消失了。他樂得輕鬆。

她相當徹底地搜過這裡，這倒令他意外。她想找到什麼？或許她終究還是愚弄了他，或許她終究不是已讓他信以為真的無辜者。接著他想起她高潮時的眼神，知道她真的毫無隱瞞。哈利・湯瑪森說得很對。沒有人可以對他隱瞞真相，如果他決心查明。

她發現了那些毒品，不過連碰都沒碰。留著那些是為了求保險，在某些不缺錢的線民眼中，那是很有市場的必需品。他放入口袋以備不時之需，然後安靜、仔細地走遍房間，擦拭每一個表面。這無法防範DNA專家，但他們沒道理這麼大費周章。沒有死屍、沒有犯罪跡象。只有一位神祕房客失蹤，留下衣物和盥洗用品，但沒有留下任何指紋。

若要做得徹底，他可以燒了這個地方。他的房間在頂樓，大部分的房客都可以毫髮無傷地逃出。但一把火可能會引來太多關注。還是默默離開就好，遠離這棟平庸無奇的建築，遠離雪若・安德伍的惱人回憶，以及她應有的命運。

他走出飯店，踏入潮濕、冰冷的夜，拉緊西裝外套，咒罵那位不僅不聽話、還帶走他的外套的客人。他沒有開車，太多人看過它，與它有關的紀錄也追溯不到他的真實人生或委員會，放在車庫也無妨。

他走進玫瑰路附近一家煙霧瀰漫的酒吧時，已近午夜。這是他停留的第三個點，他在巴黎歌劇院附近吃晚餐、去他目前的身分常去的一家小俱樂部賭了幾把，現在則置身於馬黑區一個昏暗的小地方。過去數十年來，巴黎許多地方都在進行高級化，但這地區幾乎原封未動。

「艾提恩！」當他奮力擠進擁擠的店裡，酒保歡迎他。「什麼風把你吹來的？好久沒看到你了……多久啦？兩年？我還以為你死了呢！」

「我很難死的，」他說，自動轉成艾提恩帶著濃重喉音的馬賽腔。「近來如何啊？費南度。」

費南度聳聳肩。「就過日子嘛！喝點什麼？你還喜歡俄羅斯伏特加嗎？」

其實伯勤一向沒有那麼喜歡伏特加，但他還是友善地點點頭，在吧台找了個位子坐下，拿出他的吉丹牌香菸。

「你換牌子了喔！」費南度朝他的菸點火。「我以為你只抽美國煙。」

足以致命的無心之過，伯勤略微顫抖地想，這是預告嗎？他越來越疏忽了。「我換來換去，」他說，「我不是講究忠誠的人。」

「我記住了。」費南度幫他倒了一小杯伏特加，伯勤馬上一飲而盡，然後把杯子推過去再要一杯。「看你的樣子都沒變。日子過得如何？」

「亂七八糟，一如往昔，」他輕鬆地說。事實上，伯勤此刻的外表和他曾經扮演過的艾提恩迥然不同。艾提恩是工人階級，穿皮衣和牛仔褲，頭髮中分且短許多，而且總是蓄著兩天沒刮的鬍渣。重點是表達方式，伯勤已經發現。只要改變說話和動作的方式，他就能當艾提恩、尚馬克、法蘭克、舒文或其他任何人，很少有人能識破。

「你還沒告訴我，你來這裡做什麼，」費南度堅持要問。「有我幫得上忙的地方嗎？」

以往費南度會供應毒品、情報和「洗過的錢」，但這些伯勤都不需要。

「就不能來跟老朋友喝兩杯嗎？」他狀似輕鬆地回答。

「你這種人不會。」

伯勤瞥了外面的街道一眼。雪仍緩緩飄著，街道空無一人。在這種天寒地凍的無聊夜晚，醒著的人都待在暖和的地方。而他終於好笑地領悟到，自己三更半夜來破爛的馬黑區做什麼，雖然更重要的事情多得是。

「為了一個女人，費南度，」伯勤掛上自我憎惡的笑容說。「我來見一個女人的，想先暖暖身再去面對她的憤怒。」

「啊！」費南度點點頭，終於滿意了。「這麼說，她住在這附近囉？說不定我認識她？」

「說不定喔！她是義大利人，」他編起故事來。「我的瑪潔娜啊，嬌小、豐滿、火一般的熱情。或許你可以告訴我，有沒有在這裡見過她。我想知道她有沒有亂來。她發誓她沒有，但誰能信賴女人？」

「到底是誰？聽起來不太熟悉。她住在哪裡？」

雪若和一個英國女孩合租一間小公寓，就離這裡兩條街，她抵達莊園不久他就查到了。其他人應該也知道，但她應該懂得遠離他們一定會最先尋找的地方。應該吧？

然而她已經不是他的問題了，可是他怎會無來由地來到離她兩條街的酒吧。算了，就別再掙扎，去看看她在不在那裡吧！

如果她不在，他可以忘了她。他早該忘了她的，但這種事情知易行難。他喜歡事情有完整的答案，而雪若的失蹤留下太多懸而未決的後遺症。

費南度以好奇的眼光盯著他看。畢竟，情報是他最有價值的商品，當然會想盡辦法從伯勤身上挖寶，以便將來派上用場。

伯勤說了反方向的一條街名。「我還是在她決定來這裡找我以前，趕快過去吧！」

「那我們下次再見囉？帶你女朋友一起來？」費南度仍不死心。

「這裡會是我第二個家，」伯勤信口開河，繼續扮演艾提恩這隻微醺的鬥雞。「晚安！」

費南度跟著他走出酒吧時，他已藏匿於轉角的陰影中。矮小的費南度朝輕輕飄落的雪幕裡搜尋他的身影，不知他其實躲在數步之外。費南度咒罵了一句，走到酒吧的角落，避開光線，拿出手機。

兩人相隔太遠，伯勤只聽到其中幾句，但那幾句已足以讓他知道，他離期待中的死期不遠了。再犯一次這種錯誤，生命就會結束。可惜他無法逼自己在意。費南度替誰工作並不重要。跟費南度有來往的人之中，起碼有六、七個希望伯勤死去。

費南度關上電話，最後一次環顧四周，吐了口口水才轉身進入酒吧。伯勤開始猜測「援軍」多久會出現。

不要緊，在費南度神祕的夥伴到達之前，他已經走遠。查看那間公寓只需要幾分鐘。之後，除非他要自我毀滅，否則他會前去聖傑曼德佩區的房子，恢復伯勤．杜森的身分。雪若小姐就請自求多福吧！

＊＊＊　＊＊＊

希維亞和雪若合租的房子位於馬黑最貧窮地區一間舊公寓的頂樓。公寓一樓租給菸草商，二樓是一對長年雲遊四海的老夫婦，頂樓則有幾間儲藏室和這間狹窄的住家。雪若終於從路口轉進來的時候，整棟屋子一片漆黑。

她的頭髮被雪浸濕，燒焦的髮尾好臭。她要做的第一件事是洗澡，用力把身體，甚至那些塗了蠟的傷口刷乾淨。從他把那玩意兒塗在她身上到現在，早已不只四個小時。從她好不容易離開那家飯店，沒有人多看她一眼到現在，早已不只四個小時。她緊裹在他的黑外套裡，他們或許會以為他是伯勤。只不過他走路的姿態幾乎不可能模仿，無論她或任何人都不可能。

或許，二十年後，她仍會記得他，仍會納悶當初是什麼突如其來的瘋狂席捲了自己。她想認為自己被下藥，任何可推卸責任的理由都好，但她不能。她的意識確實被改變，但並非藥物或其他任何事……天啊，她甚至不知從何理解自己怎會有那樣的舉動。

她厭倦一成不變的生活、渴望浪漫戀情和冒險。不，老實說她渴望的是性和暴力，而她確實得到了性和暴力。許願要慎重，那是中國人說的嗎？或者該說「祝你生活有趣」？隨便吧！反正現在她只想要洗個澡和一張溫暖的床，而明天她就會回到家人深情、呵護的臂彎，以及人人唾手可得的無聊生活。

這一刻她才發現自己沒有鑰匙。沒有樓下大門的鑰匙，也沒有樓上公寓的鑰匙，她差點絕望得哭出來。她的腳好痛，頭髮的味道像淋濕的狗，全身疼痛不堪；而雖然空腹，她卻想吐。而且很冷，即使穿著柔軟的開斯米大衣。

她可以去警局，但他們一定會問她不想回答的問題。她可以去美國大使館，但那在反方向的一英哩之外，而她不覺得自己還能走一英呎，何況是沿著開始積雪的街道折返。

但幸運終究與她同在。樓下大門再次沒鎖，希維亞常常懶得鎖，而過去幾天這裡根本沒有其他人。她關上門，將自己禁閉在漆黑、寒冷的走廊，伸手想摸索電燈開關，指引她爬兩層樓。

然後她把手縮回來。樓梯間很暗，但她瞭若指掌，況且沒必要引人注意。理應沒有人知道她住在這裡，但伯勤令她緊張。如果她能像鬼魂般無聲無息、摸黑穿過這個地方，比較不會有人過來探查。

家門鎖著，不過希維亞常弄丟鑰匙，所以在走廊窗框上面藏了一把。她把門推開，冰冷的空氣迎面而來。希維亞一定出門到她年長的情人懷裡狂歡去了。

她關上門，背靠著它，慢慢吐出一口氣。她離家並沒有那麼久，才兩個晚上。

月亮從天窗照下來，灑進足夠的光線讓雪若穿過凌亂的屋內。她先轉開暖爐，但仍在伯勤的外套裡打顫，她接著去放洗澡水。這戶住家的格局並不好，只有歸希維亞使用的一間臥室、一間小廚房、一間更小的浴室，以及亂七八糟的客廳。雪若睡客廳地板的床墊，勇敢地不去思考老房子一定會有的昆蟲和齧齒動物的問題。

她打開希維亞房間的門窺視一眼，即使有月光滲入，她仍覺得那裡彷彿被炸彈轟過。希維亞一定是在幫雪若整理這個神祕週末所需的行頭時，把東西扔得到處都是。等她知道從此再也見不到最好的一批衣裳，她一定不會太高興。

但她再不高興，也比不上雪若的心情惡劣。雪若瞭解希維亞，知道她沒十天半個月應該不會回來，而雪若在那之前應已遠走高飛了。她一回美國就會把租金電匯過來，直到希維亞找到新房客，另外還會多匯一點錢，讓希維亞買新的設計師服飾。

雪若雖然沒什麼錢，但她的家人有錢到不知怎麼花，況且她回家的決定一定會讓他們欣喜若狂，寄給希維亞的錢一定不會小氣。

雪若沒照鏡子便扯掉伯勤的衣褲，一腳踢開。她浸入老式浴缸，準備迎接燒烙般的疼痛，但熱水宛如深情的擁抱將她環繞。她發出愉悅的呻吟沒入水中，閉上雙眼，經歷過那場看似無止境的夢魘之後，第一次如此平靜。

但水終會變冷，人生終須面對。她爬出浴缸，瞥了一下鏡子。她怔住了，驚訝地凝視著鏡中的倒影。

那討厭而刺痛的綠色凝膠發揮了功效。火和刀造成的一條條痛苦斑紋仍在，但看起來像是幾個月前的舊傷，一段遙遠的記憶。她的髖部有幾處深色的印記，她看仔細些，終於想起那是他抓著她時留下的指印。伯勤。當其他傷痕逐漸痊癒，這些印記卻不肯消退，讓人啼笑皆非。

她拿浴巾包住自己。濕答答的頭髮是場災難，而且等不到希維亞歸來，看來只好自己下手。她找出剪刀，開始亂剪一通，長短不一的頭髮紛紛落到洗臉台。

她原本希望能複製電影裡的改造情節：戴眼鏡的無趣秘書拿指甲刀修剪一支拖把，便搖身成為酷似奧黛莉赫本的冶豔女神。顯然她的功力還差一大截。她在失控之前放下剪刀，或許乾了就會好看一點。她母親的美髮師看了會嚇得大叫，然後親自操刀，所以幾天後她將成為時髦又漂亮的小姐。現在她只覺得自己像一隻快溺死的貓。

暖氣已奮力充滿客廳，但空氣仍不流通，所以她把一扇窗子開了一條縫，在她的衣物中翻找那件最溫暖的睡衣，總是令希維亞大笑的、祖母時代的法蘭絨睡衣。今天晚上這裡沒有人會嘲笑她，而她需要那柔軟的布料溫暖而舒適的包裹。

除了穀片和乳酪，沒東西可吃。她在黑暗中吃了兩碗維多麥，用一杯酒將它們吞進肚子裡，然後爬進薄薄床墊上的鴨絨被中。今天晚上就算鼠輩橫行她也不會動，她只想睡覺。

她睡著了，作了可怕的夢。天底下最恐怖的噩夢，吉爾斯．哈金的臉慢慢逼近，他輕柔諂媚的語調駭人而不帶怒氣，而他一邊拿刀深情地劃過她的皮膚，諒她也不敢大叫。

在夢裡他沒有停下來。在夢裡她失血至死，吉爾斯．哈金笑著俯視她，輕輕點頭，而伯勤坐在王座般的椅子裡，被女人簇擁著，一邊啜飲威士忌，一邊觀賞。

到目前為止都可以忍受。她知道她在作夢，不管它感覺有多真實，她的大腦仍有一小部分的意識是清楚的，足以讓她相信那不是真的。

但她的夢不肯輕易罷休。她不再垂死、流血了。她躺在一張舖著純白蕾絲的床上，伯勤在她身上、在她體內，以緩慢、邪惡的強度和她交媾，那快感如此劇烈，讓她覺得身體在睡夢中抽搐。

她一會兒冷、一會兒熱，被子一下太薄、一下太厚，而她感覺到伯勤就在身邊，他的氣味像擁抱般挑逗著她，使她不願沈入更深的夢境。她不想作夢，她不想回憶，她只想要溫暖和漆黑。

遠方某處，教堂鐘聲敲了四響。她該起床關窗，但她終於覺得暖和了，因此再睡又何妨。等到早上，在日光之下，她將能面對一切。在黑暗中，她只能躲藏。

事情好像不太對。多麼神奇，最近又有哪件事是對的？所以不想為妙。只有時間和日光能讓事情好轉。

她在薄床墊上輾轉反側，把被子拉上來蓋住下巴，同時伸手想摸索伯勤的外套披在身上，多一層東西抵禦寒冷。

但外套不在那裡，她好像把它放在一張椅子上了。她在黑暗中睜開眼，只看到伯勤倚著牆坐在身旁的地板上，動也不動，靜靜注視著她。

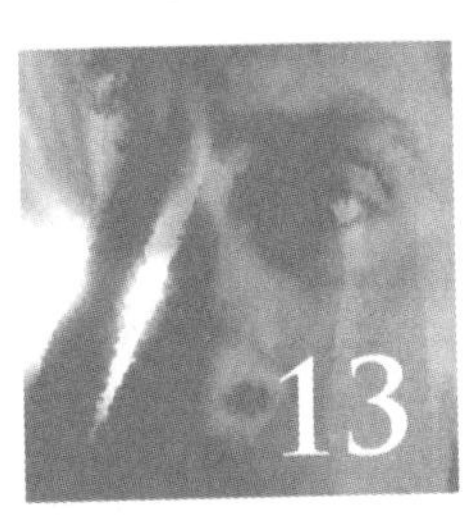

有那麼片刻，她以為自己仍在睡夢中，而這是噩夢成真，因此她告訴自己這只是一場夢。但他的聲音在幽暗中緩慢而平靜地傳來。

「妳竟然還活著，真是幸運。」他輕聲說。

她壓下爭辯的誘惑，只靜靜地躺著，希望他會自動消失。但他真實與具體得令人苦惱，而且離她太近。「你怎麼找到我的？」她終於問：「又是怎麼進來的？」

他仍靠著牆，沒有移動。修長的腿向前伸直、交叉，雙手放在膝上。「我告訴過妳，他們要找到妳是輕而易舉的事，但我動作更快。不過，他們也馬上就會追到我們。」

「我們？」

他抬頭注視她。「我有個習慣，是我開始的事，我總會把它完成。妳已經錯過一班飛機，但我會讓妳搭上下一班，就算我必須把妳敲昏、綁起來塞進大皮箱運走。」

她伸手要開床頭燈，但他抓住她的手腕阻止她，她猛一甩手，燈被撞倒。

「我們不需要燈，」他說：「妳回來時沒有開燈是聰明的。雖然如果他們找上妳，黑暗這種小事並無法阻止他們的行動，但別引來不必要的注意總是聰明的。」

「或許我是上床之前才關燈的。」

「我在妳像個賣火柴的小女孩回來之前，已經在這裡了。我認為讓妳睡幾個小時應該無傷大雅。可是妳偷了我的外套，我快凍僵了。」

「算你倒楣。」她沒有問他原來躲在哪裡，又看到了什麼。事到如今她什麼也不能做，如果知道他曾看著她洗澡，看著她亂剪頭髮和檢查身上的傷，她會更不高興。不知道最好。

他已經倒了她的酒在喝，酒瓶和玻璃杯都在他身旁的地上。她不知他到這裡多久，自己又睡了多久。

「你為什麼要改變主意？」她突然問。她把被子抓在胸口，身體往他的反方向移，坐到角落。然後她才發現手上抓著他的外套，於是放手。

「改變主意？」他問。

「關於我。我在哈金先生那裡很久，他喜歡一邊傷人，一邊講個不停。是你讓他知道我搜尋網路，他也不認為我除了真正的我以外，另有身分。」

「除了真正的妳以外，另有身分？什麼身分？」他沒等她回答。「吉爾斯．哈金一旦決定不相信妳，不管我怎麼做都阻止不了。給他看妳那些愚蠢的上網紀錄，只是加快事情進展的速度。」

「那你為什麼要改變主意來救我？」

「我沒有。」

她覺得冷、很冷，但沒有伸手拿他的外套。「那你為什麼要去那裡？純粹去看戲嗎？」

他聳聳肩。「我很意外妳還活著。吉爾斯．哈金一定比平常得到更多樂趣，才會幾乎沒有碰妳。」

「幾乎沒有碰我？」她的聲調揚起，而他的動作快如黑暗中的一團模糊，眨眼間已捂住她的嘴，將她壓在牆上要她安靜。不久前他曾在另一面牆前壓住她，而她不明白他現在要做什麼。

「不要那麼大聲，」他在黑暗中望入她的眼裡。如此靠近。「請不要跟妳的行為一樣愚蠢。」

他的手移開，她沈默下來，仰望著他。等著他來碰她。他就要吻她了，而她不確定自己會有何反應。

但他沒有。他移開身體，回數呎外的地上坐著。「我找吉爾斯．哈金其實是有別的事情，但看到妳還活著，一時興起便把他殺了。」

「一時興起？」

他聳聳肩，一派法式風格，但她不相信他是法國人。「或許是我自己不想活了吧！我已經活在借來的時間，而帶妳離開那裡，只會加快事情的進展。天曉得當妳今天走掉時，我真該就此放手算了，但妳令人生氣。我拚了老命救妳，妳至少可以聽我的話。」

「我本來就不愛聽話。我一向都只做我想做的事，不然我不會在巴黎。」

「我一點也不在乎妳想做什麼事。回美國的家，好好待在那裡。妳瞭解嗎？」

她巴不得趕快回美國，但心魔驅使她頂嘴。「如果我說我不回去呢？」

「那我就割斷妳的喉嚨，把妳丟在這裡。這似乎很可惜，因為我已經花了這麼大的心血。我敷在妳傷口上的藥非常貴重，早知道沒過幾個小時還是必須殺了妳，就不該浪費在妳身上。但我還是會動手。妳是個負擔，是負擔也是危險，或許我根本不該阻止吉爾斯．哈金，但既然我阻止了，我就該幫妳度過這個難關。妳自己決定吧！看妳是想現在斃命，一了百了？或者想回家過正常的生活？」

他是如此一本正經地談著死亡和殺人，讓她毫不懷疑他說了就一定會做。她只能望進那對深邃、空洞的眼睛。「我怎麼知道你可以保護我的安全？」

「妳沒辦法知道。人生沒有任何保障。但妳跟我同行，當然比妳獨自行動更有希望。如果我失敗了，我保證會親手解決妳，不讓妳落入比吉爾斯．哈金更惡劣的那些人的手中。我會讓妳死得乾淨俐落，沒有痛苦。」

她吞嚥一下。「還有人比吉爾斯．哈金更惡劣？」

「事實上，最擅長嚴刑拷打的往往是女人。這並不意外。」

她在黑暗中瞪著他。「你到底是誰？」

他冷冷的笑容讓人心裡發毛。「妳不再相信我是馬賽來的軍火商了嗎？真虧妳相信了那麼久。」

「那你究竟是誰？伯勤．杜森是你的真名嗎？」

「我看起來像個聖人嗎？雪若。妳不必知道我是誰。妳只需要知道我是一個幾乎無人知曉，但妳也最好不要知道的國際組織的一員就好。保持安靜，照我的話做就不會有錯。」

她凝視著他，冰冷的噁心感覺在胃裡翻攪。「你可以告訴我一件事嗎？你是好人這邊，還是壞人那邊的？」

「相信我，」他不耐煩地說，「兩者沒有太大的差別。我們必須在黎明之前離開這裡，去換下那件性感的睡衣，多穿幾件衣服。只有美國人才穿這種衣服睡覺。」

她低頭看看柔軟的法蘭絨睡衣。「我在逃命而且快要凍僵了，難道要穿蕾絲睡衣？你看太多電影了。」

「我從來不看電影。」

她爬到床墊另一頭，盡可能遠離他。那其實沒有必要，他似乎已經沒有興趣碰她了。她站起來走到窗邊的小衣櫃，抽出乾淨的內衣、牛仔褲和暖和的襯衫。正準備去浴室時，他叫住她。

「妳要去哪裡？」

「浴室。我要上個廁所，然後在裡面換衣服，除非你有任何異議。」

「不必那麼保守，我對妳赤裸的身體沒有興趣。」

他早已表現得很清楚了，但不知為什麼，這番平靜的聲明叫人忍無可忍。她猛然把衣物扔到最近的椅子上，使勁將睡衣從頭上拉出來，聽見睡衣因她的憤怒被撕破。她將睡衣朝他扔去，然後拾起衣物，昂首闊步地走進浴室，裸裎的身軀在月光下閃閃發亮。

她在最後一刻想到不可以任性地甩門。不值得為此犧牲生命，也不值得讓他因此起身碰觸她。事實已如此明顯：性只是他獲取情報的手段。既然他已經得知必須知道的事，她就沒有用處了。

她想沖個澡，但那或許太過火。最後她只上了廁所，便迅速穿上衣服。她的短髮乾成一團亂，雖然比她想像中好看，但離好萊塢式的超級大變身還差很遠。反正他從不看電影。況且他怎麼想顯然並不重要，因為他對她沒有興趣。謝天謝地。

她會聽他的話，沒問題。她會安靜、聽話——只要能盡快離開法國這個鬼地方，要她怎麼做都可以。她得離開法國，才能安全，但雖然經歷吉爾斯．哈金恐怖的折磨，她依然不太相信自己面臨多大的危險。不，最重要的是，遠離這個神祕的男人，而且不用在以為已經逃開時，再擔心他會出現。

＊＊＊

他一手拿著睡衣，看她離開房間。她那沐浴在月光下的身體白如凝脂，而他看見凝膠確實發揮了功效。

他差點笑出來。她是如此容易被激怒，渾然不知她其實有多誘人。他只想剝光衣服，爬進鴨絨被裡與她共寢，迷失在她的身體、迷失在黑暗中。他累了，真的累了。

但他會保持距離，即使從她眼裡已讀出他可以佔有她。他把臉埋進柔軟的法蘭絨，吸入她的身體、香皂和肌膚的味道。她不知道，無形無狀的柔軟法蘭絨包住嬌嫩而肉慾的身體，是一種多麼煽情的組合。而他絕不打算告訴她。

假如他是心中還有柔情的男人，或許會留著這件睡衣當紀念品紀念她。她不同於跟他打過交道的任何人，如此脆弱、憤怒，卻又出奇的勇敢。但他不需要用一件睡衣在餘生懷念她。他的餘生不會那麼長。

她猛然拉掉睡衣的時候，已經把它撕破了，那時他忙著垂涎她的身體，沒有發現。布料很舊了，因為洗過太多次而非常柔軟，一定跟著她很多年。或許她從小女孩的時候就穿著它入睡，而她現在也沒多大。

他不知道為什麼要這樣做。但他做了。他抓著睡衣，從撕破的地方撕了一片下來。他不會給她打包的機會，所以她不會發現。他把那一小片衣料塞進口袋，若無其事地看著她從浴室走出來，她仍一副忿忿不平的樣子，只是穿了更多衣服。

激怒一個女人最快的方法，大概就是告訴她，你不想要她。他承受不起她知道他其實很想要的後果。他們有過的性愛不具任何意義，短暫、強烈，甚至嚴酷。她像朵雛菊，該由溫柔的情人小心呵護，而非和一名謀殺犯亡命天涯。

他不久前才開始認為自己是謀殺犯，而這個稱號的確適合他。他因自衛而殺人，他冷血地殺人，他以暗殺的手法殺人，他在正規戰鬥中殺人。他殺過女人和男人，而他希望上帝不要讓他非殺雪若不可。但如果不得不如此，他依然會動手。

如果有那麼一天，或許他會在她斷氣前告訴她。他可以很快完成，她幾乎不會知道發生什麼事，但在他一刀插入她的心臟之前，他可能會告訴她實話。至少她可以在沾沾自喜中死去。

他多慮了。若他得被迫殺她，那他一定也失敗了，而他不會容許自己失敗。只要不斷前進，他們就不會有事。只要他不碰她，他們就能不斷前進。

「妳自己有外套嗎？或者我必須讓妳穿我的？」

「我的在莊園裡。我可以跟希維亞借一件來穿，反正她最好的一些衣服已經被我弄丟了。」她坐到椅子上，開始穿鞋襪。他不必告訴她穿舒服一點的鞋，她的靴子看起來耐穿、耐磨，而且低跟。必要時，可以穿著跑路。

他沒見過她穿牛仔褲和毛衣。她看起來更像美國人，甚至更誘人。她起身，打開臥室的房門，而他立刻認出了那股氣味。

他很想及時趕到，但他花了整整一秒鐘才跳起來，而她已經走進房間。儘管天已微亮，那個房間仍比屋裡其他地方暗，所以她不會看到什麼。但她一定知道了，因為她把燈打開。

儘管他立刻蓋住她的手、關燈，依然來不及不讓她看到地板上那具女屍。死亡時間不超過幾個小時，或許只比雪若到家的時間早一點點。如果她曾走進那個房間，那股味道應該很明顯。

他伸手抱住雪若，一手迅速捂住她的嘴，壓下她的尖叫，把她拖出房間，用腳把門關上，將屍體隔在視線之外。但那氣味已經充斥整個屋子，他們必須離開，越快越好。

她開始作嘔，他不怪她，但他也不能在此時展現紳士風度。他是從後面進來的，翻過屋頂，穿過儲藏室的窗戶，現在他要帶著雪若循原路回去，就算必須把她扛在肩上、背著她跑。

她不再想要尖叫了，他放開她的嘴，迅速從床上抓起他的外套，推她離開公寓，把門關上。

旋即帶著盤旋不散的死亡惡臭，進入巴黎冰冷的黎明。

雪若嚇壞了，這是伯勤好一段時間以來第一次如此幸運。她嚇得說不出話、提不出異議，除了盲目地隨他移動，什麼也做不了。他先停下腳步，用他的外套裹住她，然後抓起她癱軟的手，繼續前進。如果放開她，她說不定就怔怔地站在街道中央，直到他們找上來。

他走得很快，在巷弄裡進進出出、沿原路折返。他們既然來殺了那個女孩，為何沒有緊追著他們？或許是陰錯陽差。如果他們派來的人沒見過雪若，或許把她的室友誤認成她。也或許他們因警告或滅口殺了那個女孩，再出門去尋找他們，只是碰巧錯過了。

那種可能性微乎其微，他不相信有福星高照這回事。第六感告訴他，當他帶著雪若穿過曙光微亮的街道時，並沒有被任何人看到。或許他們以為他早已把她帶走了。

可憐的美國傻妞，捲入了她玩不起的遊戲。雙方都要她，而憑他對組織的瞭解，他也很清楚雙方都要她死。她是個負擔，看到了太多東西，越早除掉越好。

交通已經忙碌起來，太陽正攀過屋頂，她突然僵住不動。他預感到接下來的事，攬著她的腰讓她往街道嘔吐。這並不是她見到的第一具屍體，他殺掉吉爾斯．哈金時她也在場。

但她在吉爾斯．哈金魔掌下的那段時間，已讓她逐漸接受現實。後來她有充分的時間恢復冷靜、開始設法求生，而室友橫屍房裡的情景，無疑是個巨大的打擊。

她沒再吐了，他給她一條手帕，揮手攔計程車。一部車很快停下，雖然時間還早、地點不好，而且雪若情況不佳，但巴黎的計程車司機訓練有素，遠在一個街道外就能從客人的服裝判斷值不值得停車。

他先把她塞進車裡，自己上車後用雙臂環抱她，將她的臉壓進肩膀。越少人看到她，她就越安全。

「先生，上哪裡？」

他給了一個第十五區的地址，然後靠回椅背。司機踩了油門，老練、輕鬆地在越發擁擠的車陣裡穿梭，但伯勤看到他不斷從後視鏡觀察他們。

「你女朋友喝多了嗎？」他問：「我不希望她吐在我的椅子上。」

合理的擔憂，伯勤想。「她已經不吐了。她是我老婆，懷孕三個月，現在很難過。」

她在他懷裡動了一下，但放在她腦後的手阻止她發出異議。

司機會心地點頭。「啊！這段期間最不舒服了。女士，不必擔心，不會一直這樣的。我太太在前三個月什麼也吃不下，後來嘴巴就停不了了。我們已經生四個了，都是這樣的啦！這是妳的第一胎嗎？」

問題真多，伯勤想。「是啊！」他說：「有什麼建議嗎？」

這可打開了他的話匣子，接下來的十分鐘，伯勤聽他滔滔不絕地談論孕婦有多愛吃，以及和體型如水牛的妻子該用哪種性交姿勢最好等等話題。他左耳進、右耳出，一面給予適當的回應，一面感覺懷裡的雪若再次癱軟下來。

他說的地址是棟備有地下停車場的現代高樓建築，數年前他曾和一位衣索匹亞的美豔名模在此共度數個星期。那是他近幾年來最後一次休假。她熱情奔放、性愛變化多端，讓他非常喜歡。但他甚至想不起她的名字。

「麻煩你送我們到停車場好嗎？」伯勤說。「那裡有電梯，我可以快些送我老婆上樓。」

「沒問題，先生。」可憐的男人毫不知情。他駛進大樓地下室，進入幽暗的停車場，停在電梯前面。他甚至還下車要幫伯勤攙扶軟綿綿的雪若，對即將發生的事一無所知。

殺了他是合理的。割斷他的喉嚨，把他丟棄在電梯後面的死角，好幾天都不會有人發現。屆時雪若早已走遠，而伯勤並不在意自己。

但伯勤在最後一刻想起那四個孩子和體型如水牛的妻子，莫名地感傷起來。這或許是種反抗，反抗他們將他變成一個殺人不會內疚的男人，而他想要與他所受的訓練背道而馳。

計程車行李廂有一捲封箱膠帶，它救了司機一命。伯勤迅速把他牢牢捆綁，用那男人自己的手帕塞住他的嘴，再封上膠帶。他們遲早會發現他，伯勤估計最多六小時，或許更快。雪若仍躺在車子的後座，伯勤讓她留在那裡，關上車門，爬進駕駛座。他打開「休息中」的燈號，把車開了出去，進入晨曦之中，化身成工作了一整夜、正要回家休息的計程車司機。

他該殺了那個司機。現在，在他的妻子報警說丈夫失蹤前，他們有整整十二個小時，說不定更久。巴黎警方並不會認真處理這起司機失蹤案，他們八成猜想司機是跟女友鬼混去了，遲早會回到暴跳如雷的妻子身邊。

這是他已老而無用的另一個徵兆，他想。慈悲是情報員承受不起的弱點。他看後座一眼。雪若蜷縮在椅子上，用他的外套緊緊裹住身體，睜著兩眼朝他看。驚嚇遲早會退，接著她會開始尖叫，他必須在那發生之前把她弄到安全的地方。

無法在入夜前將她送上飛機了。他一度考慮把她載往附近小一點的機場，但又很快加以否決。他們會監視所有的機場，而他寧可去戴高樂機場碰碰運氣，他在那裡有少許連哈利．湯瑪森和其他人都不知情的人脈。

那房子很容易找，但他仍先在附近繞了二十多分鐘，以防監視的可能。他們在兩年前放棄了這個地方，他知道委員會最後一定會想到這裡而過來檢查一下，但他們應該會先過濾目前使用中的安全藏身處。這又為他的游牧之行增添了寶貴的數個小時。

就他所能判斷的，附近並沒有人在監視。這棟老宅邸位於巴黎市郊最外緣，自一九五〇年代就荒廢了。它座落在黃金地段，很難想像竟然無人願意入主。依照權狀，它屬於一位老婦人的家族，她的財產太過複雜，始終無人能夠釐清並處理。事實上它曾經是一個叛國賊的住所，閣樓堆滿了掠奪來的奇珍異寶。那些寶藏曾是委員會部分經費的來源，任何擁有過這些稀世藝術品或珠寶的人，都活不到享用的那一天。

大宅裡照例有一間密室，聯軍解放巴黎時，那位前屋主曾在密室裡藏身三個星期。伯勤也曾在裡面躲過好幾天，這是目前他想得到、最保險的地方。過去幾天他幾乎未曾闔眼，而他只需要睡一、兩個小時便能讓大腦恢復正常運作。否則他極可能做出一些感情用事的愚蠢決定。

他駛入屋後的狹窄車道，關上鬆垮的木門，把計程車藏在灌木叢旁邊，希望能避開空中偵察。他只需要幾個小時。

他把雪若從後座拉出來，她的動作宛如機器人。未來幾個小時她若能都這樣是最好，但他的好運不知還剩多少。他帶著她穿越空盪盪的屋子，走上有許多垃圾的樓梯，經過破損的窗戶和廢棄的家具，上了三層樓梯，到達空曠的閣樓。她持續保持茫然狀態，直到他按下藏在老舊煙囪旁的按鈕，門滑開來，露出一個小房間。

她的反應出其不意。虛弱的順從在剎那間變成強烈的恐慌，她用力捶打他，試圖逃跑、尖叫……

要讓人安靜並失去知覺有好幾種方式。如果預先知道她會失控，他會採用比較溫和的方式，但現在他別無選擇，只好動手。於是，她戰慄的身體開始癱軟。

他在她跌倒前抱住她，拖她進入小房間，把門關上。他們被黑暗包圍，但他對這個地方瞭若指掌。大宅其他地方都沒有電，可是這間小房間線路完備。他不打算檢查，任何會暗示他們在這裡的事，他都不會做。他把她拖到靠牆的床邊，重重地放下，抬起她的腿，拉出他的外套，蓋在她的身上。這地方只有一個窗戶，在頭頂且覆蓋了不透光的窗簾，光線一點也透不進來。

她至少會昏迷一個小時，或許更久。他看一下錶，數字在幽暗中閃閃發亮，一片漆黑中唯一的光源。早上八點剛過，他們還有十二個小時才要前往機場，在那之前，就算只睡一個小時，情況也會改善許多。

床很窄，而他不想做出任何會驚醒她的舉動。他睡過更糟的地方，何況他是訓練有素的狗。床上有兩條薄毯，他拿一條蓋在她身上，取走另一條，鋪在硬木地板上躺下來。他全身疼痛，才三十二歲就覺得自己老了。替委員會工作是年輕人的遊戲，吃他們的狗屎，你的老化就跟狗一樣快。

他閉上眼睛，命令自己入睡。但一如他的精神反叛了委員會，他的身體也跟委員會的訓練唱反調。他躺了五分鐘，仰望漆黑的空間，聆聽她的呼吸聲，想知道自己究竟在做什麼。

然後他睡著了。

***

她被困住了。被伸手不見五指的黑暗悶得無法呼吸，黑暗的重量壓在身上，奪走她的視力和空氣，身邊盡是漆黑和血腥的味道，然後她看到希維亞倒在血泊中，喉嚨被割破，兩眼瞪如銅鈴，心愛的洋裝被血沾污和浸濕。她一定會很生氣。她會想穿著那件洋裝下葬，她好愛好愛它。他割斷了她的喉嚨。那個男人割斷了她的喉嚨，就是對自己說他會殺了自己的那個男人嗎？而她竟然還讓他帶她走，盲目地來到這片什麼也看不見的黑暗，只能張開嘴，尖叫……

她一衝下床便被他抓住，雙手像鐵圈扣住她的身體。她發瘋似地抵抗，一個人在漆黑中和逼到眼前的死亡及血腥奮戰，但他是如此、如此強壯。他捂住她的嘴要她安靜，她咬他，使勁地咬，牙尖戳入，都嚐到血了，他仍堅持不鬆手。

「冷靜下來，我不想被迫割斷妳的喉嚨，」他將話輕輕送進她的耳朵，將她緊緊壓在身上。「我懶得理妳了。」

她仍在掙扎，不過沒那麼激烈了，他稍稍挪開捂嘴的手，讓她說話。她嗆著擠出話來。

「我……無法呼吸……」她低聲說：「太暗了。我……受不了。拜託……」她不知道她在乞求什麼，也不認為會有用，但他突然把她拉起來，兩人都站在窄床上，他一手舉高，推開低矮屋頂上的天窗，黑暗頓時消逝。他將她舉到窗口。

外面的空氣涼爽而清新，她深深吸了一口，彷彿在沙漠中暢飲甘泉。漸漸地，恐慌的心不再疾速跳動，呼吸也慢慢恢復正常，當她看到屋頂外巴黎寒冬的早晨，第一絲平靜觸及心房。

她往後靠在他身上，他撐住她，讓恐懼與緊張流出她的身體。「既然你懶得理我了，何不放我走？」

他沒有回答。只慢慢挪動她的身體，兩人臉挨著臉，一起看向窗外。「妳有幽閉空間恐懼症多久了？」他問：「一輩子嗎？妳看來不像會因為病態的恐懼而全身癱瘓的人。」

「從我八歲開始。我們家在北卡羅萊納有很多土地，包括一座廢棄的礦坑，我哥哥常去那裡玩。他們不知道我跟在後面，然後我迷路了，隔天早上才被找到。之後我就不能忍受黑暗、密閉的地方。」她說太多了，但停不下來。

他沒說什麼。空氣冰冷，她看見面前的白煙，也看到他嘴裡冒出的霧，兩者在陽光下合而為一，才消散開來。她仍裹著他的外套，但儘管隔著這麼多層衣物，她仍感受得到他削瘦、優雅身體的強度和力量。

然後那股力量離開她，讓她直直往下降落；他把她放回床上，伸手抓住那扇黑窗的把手。

「請不要關，」她說：「我無法再忍受那種黑暗。」

「很冷，」他警告。

「我受得了。」

他讓窗戶開了一個縫隙，僅足夠讓一小束光線射進來，幾片雪花隨之落入，然後他跪在她身邊的床上。「問題是，」他低聲抱怨。「我的外套在妳身上。這房間本來就很冷，窗子再開，簡直像冰箱。」

她試著坐起來，想脫下他暖和的外套，但他以讓人緊張的流暢動作將她推回床上。接著在她身邊躺下，躺在這張狹窄的床。他拿一條薄毯蓋住兩人，側向雪若，讓她的背靠著他的胸膛。他散發的熱甚至穿透了外套。

「我把外套還你。」她低聲地說。她不喜歡他靠這麼近。

「別管外套，也別說話，讓我睡幾個小時。等我醒來，要吵再吵。」

「也許你醒來的時候我已經不在這裡。」

「妳會在的。如果妳企圖離開，我會一槍斃了妳。我睡眠很淺，而且心情不好。我建議妳也盡力睡一下。」

她的臉貼著破舊的床墊動了一下。臉頰會痛，但吉爾斯·哈金並沒有碰她的臉；還沒有碰。然後她想起來了。「你打我！」

「妳再叫我會再打，」他困倦地說：「那是為了救妳。妳這樣大呼小叫，可能會被人聽到。」

「那你為什麼還要再打？」

「以免我動手把妳殺了，」他那理所當然的語氣讓她抓狂。「好了，安靜吧！讓我睡一下。」

顯然她無法把他趕下床，任何嘗試都可能換來另一次強迫入睡，或更糟的狀況。她閉上嘴，讓雙眼對準那束狹窄的光，這樣至少還能呼吸。只要她能呼吸，就能活下去。她看到、聽到的一切，皆可怕得難以理解。若她真的安靜下來，放棄這種奇異駭人的麻木而真實去感受，一定會開始尖叫，而且什麼也不能讓她停止，除非伯勤不得不依照他的威脅，扭斷她的脖子。

她好冷，內外都冷，冷而麻木，而她所能做的只有努力活下去。她換了口氣，毫無徵兆地，希維亞的屍體湧上心頭，麻木開始崩潰。

她只看了希維亞一秒鐘，那匆匆一瞥卻永遠烙印在腦海。有人割斷了她的喉嚨，割得那麼深，甚至看得見骨頭。那灘血泊濃稠、渾濁，她的眼睛睜著、瞪著。希維亞茫然瞪著這個離棄她的世界，是雪若的錯。該死的人是她，不是希維亞。希維亞唯一的過失是太熱愛生命，想歡度週末，不願到鄉下工作。

希維亞不會多管閒事。她會興高采烈地和伯勤上床、翻譯，然後回家，不會提出惱人的問題。再令人懊惱的矛盾，她向來都能視而不見，但她還是死了，只因為她的朋友實在太多管閒事。

「別再想了。」伯勤的聲音是催眠般的耳語，僅如一道氣息。「妳對那件事無能為力，一再回想只會讓心裡更不好受。」

「是我的錯。」

「屁話。」這種字眼搭配如此輕柔的氣音，聽起來真怪。「妳沒有殺她。妳根本沒有帶他們進公寓，她在妳到家之前就死了。她死得乾淨俐落，算不幸中的大幸。」

「如果我沒有接下這工作——」

「想任何『如果』只是浪費時間。讓她去吧！妳可以等平安到家，再為她哀悼。」

「可是……」

他捂住她的嘴，不讓她發出最後一句異議。「睡吧！雪若。妳能為那女孩做的最好的事，就是活下去。別讓他們也毀了妳。正因為如此，妳需要睡眠，我需要睡眠。好了。」

被他緊摟著，她無法轉頭看他的臉。她只能仰望，藉由那一小束光，仰望灰冷的巴黎天空。幾片迷路的雪花飄進來，降落在幾乎已變成第二層皮膚的黑色開司米外套上。飄落，然後融化，然後消失。而後雪若終於入睡。

15

雪若不確定因何而醒。她一個人在床上，很冷，但已經不是濃密而令人窒息的黑暗了。一把小手電筒擱在她身邊的床墊，宛如黑暗中的一盞明燈。

她慢慢坐起來，只覺得渾身痠痛，胃扭絞著，而且頭痛欲裂。她最好的朋友因她遇害，而她正在逃命，卻只能求助於一個神祕的殺手。

但她還活著。痛苦，但無可否認地活著，雖然被內疚和恐懼撕扯著。唯一的問題是，下一步該怎麼做？還有，伯勤在哪裡？

他終究還是不管她了嗎？可能性永遠都在。把她帶入這間荒廢的屋子，拖進樓上的小房間，把她鎖在裡面，讓她慢慢餓死。

但屋頂有扇窗，她可以爬出去。況且如果他要她死，何必一路把她拖來這裡？

如果只是要藏起她的屍體，他又何必把她扔在這裡挨餓、尖叫，或當她企圖逃走的時候，跌死在下面的人行道。他大可乾脆殺了她，迅速而沒有痛苦的結束。那是他的承諾，而她竟覺得那承諾反而讓她安心。

這是一種病態而瘋狂的反應，但她早已脫離傳統的思維和感情。一切都被剝奪，只剩最基本的生存。親眼目睹希維亞的不幸之後，她已不能再否認她有危險。她唯一的生存之道是聽伯勤的話，她不會再反抗他。事實上，若他再次出現在這狹小的密室，她真的會很高興。欣喜若狂。但她無意讓他知道。

她滑到床角，將他的外套裹得更緊，也把舊毯子拉到身上。她餓了，多麼令她恐懼的念頭。當年，得知她的姪子因車禍死亡後，她好幾天吃不下東西，一看到食物就作嘔。但現在，儘管目睹希維亞被殘暴對待的屍體，她竟仍飢腸轆轆。這就是求生的本能吧！她想。飢餓不會讓她變得敏銳，但餓了就是餓了。她想活下去，而她需要體力才能活下去。要有體力，就必須吃東西。事情就是這麼簡單。

他究竟到哪裡去了？至少他把她留在有光的地方。假如她醒來發現自己獨自面對一片漆黑，她一定會拚命尖叫、開始爬牆。

他說得沒錯，她不會因為病態的恐懼而全身癱瘓。她以為這毛病已在多年前克服了。只要是熟悉的地方，哪怕是電梯或暗無天日的地下室，她都不會害怕。

一開始就是她的不對。那年她才八歲，老愛當兩個哥哥的跟屁蟲，做大孩子才能做的事，不願承認自己能力有限。那座礦坑是禁止進入的，包括大男孩，但任何有自尊心的青少年都不會注意危險警告。可是他們不肯帶小妹前去探險，所以她唯一的選擇就是偷偷跟在後面。只不過轉錯一個彎，他們便在坑道交錯的地底失去了蹤影。

他們不知道她跟來了，因此沒有人知道她迷路了好幾個小時。手電筒沒電了，於是她被困在米勒山裡的黑暗之中，時間失去了意義，每個角落都有怪物朝她爬過來。等搜救小組找到她的時候，她已經在黑暗中待了十九個小時，而歷經這場折磨，她整整兩個星期不發一語。

她父親常糗她，事過境遷之後，她又開始說個不停。她有個理性的家庭，直接押她去找最好的治療師，她到十二歲就不必開燈睡了。到十五歲，她又可以進地下室，而離家上大學的時候，她認為她已經完全克服了。直到昨天晚上。

或許是恐懼不斷累積，她才突然又變得軟弱而不堪一擊。她接受那個事實，勉強接受，一如承認需要伯勤的幫助。只要他削瘦的身影回來這裡，她或許會對他承認。

其實他並不適合用削瘦來形容。昨天在他的房間，她已在有意無意中觀察了他的身體，他頎長、勁瘦，一身光滑的肌肉。

但她不要他的身體，儘管她應該欣然擁抱這個能讓她分心的事物。最後反而是想像她正被迫和一群企圖殺她的怪物同處一室，也比回想伯勤．杜森——管他叫什麼名字——的身體更為自在。

她甚至沒聽到他的腳步聲。她不知道是這房間有隔音，或他完全寂靜無聲，但當她盤腿坐在床上，目不轉睛地凝視手電筒的一小束光而盡力不去想他的時候，門滑開來，他在那裡。

「妳還好吧？」他問，門在他身後關上。

她深吸一口氣，裝出滿不在乎的樣子。「我很好啊！我不知道現在幾點了，但我們是不是該往機場出發了？」

他什麼也沒說，僅往房裡走。她看到火光，不一會兒他點燃了幾支她不知道他們有的蠟燭。「妳今天晚上飛不走了。」

胃絞得更厲害了。「為什麼？」

「機場關閉。其實，巴黎大部分商家都關了。這場雪讓一切停擺。所以點幾根蠟燭應該不至於構成危險，這場雪……」他停了一下。

「沒關係。雪已經覆蓋住屋頂的窗戶，不是嗎？我現在比較平靜了，尤其已經有點光。」

他點點頭。他不知從哪裡拿來一件夾克，她也懷疑他換過衣服，雖然還是同樣的一身黑，這讓她想起……

「這裡有洗手間嗎？」她問。「或許我得出去雪地裡嚐嚐雪的滋味？」

「這裡有洗手間。很簡陋，但還可以用。」

他話還沒說完，她已匆忙下床。「在哪裡？」一旦知道能夠紓解，那就變得分外迫切。

「在樓下，這裡的正下方。我們必須摸黑下去，不能讓任何人看到屋裡有光。」

她嚥下口水。她現在比較不怕黑了，她提醒自己。比較平靜了。「好。」

他吹熄蠟燭，在忽然來襲的黑暗中，她聽到門滑開的聲音。她又吞嚥一下，感覺手被握住的剎那，跳了起來。

她本能地往後縮，但他緊握不放。「緊跟著我，妳才可能找到洗手間。」他就事論事地說。

她深吸一口氣，手仍在他的掌心。「也對。」她說。

緊跟著他是有幫助的，雖然她不打算承認。他們穿過黑漆漆的空間，走下狹窄的樓梯，來到壁爐旁的一面牆。門開了，他把手電筒塞在她手中，然後輕推一下。「門關上前不要開手電筒，我在這裡等妳。」

設備的確很簡單，但馬桶可以沖，洗臉槽也有水——雖然冰冷，甚至還有一面方鏡。她可以不照鏡子，但好奇心佔了上風，漱完口、盡可能把臉洗乾淨後，她好奇地看了一眼。

她以為會看到凹陷的眼睛、蒼白的膚色，某種一連幾天的恐懼所留下的印記。但她看起來就像雪若，腳踏實地、中規中矩，討厭的淡淡雀斑仍散佈於鼻樑和頰骨。她的頭髮很可笑，豎立著像一圈黑色的光環圍繞她的臉。但她絕不是聖人。

她深吸一口氣，關掉手電筒，才想起她不知道門怎麼開。她輕叩了一下，門滑開來。她看不到他，但這一次，手被握住的剎那，她沒有跳起來，而回到閣樓裡那間安全的小房間時，她簡直是開心的。

她爬回床上。房間這麼小，如果她繼續站著，一定會撞到他。他再次點燃蠟燭，手伸至夾克後面拔出一把槍，放在桌上。她看著槍，彷彿看著一條毒蛇，但它在那裡是為了保護她，不是殺她的。但願如此。

「那現在要做什麼？」她問。

「現在來吃東西。」聽到這句話，她簡直想親吻他。「營業的店不多，但我還是弄到了一點食物。別告訴我妳不想吃東西，妳非吃不可。妳還沒有脫離困境，需要補充體力。」

「我不會說那種話，我餓壞了。你買了什麼？」

她這才注意到他帶回來的紙袋。他買了法國麵包、一些布里起司、兩顆梨子和兩粒紅橙。當然，還有一瓶酒。她想大笑，但那跟尖叫一樣不可取。她老是克制不住。只要吸氣就好，她提醒自己。

他坐在床的另一頭，粗陋的餐點攤在他們之間。唯一的餐具是他的摺疊小刀，但他設法用它開了酒，然後兩人輪流用它來切麵包和起司。

梨子好吃極了，太熟太軟所以吃得滿手、滿嘴，她用他帶回來的紙巾擦嘴。然後發現他正注視著她，臉上浮現怪異的表情。

他把酒遞給她。沒別的東西可以喝，也沒有杯子，她只好把嘴靠上他碰過的地方。她喝了一大口，讓酒溫暖全身，她把酒遞回去的時候，兩人指尖相觸。她匆忙縮回，他又微笑。

他們吃飽後，他清理床鋪，把剩下的食物移到小桌上，放在蠟燭旁邊。她注意到兩人都沒有碰紅如血的柳橙。

「再來呢？」她問，背靠著牆。

「再來是睡覺。」他正把薄毯鋪在地上，房裡狹小的空間只夠他躺在床邊。

「我已經一連睡了好幾個小時，」她說。「說不定好幾天了，不知道還睡不睡得著。」

他在燭光造成的陰影裡凝視她。「那妳建議我們該做什麼？」

她當然沒有答案。住巴黎兩年，她已經學會法國人的聳肩方式，於是她聳聳肩，然後在狹窄的床上躺下來，在他望著她的同時，目不轉睛地盯著燭光。

她完全不知道他在想什麼。或許在想她真是討人厭。他真該讓吉爾斯．哈金把她解決掉，要不然在她開始吵鬧的時候，也該親手殺了她。但他沒有，他被她纏住了，揮不去也趕不走。

過。

他吹熄其他蠟燭，只留一根，在地板上躺下。又硬又冷的地板，她光著的腳底曾經踩

「你不必睡在下面，」她突然開口，說完才後悔自己的衝動。「上面夠兩個人睡。」

「睡吧！雪若。」

「呃，我很清楚你對我沒有慾望，謝天謝地。昨天發生的事情是反常……」

「兩天前發生的事，」他一派就事論事的口氣。「還有，那是工作的一部分。」

雖然心裡明白，雪若依然無言以對。片刻後，她深吸一口氣。「所以，我們同睡一張床顯然不會有任何問題。你不會碰我。房間很冷，如果你上來睡，我們兩個人都會暖和許多。」

陰影中她看不清他的臉。他可能被激怒了吧！「天哪，」他喃喃低語。「別再嘮叨了，妳可能睡得很飽，但我這三天的睡眠不到一個小時。我也只是個人。」

「我很懷疑，」她嘀咕著：「那，隨你吧！」她以人在床上所能展現的最大怒氣猛一轉身，努力擠到窄床的一側，凝視著斑駁的牆。

「媽的。」他起身，吹熄蠟燭後爬上床。「床這麼小，不可能不碰到妳，」他以乖戾的語氣說。

不幸，他說得沒錯。她可以感覺他貼著她的背，弓身圍住她。如果有人闖入他會阻止

危險發生。這是她希望他在床上的唯一理由，她告訴自己。也是她忽然覺得暖和、安全而能放鬆的唯一理由。純粹是求生存的問題。

「我受得了，」她回話。「但如果你認為……」他捂住她的嘴，阻止她說下去。她幾乎可以嚐到他指間的梨子味，讓她莫名地興奮起來。她想自己一定是餓了。但無論如何，她絕不會去吃紅橙。

「閉嘴，」他在她耳畔溫柔地說：「不然我會把妳綁起來，塞住妳的嘴、扔到地上。懂嗎？」

他或許真的會那樣做。嘴被他捂著，她只能點頭，然後他放開手。她想告訴他，她壓根兒不想跟他同床，但如果她再說一個字，或許他真會把她扔到又冷又硬的地板上。

他暖和的身體靠在她身上，暖和得如此可口。雖然生氣，她仍覺得溫熱的倦怠感蔓延全身。終究她還是可以再睡一下，她想，是酒意、暖意，以及無可否認、被他的身體圍住的絕對安全感的關係吧！她不想睡──她想保持清醒，只為了激怒他。

他要如何將她毫髮無傷地送出巴黎呢？她待越久越危險，越可能被人找到。她先逃到第三國，借道法蘭克福或蘇黎世會不會比較安全？

而且她的護照在莊園，怎麼辦？還有，現在一定有人發現可憐的希維亞而報警了。警方一定搜索過現場，發現雪若的物品。那表示警方也在找她。

那絕對是好事。就算警方認為是她殺了希維亞，但她寧可進法國的監獄碰碰運氣，也不要仰賴一個高深莫測的男人來逃命。

每件事都蒙上不真實的薄霧。她親眼目睹他殺了一個男人，但已幾乎想不起這件事。她曾疼痛不堪，然後她的疼痛中止，是吉爾斯．哈金橫屍地上。

他和她有過性行為。雖然她想否認，想以別的名詞稱呼它，但它就是性愛，他進入過她的體內。而讓她永遠引以為恥的是，她有高潮，而且非常強烈。

但那感覺已不像真的，連乍見希維亞屍首的驚恐都已開始消退。或許所有的事都會這樣漸漸消退吧！她思忖著，挨著他慢慢放鬆下來。或許，她在法國的最後幾天發生的一切終將化為泡影，永遠不會再觸動她。她不必記得，不必面對。一切會憑空消失。

她不知道這是否就是人們克服創傷的過程。跟這幾天發生的事情相比，漆黑坑道中的十九個小時不過是小孩子的惡作劇。沒有人喪命，沒有人受傷，沒有人產生病態的迷戀……

她不喜歡思緒的方向，也想將身體挪開幾吋，但他的手鉗住她的腰，將她拉回。「別動。」他疲憊的聲音在她耳邊喃喃出現。

她覺得整個背後都是他，溫暖、強壯的感覺，骨骼、肌肉，以及不會弄錯的，他頂著她的臀部的感覺。那感覺像是他已經被喚起，但那當然不可能，因為他對她沒有興趣，而她所有的興趣都在他身上。

斯德哥爾摩症候群，他們是這樣說的吧？人質對俘虜她的人產生病態的迷戀。那是正常的反應——他們在生死關頭，而到目前為止，他仍能保住她的命。更複雜的是，他們在她明白他是危險人物之前已經有過性行為。為什麼她老是惦記著性的事？

因為她躺在他強壯體魄的保護中，感覺他的男性象徵頂著她的背，而且她害怕。只有他的身體幫她擋住痛苦及駭人的死亡，而她想要他。

但他不想要她，正如他一再說的，那只是他的工作，而且他做得非常好。到最後，他的興致缺缺反而是好事。至少他願意保護她、讓她平安回家。這又更好了。

對他產生不健康的迷戀不算意外。只要平安到家，一切就會回歸正常。

他說得對，床太小了。她無法離開他的身體，轉頭也只能看到他的臉。他睡著了，這倒是個意外，連她不斷亂動都吵不醒他。黑暗中她幾乎看不見他，索性放棄嘗試，把頭放回舊床墊，聆聽他緊貼著背部的心跳。

至少他還有顆心臟，她原本一直懷疑他沒有。他是人類，溫暖、強壯、而且願意保護她。

一個女孩還能期待什麼？

這女人真是罪無可赦，伯勤想著，感覺到她的身體終於靜止，脈搏慢了下來，再次不情願地墜入夢鄉。她什麼都要爭辯，然後用那雙褐色的大眼睛望著他，讓他這麼多年來頭一次嚐到罪惡感。

他不應該讓步，上床與她同寢。沒錯，兩人體熱交融比較溫暖。沒錯，這張薄床墊確實勝過在光禿禿的木頭地板上舖那張更薄的毯子。沒錯，他們的姿勢太過密合，讓他根本無法安心。也沒錯，他真想把她翻過來，剝掉她的牛仔褲，完成短短幾天前開始的事情。

他不知道她在入睡前是否感覺到他已被喚起了。或許沒有，她似乎完全沒注意到她對他的影響。那最好。除非逼不得已，他並不想把已經混亂的情況弄得更複雜。而和她做愛絕對會讓事情變得更棘手。

他已經上過她，那完全是另一回事。那應該夠了。那是正常的反應，而他夠瞭解自己，不會說它沒有影響。生死關頭會誘發各種本能的慾望，或許醜陋，但無比真實。危險令人興奮。

當面臨死亡，無論是不是由他出手，都會讓他想從最「基本」的層面體驗人生。這讓他想做愛，不管那是穴居人繁衍物種的本能，或是對性和死亡的扭曲迷戀，那慾望始終存在。他有時會真的找人做，有時不會，視情況而定。很多女性情報員也有相同的反應，狂亂的野合常能在危險的時候使她們的防禦力更敏銳。

但雪若不是情報員，她比他年輕將近十歲，那等於年輕一輩子，生死關頭只會將性的念頭一掃而空。她得花上一段時間才能淡忘朋友遭到殘殺的畫面，才能淡忘落在吉爾斯．哈金手裡的那段時間。但她一定會忘記的。她或許只是個女孩，但她堅強而恢復能力迅速。她回到黑洞中，回到他的身邊，睡了，曾令她喘不過氣的幽閉空間恐懼症也消退了。

他可以從她身上聞到他的味道，或許是因為兩人一起蓋著那件外套。不知為什麼，他覺得那很煽情。但話說回來，她的一切都很煽情。

該死的大雪來得真不是時候。若非如此，她早就在大西洋上空，永遠離開他的人生，而他也可以專心去完成他的任務。最後的任務。

在莊園中開啟的事，必須完成。他必須去瞭解軍火商勢力範圍如何重新劃分，以及誰要接下奧古斯特．雷馬克的遺缺。吉爾斯．哈金從不曾有那種能力。事實上，他充其量只是個出色的行政助理，推動事情使其順暢，讓主角們討論款項、討論甘藍菜和新鮮小牛肉，討論長程飛彈和熱追蹤導彈。柳橙、C4彈頭和遍地血腥。

克里斯是最大的問號。他怎會沒有出現，而當他終於現身時，又打著怎樣的算盤？因為伯勤所認識的克里斯，絕不會沒有縝密計畫就貿然出現。莊園裡至少有一個人是他的暗棋，克里斯的作風就是如此。或許是男爵，他絕不像外表看起來那麼溫文儒雅，甚至莫妮卡也有可能。

她非常難以約束，太過偏愛痛苦與性愛，而且他到目前仍未發現她的弱點。也可能是雷塞提先生、大富先生或蘭伯特夫人，甚至雷塞提先生的助手。就算是那位替西西里商人服務的優秀青年和伯勤一樣是委員會派去臥底的，也毫無差別。他不是那裡唯一的一個，而只要價錢合理，任何人都可以見風轉舵。

有一件事是確定的。克里斯不可以接任這群軍火商的領導人，這目標得靠伯勤達成。哈利．湯瑪森還沒決定如何處置其他人。一旦領導人被除掉了，就任憑剩下的人重新組織嗎？或許吧——委員會似乎只屬意他們熟悉的人，但那不是他的職責。他只要再殺一個人就好。然後他就完成任務了。結束了。消失了。

他輕輕挪一下頭，臉擦過她亂成一團的滑稽頭髮。她剪髮後的樣子完全改變，像隻剛剪毛的小羊。更年輕，更柔弱，也更惹人垂涎。

但她柔弱的樣子也更加提醒他：她是碰不得的。他沒有權利、沒有理由再碰她了，那只會讓事情更複雜。

所以他不能再想她，必須盡可能睡個覺。就算她的感覺和氣息縈繞著，也無關緊要。他夠冷靜，不會為那種瑣事分心。他閉上眼睛，吸著她的香味和聲音，讓自己睡去。

正午了。雪若不太確定自己怎麼會知道，房間裡漆黑一片，屋頂的窗子並未透進任何光線。她的身體有生理時鐘，不管需不需要，她每天早上八點半都會醒，而如果半夜被吵醒，她總能確切知道當時幾點，不管旁邊有沒有時鐘。

但過去幾天，一切都亂了。她比平常睡得多，或許是目睹驚悚慘案的後遺症。就她所知，這一次她可能睡了十五個小時，也可能是三天。

伯勤還在身邊。她在睡眠中轉了身，鑽進他的懷裡，頭枕著他的肩，手貼在他的胸前，他的雙臂環繞著她。她應該立刻退開，但她沒有。她沒有牽動任何肌肉，僅掀開眼瞼，想看穿無邊黑暗，辨認任何事物。

伯勤的睡眠深而安靜。這或許是他自我訓練的一部分，他不會讓自己像多數男人那樣打鼾。他睡得如此安穩，如果她小心地在他鬆鬆的擁抱裡轉身背對他，他或許不會發現。目前這面對面的姿勢太暴露，太……令人困惑。

斯德哥爾摩症候群，她不開心地提醒自己。那不是事實。她根本不喜歡這個男人。現在她是不得已才跟他在一起，但是等她回到家，一切就會恢復正常，短暫的迷失也會跟著自我憎惡一起消失。

呃，說不定不是自我憎惡。她無法否認，這個自稱伯勤．杜森的男人確實體格很棒。

她也無法否認，他救過她——或許不只一次——她應該為此感激。

她不要想這些。她什麼都不要想，不要想身邊的男人、不要想希維亞，以及那些圍著大型會議桌、假裝討論雜貨的人。她要想這場雪。濃密、皎潔、將城市籠罩在靜謐中，大片雪花飄落堵住道路，讓機場關閉，將她困在一個殺手的懷裡……

「不要再想了。」

他動也未動，穩定的呼吸未曾改變，但輕柔的聲音像碎玻璃劃破寂靜。她滾開，盡可能往牆邊靠。床太窄，她無法不碰到他修長的身體。「我以為你睡著了。」

「我的確睡著了，直到妳醒來。」

「胡說，我根本沒動，只曾睜開眼睛，別告訴我，是我眨動睫毛的風吵醒了你。」她的身體推不開他，只好用消沈而刻薄的聲音代勞

「不是，」他的聲音低而沙啞，但騙不了她。「妳一想事情，血液就開始流動。我可以感覺到妳的心跳加快、脈搏加速，即使妳沒有牽動任何肌肉。」

「哇，你這麼怪ㄎㄚ嗎？」她諷刺地說。

「什麼？」

他當然不會知道這種美式用語。他或許感覺得到脈搏和心跳，但他八成沒看過《週末

夜現場》「教堂夫人」的單元。或許他根本沒看過電視，這不意外。他說他從來不看電影。

讓她意外的是，即使她的背跟他保持了安全距離，她仍敏銳地意識到他的存在。依然對他有非理性的渴望，那毫無出路、徒然令她困窘和喪氣的渴望。

「幾點了？」

「快中午了。」他挪開身體起床，她吐了口氣，告訴自己那叫如釋重負。

「那我們現在要做什麼？去外面製造雪地天使嗎？我的服裝可能不合適。」很好，她的聲音聽起來非常冷靜。他絕不會知道她的情緒有多混亂。

他點燃蠟燭。他開始有鬍渣了，這令她大為震驚。這漫長的折磨期間，他的穿著始終光鮮，不管是剛殺了人，或是坐在地板喝了幾個小時的酒。

他的長髮鬆開來，散垂在臉頰旁邊，外表的凌亂反而讓他更像個人類。這讓雪若心煩意亂。

「我一定妨礙到你的私生活了。」這話來得突然，讓她真想咬掉自己的舌頭。

他正在翻那個裝食物的袋子，拿出剩下的麵包和紅橙。他轉頭看她，深不可測的雙眼出現怪異的神情。

「什麼意思？」

「呃，你等於跟著我失蹤了。你不會有個夥伴或什麼的，懷疑你去了哪裡嗎？」她越描越黑，但似乎停不下來。這一直是她最大的缺點，話太多了，她提醒自己。

「夥伴？」

「你不必覆誦我說的每一個字，」她又氣又窘。「我是指對你有意義的另一個人，和你一起住的人……」

「妳想說另一個男人嗎？」他一針見血，而且表情愉快得令她不安。「妳已經認定我是同性戀了？」

「我只是不想太粗魯，」她讓惱怒表現出來。「你看起來挺像的。」

「怎麼個像法？」

她要跟他借刀子來割斷舌頭，她悽慘地想。這段對話怎麼會扯來這裡？她為什麼不一開始就閉嘴？

「沒關係，雪若，」她說不出答案，於是他開口。「妳因為我不想上妳便認為我是同性戀者，是嗎？」

對話每況愈下，而他刻意的殘忍，讓她臉紅。「我沒有那麼自大。」

「沒有嗎？難道妳不是認為，男人不動妳只有一個原因：他不喜歡女人？妳為何這麼有興趣？我從沒想過我的性取向有那麼重要。」

「其實不重要。」

「那妳為什麼問？」

她好不容易找到聲音。「別這樣，」她說。「跟你一起被困在一個黑洞裡已經夠可怕了，不要再用言語把我逼到牆上。我只是好奇。」

「妳早就靠在牆上了，以許多方式，」他說，而她太清楚地記得靠在莊園鏡牆上的那些片刻，他的身體進入她的身體，那黑暗、驚心動魄的快感。

「夠了！」她的聲音像被勒住。

沒想到他真的住了嘴，坐回床上，和她保持距離，把已經不新鮮的麵包遞給她。「起司吃完了，但還有兩顆紅橙。晚一點再讓妳吃一頓像樣的晚餐。」

「哪裡？機場嗎？雪停了嗎？」她接過他給她的一大塊麵包，開始咀嚼。

「我一直跟妳在這裡，雪若，所以也只能用猜的。但我們很快就得離開，躲藏的秘訣是不斷移動。他們不用太久就會找到這裡，而我希望能在他們來到之前離開。幸好雪已經把計程車覆蓋住了，所以就算他們派出直升機也看不到它。但我們盡快離開還是上策。」

麵包吃起來像在嚼土，但她繼續咀嚼。「我們要去哪裡？」

他開始削一顆紅橙的皮。水果染紅了他的手掌，香甜的味道充斥整個房間，那紅色令雪若不寒而慄。

「我還不確定。張開嘴。」他拿著一瓣紅橙，但她搖頭。

他施展那迅雷不及掩耳、屢屢嚇到她的快動作，一手捏住她的下巴。「雪若，張嘴把紅橙吃掉。」

她別無選擇，當他修長的手指托著她的臉，冷冷臉上的深邃眼眸讓她無處可躲。「張嘴。」他更輕柔、近乎誘惑地說。她張嘴，讓他把那瓣果實放上舌尖，滋味甜中帶酸。

心慌意亂的一刻讓她以為他的嘴和舌會接踵而來。多麼瘋狂；但他只往後、退開，讓她慢慢吃掉水果。他不想要她，謝天謝地。他會保護她避開別人，而他也不會碰她。她必須感激那小小的慈悲。必須。

「對不起。」脫口而出的話令她訝異，更讓他吃驚。他回過頭，在這燭光照映的狹小房間裡凝視著她。

「妳說什麼？」

她清清喉嚨。紅橙的味道依然在嘴裡，他的手指的感覺也依然在唇上。「我說對不起。對不起問了你那麼多無禮的問題，我不該跟你爭辯、企圖逃跑又不聽話。你想盡辦法保護我，但是我卻只會抱怨、發牢騷。我很抱歉，也非常感激。」

他從床上起身，走開，走到這個小房間離她最遠的角落。他的眼睛半閉、深不可測，望著她。「感激？我還以為妳把我當成地獄來的惡魔。」

「你的確是，」她的憤怒再次沸騰起來。「可是你救過我的命，至少兩次，而我都沒有道謝。」

「現在也別道謝。等妳安全回到美國，偶爾別把我想得太壞就好。」

「你為什麼關心我？我不了解你為我費這麼多心力做什麼。我知道你說過，把我從吉爾斯．哈金手中救出來是一時興起，但我不相信。我認為你不如你想的那般冷血，你不會眼睜睜看著吉爾斯．哈金殺死一個女人。我深深知道你是個正派的人，就算我不知道你是誰、你的身分，甚至你的真實姓名。」

「妳不必知道我的姓名。還有，妳被騙了，」他壓低聲音。「我的確是個冷血的惡魔。拯救誤闖禁地的女人，並非我的習慣。以妳的例子來說，把妳弄回美國比在這裡除掉妳容易許多。」

「你不會殺我的。我知道你殺了吉爾斯．哈金，但我不認為你會對女人下手。」

「這樣嗎？」

語氣中若有似無的嘲弄令人惶恐。父親說得對，她老是無法在該住嘴的時候住嘴。但她必須向他致歉，向他道謝。他救了她，現在仍在保護她，想必是出於他始終矢口否認的人性基本善念。不是針對任何個人，不是因為他喜歡她這個人。

他走近，身體遮住燭光，一手抓著她的下巴，抬起她的臉望著她。「雪若，看著我，」他低語。「看著我的眼睛，告訴我妳看到那裡面有一個正派、好人的靈魂。一個非不得已不會殺人的男人。」

她不想看。他的眼神深邃、空洞，剎那間她似乎看見眼底的漆黑。她想把頭轉開，但他將她抓得更緊，湊近她的臉。他的嘴緊挨著她的嘴，她可以聞到他呼氣中的紅橙味。「告訴我，我是好人，雪若，」他的聲音輕柔而死沉。「讓我看妳到底有多蠢。」

他的話字字殘酷、刺耳，而他的臉沒有一絲光明與溫暖。只有痛苦，深藏的、沒人能看穿的痛苦，錐心刺骨、要將他撕裂的痛苦。她看得出來，感覺得出來，彷彿那是小房間裡的一個有形實體，然後她把手放在他的手腕上，不是要拉開他緊握的手，只是為了碰觸他。

「我不蠢。」她突然感覺分外平靜與篤定。他沒有移開，而她將要吻他。她要讓她的唇貼著他的唇，因為她想要。然後他將回吻，因為在那黑暗底下潛伏著一個跟她同樣強烈的需要。

然後事情不再由她主動，他把臉湊得更近，唇拂過她的唇，她的身體仰起，迎接他的唇。

但那不過是輕如羽毛的一吻。「我是惡魔的化身，雪若，」他低聲道：「如果妳看不出來，那妳就是白痴。」

「那就當我是白痴吧！」她說，等待另一個吻。

但他沒有。漫長、無止境的一刻，他們就那樣保持不動，然後他開口：「進來吧！穆琳。」密門滑開，刺眼的光線湧入狹小的空間。

門再次關上，但雪若已退到床角，試著讓眼睛適應這位新來的人。

「我打擾了什麼嗎？尚馬克。」那女子的語調饒富興味。「我可以稍後再來。」

「妳沒有打擾什麼，不過是一小節求生課程。穆琳，這位就是妳要照顧的人，我們迷途的小美國人。」他將深不見底的眼神轉回雪若身上。「而，**親愛的**，這位是穆琳，有時也擔任我的妻子。她是很好的情報員——我只會把妳託付給最好的人。從現在起就由她照顧妳了。她會帶你去機場，讓妳平安回家——她從沒失手過。」

「噢，我年輕的時候失手過一兩次啦！」穆琳以圓潤、溫和的嗓音說：「不過最後還是補救回來了。我們會沒事的，雪若和我。」她是個極具魅力的女子，三十來歲，高雅秀麗，穿著一襲會讓希維亞巴不得佔為己有的套裝。

想到這裡，雪若的思緒戛然而止。她勉強擠出不自然的笑容，將注意力回到伯勤、或是如來人稱呼的尚馬克身上。或是一個沒有名字的男人。「你要離開我了？」

他無意掩飾他的玩味。「我要拋棄妳了，小甜心，把妳留給溫柔又慈悲的穆琳。我已經讓我的工作延宕太久，恐怕不能再等下去。祝妳一路平安，萬事如意。」

然後他離開了。

「又一個尚馬克的愛情俘虜，」穆琳說著走入房間。「可憐的女孩。妳們都一樣，有雙惹人憐惜的眼睛和美麗的臉龐。尚馬克向來抗拒不了美麗的臉龐。」她的口氣和藹可親，拿起帶來的手提箱放在床上，歪著頭打量雪若。「但妳似乎不是他平常喜歡的型。他從來不搞英雄救美這一套，我很意外他沒有親手解決妳。」

她即興式的獨白嚇得雪若趕緊說話。「他不會……」

「噢，我跟你保證，他會的。而且也真的動過手。但不知為什麼，他希望妳安全，所以找我來協助。妳叫他什麼？」她啪地一聲打開手提箱，拿出一些乾淨的衣服。

「妳說什麼？」

「呵，他當然不會用尚馬克這個名字，我甚至懷疑那也不是他的本名。他或許也早就把他的本名給忘了。上一次我聽說他用艾提恩這個名字。」

「那重要嗎？」

「不重要，」穆琳說：「換上乾淨的衣服再上路吧！還有妳的頭髮怎麼回事？好像遭到剪刀手愛德華的攻擊。」

「是我自己剪的。」她帶來的衣服有黑長褲、黑襯衫，甚至黑色的胸罩和內褲。這大概是所有……間諜或情報員——管它什麼——的制式服裝。

「看得出來，」穆琳說。「別放在心上，我相信等妳回到家，會有人幫妳修好。把衣服換掉吧！」她背靠著牆，交叉雙手等著。

雪若非常不想在她面前更衣。「可以給我一點隱私嗎？」

「妳們美國人真是拘謹得愚蠢，我還以為跟尚馬克在一起幾天了，已讓妳克服那些拘謹。」

雪若沒說什麼，但穆琳顯然不想移動，雪若只好硬著頭皮脫下套頭毛衣。房間很冷。她看看手臂，鮮明的烙印幾乎消失殆盡。兩天前她才被折磨得流血，現在除了外表有點累和冷，幾乎沒事。

她伸手要拿新襯衫，但穆琳阻止她。「全部脫掉，」她說：「妳會訝異人們可以從衣物追蹤到多少東西，我們不想洩露任何蛛絲馬跡。」

「我不知道妳在說什麼。」

「妳當然不知道。把胸罩換了。這東西真叫人吃驚，妳到底是從哪裡弄來的啊？一定不是巴黎。只有修女才穿這種款式，妳完全沒有流行的概念嗎？」

「不多。可是那些衣服我能穿嗎？」

「尚馬克把尺寸告訴我了。相信我，它們一定合身。所以，告訴我，他怎麼樣？」

雪若不甘願地在穆琳興致勃勃的目光下換胸罩，卸下她的白色純棉胸罩，換上黑色的蕾絲精品，確實相當合身。「什麼怎麼樣？」她反問。

「床上功夫啊，丫頭，」她不耐煩地說：「好幾年前我們有過一段，到今天我還記得他的……獨創性……令人欲罷不能。妳的體力看起來跟不上他。」

她很快換好衣服，不讓穆琳有更多時間細數她的生理缺陷。「那不關妳的事。」

「當然有關，我必須知道他究竟有多著迷。他這幾個月的行徑都很怪異，而被妳這種純潔小鳥所吸引，是他做過最不尋常的事情之一。」

「他並沒有被我吸引。他只是覺得有責任保護我，畢竟他……」她的聲音突然減弱，因為不確定穆琳知道多少內情。

「畢竟他殺了吉爾斯．哈金。」穆琳替她完成句子。「嗯，至少他正確執行了部分任務，」她喃喃自語。「至於他為什麼不等到妳死後再執行，以及為何不連妳一起執行，我就猜不透了。」她搖搖那頭修剪得非常漂亮的頭髮。

「他並不打算殺死哈金先生……」

「他當然要殺他，那是他去那裡的任務之一。妳只是剛好捲入其中。別告訴我，他已經讓妳相信，他是為了親愛的妳而把吉爾斯．哈金殺掉的？」

「沒有。」雪若黯然。

她站著，而令她毛骨悚然的是，穆琳竟然開始檢查毯子，然後把它從床上剝下來。

「看來你們沒在這裡做什麼，但世事難料。既然有DNA檢查這回事，寧可小心也別後悔。」

「妳錯了，伯……尚馬克對我一點興趣也沒有。我只是他丟給妳的累贅。」

「看起來是這樣，但我無法想像他連一口都不試吃。他胃口很好的，而且他會覺得妳有一種健康的美式魅力。」

雪若什麼也沒說。就算有光線從敞開的門進來，房內卻似乎比之前更容易導致幽閉恐懼，或許是因為穆琳的笑裡藏刀。「我們可以離開了嗎？如果可以，我想直接去機場。」

穆琳把雪若換下的衣服和床單塞進手提箱，用力關上。「可以了，」她愉快地說：「是該上路了，但妳的目的地恐怕不是機場。」

房間裡寒意頓生。這棟老房子沒有暖氣，而被雪反射的耀眼陽光，似乎讓房間裡更顯冰冷。

「那我們要去哪裡？」她問。

「我要去見我的上司，告訴他我終於完成我的任務了。至於妳，親愛的，哪裡也不會去。妳會死。」

＊＊＊　＊＊＊

伯勤的直覺向來可靠。他總是知道任務什麼時候會急轉直下，臥底的人什麼時候會倒戈，什麼時候該攻擊，什麼時候該棄守。他會知道誰可以信任，以及可以信任到何種程度，也知道誰終究會背叛他。

然而，過去這一年他似乎已失去那種能力。若非失去，就是不在意了。他的工作很簡單——除掉吉爾斯．哈金、瞭解新劃分的勢力範圍，並確定克里斯不會成為軍火集團的首首。

但他不再聆聽那些警告的聲音。它們並未棄他而去——它們在他耳畔低語，而且越來越大聲地警告著他。警告他什麼呢？

他以習慣的自殺式速度，開車穿過巴黎覆雪的街道。車流量比平常稍少，但可供這些車移動的空間更少，而下雪更無法讓開車者的態度好轉。穆琳交給他的車是最新款的BMW，馬力太強不適合走積雪的道路，但他還是一路敏捷地往飯店滑行、旋轉，只擦過一部計程車。

一部計程車。他們已經發現那個被他丟在地下停車場的司機。發現他的屍體，喉嚨像雪若的朋友一樣被割開。伯勤早該提防那種情況，就算他非常小心，他們還是有辦法追蹤他。他去找穆琳的時候從報上看到那個消息，刻意不去想那位體型如水牛的妻子和四個小孩。如果他能順利熬過這幾天，說不定他會寄點錢給他們。那無法取代那位丈夫或父親，但至少可以稍微減輕委員會造成的困境。

一定是哈利·湯瑪森下令動手的，那個總是要他跟蹤、清理任何目擊者及生還者的哈利·湯瑪森。他一定看穿了伯勤向來天衣無縫的謊。那是標準的作業流程：任何活口的談論和懷疑，會使委員會無法長命。保密是最重要的原則，甚至比他們獲派的任務更重要。他們那樣做是為了拯救世界；但不管他殺了多少人，這世界似乎從未獲救。

他接近飯店了。飯店已有一間以他的名字訂好的套房，而那群軍火商大多已經到場，正在等克里斯抵達。他一身西裝筆挺，準備好重新展開情報員的生涯，知道雪若·安德伍有他所認識最出色的同事照料。穆琳曾與他多次合作，包括前一次扮演他的妻子。她會把雪若安全地送上飛機，而後雪若就不再是他們的問題。他的問題。事實上，把她交給穆琳，他的責任已經完成。他該繼續前進、專注於真正重要的任務，而非暫時令人分心的事務。

問題是，那感覺就是不對。有東西在啃食他，搔他的神經末梢，而他無法確定來由。他用生命信任穆琳。他們的戀情已經昇華為深摯的友誼，超越萬能委員會的疆界，他知道他可以信賴她。

既然如此，為何他那麼想回頭去確定一下？

或許只是因為雪若讓他難以割捨，他已長時間不准自己關心另一個人。他不確定是不是真的關心雪若，但他選擇保護她，而那替他們搭起性愛不曾達到的某種聯繫。

如果事實僅是那麼簡單——他不想放棄她，那麼他可以很容易忽略那嘮叨的警告噪音。他的生命裡不容感情用事；就算曾經有過，也早已無跡可尋。聽到母親和賽西兒阿姨死於雅典一場飯店大火的消息，他也只是聳聳肩。生命裡的那一部分結束已久，而且是他主動結束的。

他也必須依法結束所有和雪若有關的念頭，專心完成最後的任務。她不再是他的問題、他的責任。事實上，她從來不是。是他選擇讓她成為他的問題和責任，而現在他必須忘掉她。

他急轉彎，車子滑過半條因積雪而變窄的道路，差點撞上另一部計程車。他是個白痴，而他接受這個事實，決定回老房子看看。或許只是必須說聲再見，或許只是必須確認她無恙。或許他想要再吻她一次，以她理應享受的方式跟她做愛。

那不會發生。如果他還有一點理智，他會把這個預感當作路上的狗屎，拋諸腦後往前走，繼續完成他的工作。除掉克里斯，等著看哈利．湯瑪森是不是也要他的命。

但現在理智似乎蕩然無存。而在確定他的拖油瓶安然無恙之前，他沒有辦法往前走。

*** ***

雪若懶得再問「什麼意思？」這種蠢話。她很清楚穆琳的意思。從那個女人走進他們安全的小小避難所，從伯勤拋棄自己的那一刻起就知道了，雖然她一直在講髮型和內衣。那個女人從來不想讓她上任何飛機，換新衣服的目的只是不要讓人從衣服查出什麼。

該驚慌的時刻已經過了。「這就是伯勤找妳來的原因嗎？因為他下不了手？」

「啊！伯勤。這個身分好像不怎麼幸運。若是過去的他，妳根本不可能活著離開莊園。所以，我來清理他造成的後遺症。注意細節是成功的不二法門。」

她站在雪若和滑開的門之間。她的個子比雪若高，時髦的衣著讓她看起來更為強悍。而雪若當然不在最佳狀態。

她穿著合身的新衣服坐在床邊，凝望著劊子手的眼睛。她覺得全身麻痺，而雖然看不起這樣的自己，但已動彈不得。她將要像隻待宰的羔羊坐在那裡，毫無反抗的……

才怪！她挺起身子，但穆琳已來到她的面前。

「妳不肯溫順地走入良宵嗎？」（譯註：引用自《Do Not Go Gentle into That Good Night》狄蘭．湯瑪士 Dylan Thomas 的詩作）她似笑非笑地問：「沒關係，我其實應該好好修理妳，妳害我失手，害我在上司面前丟人現眼。」

「妳說什麼？」

「尚馬克，或伯勤，不管你怎麼稱呼他，妳只是他再次舉棋不定的例子。在他絕對不能分心的時候，妳害他分心。殺了妳是我送他的禮物。」

「是他找妳來殺我的嗎？」

「親愛的，這個問題妳已經問過了。妳難道沒有注意，我並未回答？請妳在臨死之前繼續猜測吧！走了。」

「去哪裡？」

「這個房間有金屬牆加固，而且我們位在浴室的正上方。即使這棟乾燥的木造房子都燒光了，它也可能還在，我可不想冒險。失手一次就已經太多了。」

「妳要燒掉這裡？那妳又何必特地叫我換衣服？」

「上帝藏身於細節之中。當然我並不相信上帝，我從不依賴任何人。他們很可能找到妳的屍體，而我不希望他們認出妳的身分。如果妳是德國人或英國人，我就不必這麼謹慎，但美國公民若在海外遇害，他們很愛小題大作。出去吧！親愛的，我們已經浪費夠多時間了。」

「要是我不肯出去呢？就要妳在這裡殺了我？」

「妳不會這樣的，妳會盡可能拖延死亡的時間。這是人性。妳會服從我的命令，期待能找到某個弱點，某個逃生的契機。妳找不到的，但妳不相信。所以妳會聽話地走出那道門，走下樓梯，到二樓最裡面的角落。我會在那裡割斷妳的喉嚨，然後燒掉這個地方。我已經灑好助燃劑了。」

但雪若對助燃劑沒有興趣。「妳要割斷我的喉嚨？」

「這方式很好，很安靜。槍聲太吵。而妳斷氣前頂多也只能發出一些喉音。缺點是妳不會馬上死掉，但對我則是優點。這一次牽涉到個人恩怨，不只是為尚馬克。我不常犯錯，但因為妳，我犯了重大過失。而我向來有仇必報。」

「妳在說什麼？」

「妳是智障嗎？妳的室友。我只拿到公寓的門牌號碼和概略的描述，然後她出現了。我怎會曉得妳有室友？被長官說我殺錯人，是很難堪的。」

「難堪？」雪若重複她的話。空酒瓶還在桌上。它固然難以抵抗刀槍，但仍有些許作用。如果她有勇氣一把抓起。

「雖然最後並沒有釀成真正的傷害。反正我還是得殺她，只是次序顛倒過來而已。所以，這一次我將毫無瑕疵地完成我的任務。」

「妳殺了希維亞？」

穆琳氣得大叫。「妳到底有沒有在聽啊？我當然殺了她。而且她的抵抗比妳激烈多了，妳真是讓人失望。一片漆黑中，她一定以為我是小偷，兇得像個惡魔。我身上還有瘀血呢！但我知道，妳不會給我增添任何麻煩——」

雪若只會用空酒瓶砸向她的臉。厚玻璃砸得粉碎，但雪若已經奮力衝向穆琳身邊，拚命求生，穆琳憤怒地尖叫並追趕。

她不太記得這棟老房子的格局，但驚慌中仍找到了樓梯。她聽到穆琳追來，但她跑得先機，而且正盡全力往樓下衝。

她在最後一段樓梯滑了一跤，摔得很重而失去了珍貴的幾秒鐘。等她好不容易爬起來，穆琳已經出現在最近的轉彎平台。

樓梯跑完了，雪若繼續向前盲目狂奔，聽見穆琳沉重的喘息聲越來越近。

最後一刻，幸運之神與她同在——她跌跌撞撞地通過一扇門，來到一片幽暗、只有積雪反射微光的戶外。她站在台階的頂端，下面就是庭院。她甚至看到載他們來這裡的那部計程車所形成的雪堆，但所有的腳印都已被大雪完全掩蓋，而每級台階上的積雪都至少有一呎厚。

雪若舉步要下台階，努力把腳從又厚又濕的雪裡拔起來，但來不及了。她下到一半就被穆琳趕上，抓住她的短髮，猛力把她拉回去。

「賤人！」她咒罵道，臉上鮮血淋漓。不再時髦而漂亮，只剩殘暴的憤怒。她抓著雪若，猛力把她推倒在積雪的台階上，制住她。手中的刀雖小，但已足堪大任，而雪若知道那將是絕望、淒冷、超現實的一刻。為什麼又是刀？為什麼不乾脆一槍讓她斃命，乾淨俐落，而非得像個吸食了安非他命的外科醫師，這樣切割她的肉體？

她閉上眼睛，不再勇敢，準備迎接死亡。她聽到穆琳嘶啞的笑聲。「這樣才乖，」她說：「不再吵鬧了。」

「穆琳！住手！」

不可能是伯勤沙啞的聲音——這是他安排的。難道他改變主意回來了？像當時在莊園那樣，改變主意、決定回來救她了？

「尚馬克，走開！」穆琳的聲音鎮定得可怕，繼續盯著倒在台階上的雪若。「你知道這是最好的作法，我們別無選擇。」

「放開她！」這時聲音更近、更平靜了，但穆琳不肯聽。

「尚馬克，給你選擇，」她說：「要她，還是……」她的聲音在滅音槍聲響起的剎那變調，她訝異地看著地上。「狗屎。」她嘀咕道。然後向後倒，沿著台階積雪的斜面往下滑，終於停在台階底下，伯勤的腳邊。

一道鮮紅染上穆琳身體滑過的雪，燦爛的白映襯刺眼的紅。雪若試著移動，但伯勤的聲音阻止她。

「別動。」他的聲音出奇空洞。他彎腰，毫不費力地抱起穆琳軟綿綿的身體。那一刻他彷彿忘了雪若，僅抱著穆琳走向那部被遺棄的計程車，踢開深積的雪，打開陷在沈重雪堆裡的車門。

雪若搖搖晃晃地站起來，走下台階，循血跡而去，腳步聲被厚重的雪消弭。她應該逃跑，跑到街上，說不定他就會放棄找她的念頭。

但她哪裡也不會去。

他把穆琳放在後座。她的兩眼睜著，他伸出手溫柔地闔上它們。「對不起，寶貝。」他低聲地說，接著退出車外，關上車門。

見到雪若站得那麼近，他似乎頗為震驚。她沒死，雪若暈眩地想。她已經失去反應能力，只能杵在那裡，在冬日的靜謐中仰望著他，雪花開始在他們身邊翩然落下。

18

兩人相隔數呎，數呎的血和雪。她想都沒想就撲進他的懷裡，臉貼著他的肩膀，緊緊抱住他，因為強忍尖叫而一直顫抖，彷彿即將粉碎。

他抱住她，強壯而令人安心的臂膀將她緊緊抱在懷裡。他是如此強壯，如此溫暖，而他的身體也在輕微震顫，一定是她的幻想。

他慢慢撫摸她的頭髮。「吸氣，」他像個情人般在她耳邊低語。「吸氣，慢慢來。平靜下來，深呼吸。」

她並未發現自己屏住氣息。他的手托著她的下巴，拇指輕揉她的喉嚨，幾乎是利用手指的按摩讓她恢復呼吸，然後她深深地、顫抖地吸一口氣，再一口，又一口。

「我們得離開這裡。」他輕聲地說，而近乎歇斯底里的她竟然想笑。沒有人會聽到，穆琳死了，世界天旋地轉，糊成一片血和雪，如果她放聲尖叫，沒有人會聽到……

但她不會尖叫。她可以把他的體熱、他的力量、他的呼吸，吸入骨髓的深處幫助她。她保持那樣，緊緊地摟著他，他也並未要她移動，給予她充分的時間。

她終於抬頭。他的模樣沒變，但話說回來，他始終都是這樣。她親眼目睹他殺了兩個人，而他從未流露任何反應。他是怪物，不是人。

但他是她的怪物，一直保護著她，而她已不再憂慮任何事情。「我可以了。」她說。

他點點頭，放開她，但繼續握著她的手。她被雪浸得又濕又冷，緊握他的手，用力到手指都痛了，但她不會放開。他帶她離開那棟老房子，途中只曾停下腳步，踢了些雪蓋住濺在下面幾級台階的血跡。天色越來越暗，雖然她不確定是暴風雪即將來臨，或只是天色已晚。也或許是她的意志，想關閉一個越來越無法忍受的人生。或許是她不斷呼喚黑暗，因此它終於如黑毯般蓋住她，將光線、恐懼、痛苦……一切，阻絕於外。

他替她拉開一輛她不認得的炫目跑車的車門，將她安置於前座，幫她繫上安全帶，她心不在焉地想，他對她真是溫柔。她沒有把他的外套帶出來，忽然間那變得十分重要，彷彿她把唯一的盔甲留在屋內了。

「你的外套……」她顫抖地喘一口氣。

「管他什麼外套，我不需要。」

「我需要。」

他站在打開的門邊俯視著她，身形遮住了天空。是在懷疑她瘋了吧！雪若想。一定是這樣。

過了片刻，他點點頭。「待在這裡別動。」他關上小車的門。

她想笑。她根本不能動。他已經把安全帶繫上了，而她的手根本沒辦法解開它，腳也沒辦法支撐身體。她得用盡力氣才能聽他的話繼續呼吸，慢慢地深呼吸，全神貫注於呼吸。

他好像只離開了一會兒。他打開她的門，把外套裹在她的肩上，然後低頭看著她的臉。「妳還好吧？」

「當然。」她說。

她推測這是錯誤的答案，因為他的眉頭蹙鎖起來。但他只是點點頭。「撐著點。」

不然還能怎樣？她一邊想，把頭靠在椅背和擠成一團的外套上。逃跑嗎？她的逃亡已經結束。

當車子飛馳般進入巴黎市中心，她閉著眼睛，用一小部分的大腦聆聽他平靜的聲音，任憑身心的其他部位隨雪漂流，依偎在他的外套裡。「機場又開了，但妳得等我一下。我必須先去飯店。我已經讓事情懸宕太久，而唯一能讓妳安全的方式，就是把妳帶在身邊。」

這段話足以讓她睜大眼睛。「你為什麼要回來？」她簡直認不出自己的聲音，它微弱而緊繃。她到底怎麼回事？她的感覺是像被凍在冰塊裡面。

他甚至沒有看她，只專心開車。那是她未曾做過的事，在巴黎的街道開車。她有足夠的勇氣挑戰大部分的事，但要她在巴黎開車，她真的做不到。希維亞老愛嘲笑她，叫她膽小鬼。希維亞……

「吸氣。」他嚴厲地說。她乖乖吸一口。

他一路開到丹尼斯飯店前面。那是巴黎最高級的飯店之一，小而高級，極其雅致，他開上並不引人注目的前門，跳出車子趕在門房過來之前來到她的門外。他和那位男人說了幾句，但她沒在聽，接著他解開她的安全帶，扶她出來，讓外套圍在她的肩上，像個體貼的情人，一手環抱她的腰、低頭看她。

「裝出想睡的樣子，」他在她耳畔低語。她意識到他說的是德語，不意外。「我說妳剛從澳洲過來，時差還沒調好。他們不會多想的。」他輕輕吻了她的太陽穴，偽裝的一部分，而如果可以，她會轉頭吻他的唇。

他們穿過老飯店小而精緻的大廳。當他摟著她的肩、抓著披在那裡的外套，帶著她走向電梯時，彷彿有千百雙眼睛盯著她，目送他們前進。但她還是覺得冷，胸口被雪沾濕，連那件外套也無法讓她暖和。

她的注意力早已渙散，完全不知他如何帶她進入房間。他把門關上，打開燈，而她幾乎感覺不到周圍的事物。「我好冷，」她的聲音大得不自然。她讓肩上的外套滑落在地。「我又濕又冷。」她觸摸襯衫前緣，把濕透的衣服拉撐起來。她無法理解胸前怎會有雪。

「妳需要休息。我會讓人送新衣服上來，我本來沒打算要帶妳回來。臥室在妳後面，妳鑽進被子裡取暖好嗎？」

她用力拉開柔軟的絲質衣料，忽然驚駭地望著雙手。手上滿是血跡。

她抬頭看他，看他面無表情的臉。他擦過手，但手上乾掉的紅棕色血跡仍依稀可見。他的襯衫也是濕的，在午後的光線中閃閃發亮。

「你受傷了嗎？」她說。「你的襯衫……」她未加思索便把手放到他的胸口，貼著他跳動的心臟。

他搖搖頭。「這是穆琳的血，」他說。「我們兩個人身上都有。」

這是最後一根稻草。「清掉它！」她大叫，啜泣著猛拉她的襯衫。「拜託……我沒辦法……」柔軟的針織布只在她慌亂的手中延展，曾有的平靜與淡漠無跡可尋。她身上沾著一個死去女人的血，她和他一樣了，而如果擺脫不了這些血跡，她馬上就會爆炸。

「冷靜下來。」他抓住她的襯衫下襬，把它從頭頂拉掉。她的身體暴露出來：黑色蕾絲胸罩、白皙皮膚上的條條血痕。

他咒罵一聲。她已失去語言能力，只拚命用力呼吸和拉扯衣服。他乾脆把她抱起來，走過幽暗的臥房，進入浴室。浴室馬上充滿燦爛的光線，照亮她的肌膚。他將半裸的她放進蓮蓬頭下，把水開到最大，進去陪著她，讓熱水傾洩在他們身上。

他三兩下剝去她身上剩下的衣物，拿起香皂幫她塗抹，她整個人僵立著，在蒸氣瀰漫的滂沱水柱中打著哆嗦。他迅速、粗糙且覆蓋她全身的手，震得她開始有所反應，她拉著他的衣物——那浸過血的衣物——啜泣起來。

他將襯衫從頭頂拉去，他的胸膛更是血跡斑斑，然後一手脫去其他衣物，強健的另一隻手臂則一直環抱著她。她拿過他手上的香皂，用力擦拭他的胸膛，讓他全身都是泡沫，拚命抹去任何一絲血跡，渴望將血跡全部抹去……

「夠了。」他抓住她的手，讓她手中的香皂滑落淋浴間的地磚，把她拉過來，在強力水柱下貼著他，她的身體緊貼著他的身體，濕而赤裸的身體。

她希望一切都走開，所有的一切。光有水還不夠，香皂也無法消除。她需要更多，而他堅挺的頂著她的腹部，證明他也需要。正常的時候他或許不想要她，但這一刻他非常需要她。一如她需要他。需要遺忘。

她把手伸到下面觸摸他，他在她手中彈動了一下，碩大、沉重，因需要而飽滿，一如將她淹沒的需要。

她抬頭，隔著滂沱的水勢望著他。「拜託，」她輕聲地說，讓手指沿著他興奮硬挺得男性象徵滑落。「我需要……」

「我知道。」他說。

他並沒有關水。僅將她抱起，抱著她走入幽暗的臥房，把她放在床上，跟隨她、覆蓋她，在她的下一個呼吸前推入她的體內。

但她不想呼吸。她只想要這樣，又硬、又快、又深，她幾乎立刻高潮，激烈地圍繞他收緊，牢牢鉗住，當他抽動著，無比專注地追求他的高潮時，她的全身充滿光和熱，和一種如星光密布、如針刺且永無止境的黑暗。

他也撐不了太久。當她仍在他的周遭打顫，忽然覺得他的男性慾望脹得更粗，在她的體內抽搐，再度開啟她的高潮。她以雙腿用力夾住他的腰，讓他灑在她的體內。滾燙、濕潤的活力注滿她，趕走了死亡和黑暗。

她一定發出了聲音，因為他用手捂住她的嘴，要她安靜。她欣然接受，放盡最後一絲氣力，在他肌肉強硬的指間嗚咽著，直到自己什麼也不剩，一無所有。

伯勤退了出來，讓她的雙臂落在床上。她已經沒有知覺了。他很願意認為是他讓她不省人事，但他更有自知之明。她迫切需要解放與遺忘，一如毒蟲迫切需要毒品，而他給了她，也為自己得到了，所以她在他抽離之前，便已找到療傷的睡眠。

但她的身體尚未遵循她的意志，最後的迷失高潮依然使她的身體抖動。他是如此想要她，依然不敢相信，她的需要和他同樣強烈。

他沒有親吻她。然而，這和親吻無關。重點在生命，在恢復生機。他們處理的是性與重生、痛苦與需求；而僅是這樣俯視著她，他又硬了起來。

他不知道這一次對他們的關係會有怎樣的影響。他想要雪若嗎？雪若想要他嗎？或者這只是一種武器、毒品，或工具。他並不想查明真相。他將去完成他的工作，然後把雪若送上飛機。他不能死，他必須活著，因為他必須確定她安然離開這裡。然後他將等著後果，看他們會來索命，還是放了他。

蓮蓬頭的水還在流。丹尼斯飯店的熱水無限供應，不愧其高級、周到之名。他低頭看著她，羨慕她的沈睡與遺忘。而他有太多事，要保護她的安全，要完成任務。他不能和她一起鑽進被單，用他的身體包住她，沈入她溫暖、甜美的愉悅之中。他只能拉出被她壓著的被子，蓋住她的身體。他只能俯身，讓他的嘴擱在她的唇上。

他只能離開她。

＊＊＊

雪若睜開眼睛。她不想醒來。剎那間她想不起來自己身在何方。夢境帶她回到家裡的臥室，但從門口射進來的光不對，她也認不出模模糊糊從另一個房間傳來的聲音。她覺得身體怪怪的，倦怠卻又緊張。

接著一切宛如一記重鎚般回來了，所有一切。鉅細靡遺，生動鮮明，而她用手捂住嘴，止住一陣呻吟。她到底做了什麼？

她和伯勤有了性行為。第二次。但她其實一點也不擔心它，相較於一連串揮之不去的死亡、血腥和危險，那根本微不足道。

她只聽到他的聲音，沒有別人。他在講電話，小聲而冷靜，或許她該去門邊偷聽，但她不會去。她要去沖洗，把他從身體沖走，再找些衣服穿，離開這個鬼地方。

大浴室的地板上不見濕透黑色衣服的蹤影。他一定把它們拿走了，謝天謝地。她很快沖完身體，用一條超大浴巾裹住自己，走回臥室。

這樣還不夠。她掀起被單，用它像古羅馬人的外袍那樣包住身體，再往房門走去。

她無法抗拒誘惑，停下腳步，聆聽他冷靜而毫無情感的聲音。

「我已經做好最後的安排，你只要盡你的責任。如果發生什麼事，任何事，我們就沒有籌碼了，你瞭解嗎？」這是威脅，雖然語氣平靜、溫和，卻讓她背脊發涼。他停頓了一下，她屏住呼吸，仔細聆聽。

「你瞭解就好，」他說：「我沒有誇大其詞，她是來破壞交易的。」

對話結束，雪若用義大利語數到一百，才推開房門。他伸長了雙腿，動也不動地坐在沙發椅上。房間裡燈光昏暗，讓她滿懷感激。她不覺得自己受得了明亮的燈光。

他似乎絲毫不知她的存在，但接著他的聲音從靜止的身體發出。「聽到任何有趣的事情嗎？」

她早該明白他知道她在偷聽。他對她似乎有一種不合常理的覺察力。但話說回來，或許他對周遭每個人都有這種覺察力，不然他不會活到今天。

「只聽到我是來破壞交易的。」她裹著床單走進房間。「你正拿我交換什麼嗎？」

他轉頭看她，她的「穿著」讓他的眼底流露出些許打趣的神采。「我要拿妳交換兩頭牛和一群雞。」

「你忘記我參加過那些會議，那或許代表兩顆刺針飛彈和一批烏茲衝鋒槍。」

笑容開朗了些。「妳對刺針飛彈和烏茲衝鋒槍又有多少瞭解？」

「不多。」她坦言，一邊走入房間。

「相信我，它們比一個女人的生命值錢。」

她扮個鬼臉。「生命在你們的世界裡似乎一文不值。」話一出口她便後悔了，但他連眼睛都沒眨一下。

「妳說得對，所以要保住妳的命才會這麼困難。」

「我不知道你為什麼要保住我的命。我一定是個大麻煩。」

「麻煩是太過低估的說法。我也不知道為什麼，」他的語氣冷淡而輕蔑。「玄關裡有些衣服，今天晚上妳得穿衣服。」

她並不想知道不穿會怎樣。「為什麼？你要帶我進城嗎？」

「妳將再次見到妳的老朋友，男爵、他的夫人和大富先生等。我們的會議因我提早離開以及吉爾斯·哈金不幸遇害，在另一位重要人士抵達前，中斷了。那個人今晚會到，而後我們要談妥我們的生意。」

「你要我跟你一起去？」她難以置信地問。

「妳不能離開我的身邊，但我要妳遵照我的每一個命令，到時我會給妳信號，我們開始吵架。妳生氣地離開，直接進入化妝室，我大約十分鐘以後會過去接妳。妳就待在那裡，不管聽到什麼都別動。瞭解嗎？」

「萬一你沒來呢？」

「我會去的，不管發生什麼事。」

「我將踏著月色而來，即使地獄橫加阻攔。」她喃喃自語。

「什麼？」

「只是一首古詩，講一個月黑風高時的攔路大盜。我想你可以算是現代版的大盜吧！」她輕快地說。

「不是，而且我也不認為妳會開著槍來警告我。」

她該知道他讀過那首詩，他總是出乎她的意料。「所以我應該穿什麼？全黑嗎？我總算了解你為何老是一身黑了。」

「因為我走在時尚的尖端？」他漫不經心地猜。「或者因為我是惡魔？」

「都不是，」她說：「因為黑色顯不出血跡。」

房間裡陷入沉默，靜得讓她簡直可以聽見雪落在窗外的聲音。「去換衣服吧！」他終於開口。

衣服放在套房的小玄關，包裝袋和盒子上有著設計師的名字。如果這些是希維亞的，她一定會以為自己死了，上了天堂……

他迅速來到她身邊，讓她差點沒有時間嚥下忽然湧出的痛楚。「怎麼了？」

她回頭看他，試著整理思緒。「如果你真的用過心，就應該猜得到。你知道你的前女友殺了希維亞。她把希維亞當成我。」

「我知道。」

「那你為什麼還要問我怎麼了？」

「因為我們沒有時間鬧情緒。等妳回到家人身邊，儘管崩潰無妨。但現在妳必須有鋼鐵般的意志。」

「如果我沒有呢？你會殺了我吧！對不對？」

他並未觸碰她。「不對，」他說：「妳會死，但動手的人不會是我。而我也會死。妳或許認為我是吹噓而非警告，但沒有我，妳不可能活下去。這妳應該很清楚。」

「是的，」她說：「我很清楚。」

「所以妳必須堅強。不可以流淚，也不可以驚慌。妳已經這麼努力走到這裡，只要再幾個小時，妳就安全了。妳一定可以堅持下去的，我知道妳可以。」

「你怎麼知道？」她的聲音嘶啞，幾乎碎裂。「我快瘋了。」

「妳很了不起，」他輕柔地說：「妳已經拚命存活了這麼久。我不會讓妳發生任何意外的。」

「了不起？」她重複道，渾身打顫。

「去穿衣服吧！」他轉過身，再次將她阻隔於外。

19

他什麼都想到了。起先她以為他忘了胸罩，後來才明白，那件黑色緊身露背小禮服底下根本不能穿胸罩。黑色蕾絲內褲只比丁字褲寬一點點，而搭配的吊帶襪和絲襪簡直令她作嘔。她穿上它們，想到他的手在她的腿上。

他甚至還訂了適合她的色系的化妝品——這個男人真是不合常理。她對她的頭髮無能為力，就當它是最新流行的凌亂風格吧！她戒慎地審視鞋子，鞋跟比她習慣的高，但非常合腳。他似乎比她更瞭解她的身體，這令她不自在。他知道且瞭解她的身體，可是他本身卻是個謎。令她渴望得發狂的謎。他說她了不起，出於某種原因她很珍惜這句讚美。了不起的勇敢，了不起的愚蠢，了不起的好奇，了不起的幸運。了不起。

斯德哥爾摩症候群，她提醒自己，這名詞宛如制止荒謬思緒的默禱。回家以後，想起這件事的時候應該會很錯愕吧！如果她願意想起。

客廳的落地窗外，巴黎的燈光明亮，而衣服穿到一半的伯勤站在客廳中央，弄著敞開的襯衫下的某樣東西。白色的襯衫，或許他認為今晚不會見血。

「我需要妳幫忙，」他沒有回頭看她。

「你不像會開口求助的人。」

「凡事總有第一次……」聲音因為他看到她掉了下來。這襲緊身黑色洋裝讓她覺得尷尬而搶眼，但一看到他眼裡的神情，那種感覺瞬間消失。或許他也得了斯德哥爾摩症候群吧！

即使如此，他忽視它的速度比她快許多。那深邃眼眸中的驚異一閃即逝，讓她以為那只是她的想像。「我老是弄不好。」他說。

白襯衫敞開著，露出金黃色的光滑肌膚。他正試著把一個像繃帶的凸起物貼在他的側身，以她對他身體的瞭解，她相當確定那裡並沒有傷口。

她走過去，因為她沒有理由、沒有藉口不走過去。也因為她想過去。「你要我做什麼？」

「我需要把這個貼在第四根肋骨下面的皮膚上，我貼不到。」

「那是什麼？」

他只遲疑了一會兒。「那是用來偽裝槍傷的東西。裡面有小型引爆裝置，還有一小袋假的血。它會讓我聽起來或看起來好像中了槍，所以它必須放在受到致命一擊的地方。」

「我懂了。」她把手放在凸起物上，吸進他古龍水的味道，知道離他太近。她的手碰觸到他柔滑溫熱的肌膚，不由得顫抖起來。「這裡對嗎？」

「妳摸得到我的肋骨嗎？袋子的下緣應該跟最下面那根肋骨平行。」

她試著正常呼吸。摸尋他皮膚底下的骨頭讓人心慌意亂，非她所能控制。「我當然摸得到你的肋骨，」她的口氣彆扭。「你這沒屁股的法國男人。雖然我並不相信你是法國人。」

「妳不相信？」他的聲音分外輕柔。距離那麼近，他只要比耳語稍微大聲一點，而這種低語只更加強她的反應。「那妳覺得我是什麼？」

「一個討厭鬼。」這答案不錯，只是這麼靠近他，讓她呼吸困難。她把手伸進襯衫，繞到身側，把膠帶壓在他的皮膚上。「這樣對嗎？」她再問一次。

「應該吧！火藥會在我的衣服上炸個洞，接著會有足夠的假血冒出來，掩飾任何不對的位置。」他低頭看她。他的嘴，就在她的上方——她想閉上眼睛，把頭靠在他的肩上，沈浸在他的體熱與力量之中。

她緊張地後退一步，努力掩飾。他扣好襯衫，穿上外套。那是黑色的正式晚宴服，和她的緊身小禮服十分搭配。他的一頭長髮紮在後面，衣服整理好後，看來優雅而瀟灑自若。她的目光緊跟著他的手，看它們繫上黑色絲質領結，然後她發現自己看著他的嘴。

「我們得談談。」她突然開口。

「談什麼？」

他真該死！「談不久前在臥室裡發生的事。」她說清楚，以免他繼續裝傻。

「為什麼？那沒什麼好談的。」

「可是……」

「那是正常的人類反應。物種生存之道，我的女孩。人面對暴力死亡時，常有那種想要肯定自己還活著的反應。與個人無關。」

她提起這個話題真是白痴。上週末她若懂得閉緊嘴巴，就不會打草驚蛇，每個人都還在過著正常的日子。

「你說得對，」她低聲地說，不在乎自己的口氣陰沈而無禮。「斯德哥爾摩症候群。」

「什麼？」

她已經大聲說了。來不及否認，只有厚著臉皮解釋。「斯德哥爾摩症候群，」她大聲重複一次。「是一種已獲臨床證實的心理狀態，當人質……」

「我知道那是什麼。」他的表情充滿戒心，又好像有些想笑，並在她說出不該說的話、在她徹底羞辱自己之前加以制止，讓她有點感激。「妳得了這種特殊疾病？」

「那並不奇怪。」她越來越擅長讓聲音保持輕快和不在乎了。「你救了我很多次，我們幾次一起死裡逃生，而在事情惡化之前，我們已彼此吸引。」想起他後來的疏遠，她不覺臉頰火熱。「至少，你在必要的時候，讓我相信那是雙方面的，」她修正。「所以此時我覺得有點……依賴你，應該是正常的，但那會在我平安離開這裡的那一刻，成為過去。」

「依賴？」

她無法優雅地全身而退了，乾脆放棄胡扯。他想讓她發窘，但她也懂得以牙還牙。她無畏地與他對視，用意志力驅逐雙頰的熱。不幸的是，熱度竟往下跑。「你是披著閃亮盔甲的騎士，」她輕快地說：「是我的英雄，我的救星，至少目前是這樣。但那會過去的。」

他臉上的笑意消失。「不，我不是。我不是英雄，不是救星，更不是騎士。我是個殺手，一個只知完成任務的殺手。妳必須記得這一點。在我眼中，妳只是個累贅。」

「那我為什麼會在這裡？」

「因為我擺脫不了妳。」

某件她不甚瞭解的事開始蕩漾，這讓她更大膽、更勇於面對他冷漠又空洞的話語。「你當然可以擺脫我，」她以實際的語氣說：「你可以扭斷我的脖子、割斷我的喉嚨，或者一槍斃了我。你對那些生生死死並沒有那麼在乎，如果你只是想要擺脫我，為什麼還要一而再、再而三地救我？」

「因為我無可救藥地愛上了妳，我情不自禁。我被妳的魅力和美色所俘虜，我無法跟妳分開……」

「住口，」她制止他連珠砲式的嘲弄。「我並沒有說我對你很重要。我很清楚，我們之間的任何……感覺都是我單方面的，而那是創傷引發的歇斯底里，僅此而已。我只是要說，你不是你所想的那樣，你不是惡魔。」

「不是嗎？」他離她太近，修長、優雅的手指輕易握住她的頸項，稍微用力，便將她拉近。他的指尖就在她的顎下，拇指輕撫她柔嫩的喉嚨。「或許我靠別人的痛苦和恐懼生存。或許我帶妳走到這裡，只是為了在妳開始信任我的那一刻殺掉妳。」

她吞嚥一下。他的手按在喉嚨的觸感令她不安，而她得用盡力氣才能不向他倒過去。「或許你只是胡說，」她說：「你或許不想要我，但也不至於想殺我。」

他的笑容充滿諷刺。「那妳就錯了。」他略微用力，片刻間她已覺得天旋地轉，一會兒才發現他已經將她推抵在客廳玫瑰色織錦的牆上，優雅的身體貼上來，手指托著她的臉，在漸合的夜色中低頭凝視她的眼睛。哪個說法錯了？她恍惚地想。是「不想殺她」或「不想要她」？

他立刻告訴她。「換個時間和地點，我會帶妳上床，跟妳做愛好幾天，」他的聲音緩慢、低沉而堅定。「我會吻妳，吻遍每一吋肌膚，讓妳得到高潮，一而再、再而三，直到妳再也站不起來，然後我會讓妳睡在我的懷裡，等妳恢復過來，再從頭開始。我會親吻妳的傷口、啜飲妳的淚水，用世人都還不知道的方式和妳做愛。我會在星光燦爛的夜空下、百花盛開的田野中，在沒有死亡、痛苦和悲傷的地方跟妳做愛。我會讓妳體驗妳連作夢都沒想過的事情，讓妳覺得世上除了妳跟我沒有別人，我在妳的腿間，在妳的唇裡，無所不在。」

她睜大眼睛，目不轉睛地盯著他看。「吸氣，」他帶著自貶的笑輕柔地說，她發現她又屏住氣息了。

「你會嗎？」她喘著氣。

「我很想，但我不會。那不是個好主意。」

「為什麼？」

「對妳有害無益。」

「有沒有益處，不能留給我自己判斷嗎？」

他笑出了聲音，這是她第一次聽見他笑。在那片刻，月亮將他鍍了金，他看起來好美，身處完美境界的完美男人。

然後，陰影再次籠罩他們。「不能，因為妳得了斯德哥爾摩症候群，妳忘了嗎？」這是一句溫柔的嘲弄。「快了。妳將在午夜之前平安離開這裡，到下個星期這將成為遙遠的夢魘。一年之後，妳會忘了妳曾經見過我。」

「不會。」

但話題已經結束。他的手離開她的喉嚨，她這才發現剛才的動作是愛撫。「妳會聽我的話做吧？我一給妳信號，妳就跟我吵架，然後火速離開那裡，去化妝室躲起來，我會盡快過去接妳。」

「如果你沒來呢？」

「即使地獄攔阻，我也會來，」他輕柔地說：「妳將會見到在莊園見過的老朋友。多美妙的時光。」

「是啊！」她說：「我保證會閉上嘴巴。」

「那倒不必。今晚一切都會結束，妳說什麼其實都無所謂，只要別說出我配戴的裝備就好。還有，不要靠近克里斯。」

「誰是克里斯？」

「妳還沒見過他。他今天晚上會到，跟他比起來，吉爾斯．哈金簡直像德蕾莎修女。盡量避開他。妳天真的囈語可能會激怒他，而這個人少惹為妙。」

「天真的囈語……」

他不理會她憤怒的抗議。「只要妳保持清醒，乖乖聽話，妳就可以完好無缺地度過今晚。」

「你也會嗎？」這是疑問句而非敘述句。

她不喜歡他笑裡微微流露的諷刺。「我也會，」他說：「還有一件事，妳的裝扮尚未完整。」

「我沒看到胸罩，」她緊張地說。

「我知道，那正是我選那件衣服的原因。」他簡直像在討論柳橙的價格。他的手伸進晚宴西服的口袋，拿出一串光彩奪目的鑽石。「妳需要適當的裝飾品。轉過去。」

他拿著一串看起來很有歷史、只可能是鑽石的沈重項鍊。她沒有動，也不能動，他只好將手繞過她的脖子，在她的頸後扣上。光線照在寶石後向四方折射而舞動著，白金的底座出奇溫暖地貼著她的皮膚。他看看她，歪著頭判定效果。「妳戴起來真好看。」

「那是誰的？是贓物嗎？或是最好的贗品？」

「那重要嗎？」

「不重要。」他把門打開，她知道她不會再回來這個地方了，也從此不會再與他單獨相處。當他要握住她的臂膀時，她稍稍後退。

「可以幫我一個忙嗎？」

「什麼忙？」

「至少把你的名字告訴我？」

他搖頭。「我說過，妳不必知道我的名字。妳知道得越少就越安全。」

如其所料。「那麼至少請你吻我一下，一下就好，真心的吻。」如果他不吻她，她或許撐不過接下來的幾個小時，更可能是不想再撐了。

但他再次搖頭。「不，」他說：「等妳回到家，會有幾十個帥哥想要吻妳。等到那時候吧！」

「我不要。」她伸手繞過他的脖子，猛力把他的頭拉下來，用力地親吻他。她原以為他會抵抗、把她推開，但他只是縱容著她，沒有反應，也沒有參與。她彷彿只是在吻鏡中的倒影。

她想哭，但淚水和那些帥哥一樣，都可以稍候。她放開他，擠出快活的笑容。「祝你好運！」她爽朗地說完，率先步入走廊，讓他跟在後面，把門關上。把安全關起來，而他再次輕握她的手臂，緩緩帶她走向命運——或災難，她很快就會知道。

***　***

他們全都來了。大富先生和他的助理，那名助理身穿高雅的晚宴服，袖口露出刺青。伯勤懶洋洋地想，大富先生是否也和多數日本流氓一樣，擁有值得炫耀的傳統彩色刺青，或是一直待在管理階層。他的十根手指都還在，所以他應該沒有打過壕溝戰。他那位沉默、面無表情的助手則只缺了其中一根的一截，這代表他很少出錯。

男爵從房間另一頭遠遠瞪著他，而莫妮卡一看到他們兩人一起出現竟然愣住了。雪若緊抓著伯勤的臂膀，因為戲終於開場而心神不寧，而他盡量利用還有機會的時候，輕拍她的手安撫她。就這一個多小時，這非常危險的一個多小時，他想怎麼碰她都可以。這是表演的一部分，不具任何意義；他可以縱容自己，而她不會知道那對他是多麼困難。

他推算自己活著度過今夜的機率只有一半，但就算必須槍殺在場的每一個人，他都要把雪若送出這裡。房間裡有些人表面上和他站在同一邊，假設他真的選了邊。那不重要，他可以犧牲任何人換取雪若的命；他甚至把她的父母拉了進來。

他們應該已經抵達巴黎了。他打電話過去的時候，他們已在美國的機場，正要前來法國尋找失蹤的女兒。希維亞的屍體已被發現，還有雪若的護照，而法國警方已找到她的父母。如果幸運，他們會及時趕到這家飯店，帶雪若脫離他知道勢必會發生的流血事件。

她不知道他將她送出這個房間的時候，是要將她送回給她的父母。只要他們不管聽到什麼聲音，都絕對不會讓她回頭。他只希望槍戰開始之前，他們已經帶著她走遠了。

「唷，可真意外啊！不是嗎？」莫妮卡悄悄來到他們身邊，無比輕柔地說：「我們都很納悶，兩位上哪兒去了。我們猜想是你殺了吉爾斯．哈金，但我們不確定這個美國小妞是跟你私奔了呢？還是自己離開了。真高興你找到她的蹤跡了。」

「任何蹤跡我都注意著，莫妮卡。」他輕撫雪若蒼白、冰冷的手。

「那麼告訴我，你為什麼要殺掉吉爾斯．哈金？我們都很好奇，那實在太意外了。」

「真的有人在乎嗎？」

莫妮卡揚起笑意。「沒有。他是可有可無的，我們只是好奇。」她伸出纖細而珠光寶氣的手輕碰雪若的皮膚。「我看到他的手工藝留下的痕跡。」吉爾斯．哈金所造成的最嚴重的傷口，還留有模糊的印記，他看出雪若的手臂因莫妮卡的碰觸馬上起了雞皮疙瘩。

他抓著莫妮卡強勢的手腕，把她拉開。「別亂碰，莫妮卡，」他說：「她是我的。」

「好東西要跟好朋友分享啊！」莫妮卡的嘴嘟了起來。「她打扮起來可真美，但那些驚人的鑽石哪裡來的？我好久沒看過這麼美麗的東西了。妳是在哪裡買的啊？小美人。」她把目光轉移到雪若身上，後者神經質地震了一下。

「伯勤給我的。」她稍後說。

莫妮卡皺起眉頭。「我不知道他竟然這麼大方。早知道你有這麼棒的東西，我就不會跟你斷絕關係了。」

她用眼神向他挑釁，等他糾正，但他已經覺得無聊了。莫妮卡喜歡玩貓捉老鼠的遊戲，但她不是他今晚的目標。比起他即將對付的男人，莫妮卡只是孩子的玩把戲。

「克里斯呢？」他說：「又演失蹤戲嗎？」那個希臘人再不出現，事情就禍福難料了。只要他一來，大半注意力會集中到他身上。否則，雪若又將成為眾矢之的，軍火商和委員會都盯著她。儘管她的美籍雙親在場或許會讓軍火商三思，但委員會幾乎不會猶豫。

不行，讓克里斯現身、一切照計畫進行，事情會比較好處理。但願黏在肋骨下面的假血袋是他唯一的傷口，可是他不會仰仗那個東西。只要雪若平安，其實他並不在乎自己會怎樣。

「我也在猜，」莫妮卡說：「如果他遲遲不現身，我相信我們會找到打發時間的方式。」她又伸手要摸雪若，但這一次雪若猛然避開。

「不要碰我，臭婊子，」她以最甜美的聲音說。而且是用莫妮卡的母語，德語。

莫妮卡眨眨眼，笑容更燦爛了。「噢，多麼不可多得的人才啊！伯勤。我要跟她痛快玩一玩。噢，沒錯，我知道，你會說：『除非我死了。』」然後她向他們兩人送了一個小小的飛吻，漫步回到怒目橫眉的丈夫身邊。

「那樣或許不太聰明，雪若，」他低聲道：「但我並不怪妳。」她仰望著他，輝煌的燈光使他看到最不希望看到的一切：她如此憂慮的褐色眼眸，它們在聽到他身亡時應該會盈滿淚水吧！以及那圓潤柔軟的雙唇，它們將在未來找到一個也會回吻她的好男人甜蜜親吻。

「那是最嚴重的情況嗎？」她問。

門口一陣騷動，他將目光從她身上抽離，看著縱步而入的一群人。「不是，」他輕聲地說：「克里斯到了。」

克里斯看來不像伯勤描述的那般兇惡。跟吉爾斯·哈金相比，他僅像個西裝筆挺的生意人，雖然身邊圍繞著一群應該是保鑣的人。她原本有點以為會見到一個像電影《希臘左巴》裡那樣的男人，但這一位絕不是樂天知命的漁夫。他站在門口，人馬分列兩翼，雙眼掃視房內，錄下每張臉孔。他的目光銳利而清澈、近乎無色，而當它停留在雪若身上時，她整個人不寒而慄。

「真高興看到大家還在這裡，」他的英語流利，只是口音濃重。這是好事，因為雪若的希臘文頂多算是普通。「很抱歉沒辦法早點加入，我有一些生意必須照顧，但那不表示我不為失去我們的摯友奧古斯特·雷馬克和他絕佳的領導技巧哀悼。我推測我們也失去吉爾斯·哈金了。另一個不幸。」他的視線落在伯勤身上，後者面無表情地注視他。「但見見老朋友將有助於彌補損失。」

「克里斯，那些人是誰？」大富先生顯然不太高興地質問。矮小、優雅的克里斯因這六個男人的簇擁，氣勢壓過大富先生與他孤單的助手兼保鑣。

「謹慎至上。聽到那麼多暴斃的消息，讓我覺得保護生命安全是明智之舉。不必一臉憂慮，我親愛的朋友和同事。我的人訓練有素，只做我叫他們做的事。」

似乎沒人滿意他的說明，雪若微微更靠近伯勤。他說得對，和現在這種劍拔弩張的氣氛相比，先前的會議僅是前哨戰而已。

「我們必須談談分配的問題……」雷塞提先生開口，但克里斯揮手打斷他。蒼白而短小的手，雪若注意到。

「談生意的時間很多，」他說：「我想先喝杯像樣的法國酒，換換口味。我喝膩希臘紅酒了。」

「沒問題。」蘭伯特夫人似乎擔起女主人的角色，以手勢要侍者過來。「你的手下呢？」

「他們值勤時不喝酒。」克里斯咕噥。雪若覺得房間裡的緊張情勢升高。

伯勤摟著她的腰，導引她走向較不擁擠的角落。被他觸碰的剎那，她得用上所有的自制力才能不跳起來，接著又得竭盡更大的努力不往後更靠進他的懷裡。他的觸摸是種錯覺，給她的安全感並沒有比眼鏡蛇爬上背部更多，但的確讓她鎮定了些。

他把她安頓在光滑的淺色長皮椅上，自己也在旁邊坐下，靠得很近但無肢體接觸。他帶了槍嗎？她竟然不記得。在套房時她似乎只注意他的肌膚和身體，遠勝於他配帶什麼武器。她死了也是活該，她厭惡地想，色迷心竅的小白痴。

有人給了她一杯香檳。她根本沒注意到它是怎麼來的，但她無事可做便啜飲一口，一言不發地看著其他軍火商以完美的宴會風度走動交際。

莫妮卡正和克里斯調情——暫時的緩刑，但不一會兒她回過頭，直視雪若的雙眼。然後她邁步朝他們而來，深紅色的唇泛起邪惡的笑容。

雪若感覺緊張從身邊男人的身上輻射出來。「吵架時間到了。」他低語。

那並不難。他固然難以抗拒，但也同樣令人生氣，而她只要專注於後者就吵得起來。但她察覺出房裡情勢緊張，放眼所及盡是克里斯的爪牙，所以她哪裡也不去。

「我很好。」她以悅耳的聲調說。

他轉過身，全神注意她。「妳該離開了，」他低聲說。「這裡的情況越來越危險。」

她回以燦爛的微笑。「你不走我哪裡也不去。」她用低沉撩人但不會給第三者聽見的聲音說。

他深不見底的雙眼原本可以讓她麻痹，但她拒絕被恫嚇。「別胡鬧，雪若。」他的聲音透著危險。

「我沒有胡鬧，你不走我也不會離開這房間一步。我離開，你就會死，我不希望你死。」

「如果妳繼續待著，妳會死。」

「或許吧！但那也表示，如果你仍決意保護我，跟我一起離開是唯一的選擇。」她的盤算讓她高興不了多久；他的表情平靜而帶點厭倦，但眼神只見憤怒。

他一直在喝一杯加冰的威士忌，現在他斜一下酒杯把酒倒在她的腿上，而後佯裝驚慌地跳起來。「親愛的，對不起，」他大聲說：「我不知道自己怎會這麼不小心！」

冰冷的液體浸透禮服，流到腿上，但她竭力保持不動，向他堆出微笑。除了血，黑色還可以掩飾許多東西。「不過是幾滴酒，親愛的，」她低聲說，舉手去拉他的臂膀。「不要放在心上。」

「我真的認為妳該去清理一下，」他說。

「我沒事。」

「他的意思是要擺脫妳啦，孩子。」不幸地，莫妮卡加入了。「就出去吧！給我們一點獨處的時間。我們需要敘敘舊。」

「我不同意。」她的語氣堅定而愉快。

「那妳就待著吧！」莫妮卡往皮椅一坐，拉下伯勤讓他坐在她與雪若之間。「我從不介意觀眾。」然後把手插進伯勤腦後，將他的嘴壓向自己。

他回吻她。他環抱莫妮卡的水蛇腰，將她扶起，給了她纏綿悱惻的一吻。不久前才拒給雪若的吻。

房間裡節節高升的緊張局勢不再只是她的想像。莫妮卡的丈夫出神地注視著他們，眼光熱切但無比不安，其他人則以從冷到熱的興致觀賞這齣小肥皂劇。克里斯的保鑣例外，他們已分散各處站崗，不再圍繞雇主身邊。伯勤為什麼不去注意這令人憂心的發展，雪若想，而只忙著讓舌頭探進那個女人的喉嚨？

如果他以為她會傻傻地坐在那裡看，他就錯了。他或許正希望她勃然大怒、含淚離開，雖然她也想這樣，但克里斯的人馬已封住每條出路。不管他喜不喜歡，她終究是和他們一起被困在這裡了。

她按著他的肩膀，把他從莫妮卡身上拉開。他俯視她，表情冰冷。「走開，」整個房間都聽得見他清楚的聲音。「我跟妳玩膩了。」然後轉身面對莫妮卡。

那個賤人顯然十分自得其樂，雪若想著深吸一口氣，把情緒穩定下來。那些站在房間四處、面無表情的男人並未注意長椅這頭撲朔迷離的三人會議，他們的目光緊盯著那位發號施令的男人。克里斯以好笑的表情看著這裡，但他不會被他們分心太久，只要他一發出信號，他們全都會死。雪若很清楚，一如知道自己叫什麼名字。

就她所感覺，斯德哥爾摩症候群或許是種不治之症。她轉身，莫妮卡一手插入伯勤柔滑的長髮，另一手放在他的褲襠上。

這讓雪若忍無可忍。反正是要死，那她要鬧個痛快。她站起來，在任何人瞭解她要做什麼之前，抓起莫妮卡纖細的臂膀，硬把她和伯勤拉開。「拿開妳的髒手，別碰我男朋友。」

這是她這輩子說過最可笑的一句話。全場陷入一片死寂，注視著他們，而後莫妮卡笑起來。「親愛的，如果妳那麼嫉妒，我不介意三個人一起。妳或許不能滿足他，但我想我可以彌補這個遺憾。」

雪若撲過去，但伯勤將她中途攔住，拉向自己。而後她重重跌向地板，被他的身體覆蓋，而地獄之門在這一瞬間爆開。

她快被他壓扁了，什麼都看不見，只聽見非常可怕的聲音：槍聲——有些消了音，有些震耳欲聾——尖叫聲、咒罵聲、驚逃亂竄聲。

再來是味道，火藥味和濃重、有點銅味的血的氣味。他仍把她壓在地上，但他沒有死，這是她唯一知道的。她聽得到他呼吸急促，感覺得到他的心臟貼著她的背部跳動。她沒有動，也不想動。或許他們會永遠倒在這裡，沒人發現他們沒死。

然後他離開她的背，帶著她滾向旁邊。房裡被黑暗籠罩，只有槍口的火星提供些許光亮。雪若並不想看到成堆蠕動或靜止的屍體，和遍地的血。

他半拖半抱地把她帶到長椅後面，往一扇窗簾深垂的落地窗而去。他把她塞進窗簾後面，猛力讓她貼在牆上，一手捂住她的嘴，讓她不能說話、不能尖叫也不能呼吸。另一手拿著槍，因為它貼在她的皮膚上，所以她知道。

「妳有沒有受傷？」他低聲問。

她勉強搖頭，他把她壓得太緊了。

窗外是被雪覆蓋的小陽台，她看不出它離地面多高，也不在意。他們被困在這狹小的空間，要出去只有兩條路：穿過槍林彈雨，或從落地窗出去。

「別動。」他離開她，轉向圍住他們的窗簾。

「不要！」她叫出聲，緊抓住他，但他只是把她推開，讓她跌回牆上。他拉開窗廉，而她緊閉雙眼，摀住耳朵壓制可怕的噪音。

然後他回來了。「我們離開這鬼地方吧！」他的聲音緊繃。「走吧！」他打開落地窗，冰冷的空氣灌進來，吹得窗簾似波浪起伏。他咒罵一聲，把槍塞進皮帶，她看見他的襯衫有假血的污漬。「快。」

她沒時間問要去哪裡。他只是把她抱起來，往陽台外面一扔，然後跟著她墜落。

陽台有兩層樓高，她重重摔在地上，但積雪夠厚，所以她毫髮無傷。他一定摔得更重，因為他站起來時腳步蹣跚。他緊抓她的手，把她拉進陰影裡的同時，頭頂的陽台出現一群人，亂烘烘地說著她不想理解的語言。

「車子在那邊，」他喘著氣推她走在身前。「有備無患，妳會開手排車吧？」

「我不在巴黎開車！」她狂暴地說。

「現在妳非開不可。」他使勁拉開駕駛座的門，抓住她的手臂，把她塞進去，她無從選擇。至少這個時候的車流量沒那麼大。

他跌進她身邊的乘客座。「開吧！」他說。「往北走。」

她評估似的看他一眼，決定最好不要爭辯。當她半期待車子也會爆炸時，BMW卻像個可人兒乖乖地發動了。她踩油門，輪胎竟向後打滑，熄火了。

伯勤靠著椅背，閉上雙眼。「如果妳動不了，我們就等死吧！」他的語氣非常平靜。

「我盡力了。」她再次發動車子，換檔，往街上開去，僅差點擦撞三輛車和一位摩托車騎士。「可惡，」她低聲說：「可惡、可惡、可惡。」

「妳又有什麼問題？」他疲憊地問：「為什麼不在巴黎開車？」

「巴黎的人開車都好可怕，我不敢開。」

他沉默片刻，她以為他睡著了。「雪若，」他以無限的耐心說：「幾分鐘前，妳是世上最殘忍的幾個人的槍靶。妳剛逃過一場流血事件，妳也看過人在妳面前死亡，一、兩個莽撞的司機又算什麼？」

她轉彎，因車速太快而上了人行道的邊緣。倘若現在是中午，他們就沒命了，還會是一起二十部車的連環車禍的始作俑者。這個時間他們或許還有微小的機會可以抵達目的地，管它是什麼鬼地方。

她不打算問他。「流血事件？」她隔了好一會兒才問。

「不然妳認為是什麼？益智遊戲嗎？我沒能在離開前看清楚所有狀況，但男爵倒下了，還有大富先生和莫妮卡。」

「莫妮卡？」

「她的臉被射穿了。這個消息有沒有讓妳開心一點？」他的聲音好疲倦。

「當然沒有。那克里斯和他的手下呢？」

「克里斯死了，至少這點可以確定。」

「你怎能確定？房間裡那麼暗……」

「因為他是我殺的。如果妳到現在還不明白，那我告訴妳，我從不失手。」他再次閉眼。

「只管往前開，我得想想接下來該怎麼做。」

「那是你此行的目的，是嗎？殺克里斯？」

「他非死不可。」

「所以現在我應該安全了，不是嗎？既然你已經完成你該做的事。」

「他們不喜歡目擊者，雪若。妳要回到家才算安全。」

她並未爭辯，光是交通已讓她不敢分神。雪已經融了，化成冰，而BMW的動力太強。她相信他們逃得過槍林彈雨，卻可能可恥地因小車禍而死，但她並不在意。她和他在一起，這樣的時間不多了。

他把手伸進置物匣，拿出一支手機，按下一個號碼。對話簡短而未提到任何資訊，當他切斷通訊時，只淡淡地說：「下個路口左轉。」

她不想爭辯，不是現在。他臉色蒼白而憔悴，第一次這麼像人類。人會受傷，這個想法令她害怕。不是為了自己，而是為了他。「你還好吧？」她說：「他們沒射到你吧？」

他冷漠的笑無法安慰她。「妳不記得妳幫我捆綁的裝備嗎？它爆開時把我烤焦了，但我應該死不了。」

「可是如果……」

「別說了，」他輕柔地說：「就幾分鐘，什麼都別說。」

她照做，這是一個他必定無法體會的犧牲。她打開車子的收音機，正巧聽到警方報告丹尼斯飯店的恐怖攻擊事件。至少十一死五傷，其他人在逃。她轉換電台，聽到法語的幫派饒舌歌，立刻把它關掉。經歷真實事件之後，她沒心情欣賞裝腔作勢的暴力。

「前面再左轉，」伯勤突然說。她不知道他們在哪裡。天色昏暗，而他們正朝著她認不出的方向出城。頭頂傳來轟隆隆的聲音，她才恍然明白他們一定在機場附近。他帶她繞了路，但她不會錯認此刻身在何處。

他並未指引她開往任何公共區、停車場或出境門。他們繼續往前，經過主要航廈，來到一排機場飯店。當他們來到希爾頓飯店，「開到後面，」他說，她一一照做。至少他要先帶她去飯店，再把她送走。如果她只能再和他共度一夜，她會滿懷感激地接受。

「停在那裡。」他指著一個送貨的出入口。

「那裡沒地方停車。」

「聽話。」

她無力也無心爭辯，只把車停在路邊，打入空檔，拉上手剎車。「然後呢？」

「然後妳可以下車了。」他伸手把車熄火。他手上也有血。她只能希望那跟玷污他襯衫的液體一樣，都是假血，不是其他人的血。

她打開門，滑了出去。車道的雪已被剷除，但在她細長的晚宴高跟涼鞋底下仍有薄薄一層結冰的泥濘，而她冷得要命。她的洋裝毀了，被威士忌浸濕，又沾了雪水，而風穿過夜空呼嘯而來，捲起鬆軟的雪，在她身邊旋轉。

她看到黑暗中浮出兩道人影，她一度迷亂地以為他帶她來這裡是為了叫別人殺她，但她發現向她走近的人影如此熟悉。是她的父母。

她尖叫一聲，跑過堆著雪的柏油碎石路面，撲進他們的懷裡。好一會兒她只能緊抱住他們，試著調整呼吸。在一個子彈與鮮血橫飛的世界，他們帶來的感覺如此真實而安全。

「你們怎麼會在這裡？」她一能呼吸便聒噪地問：「你們怎麼知道要來這裡找我？」

「妳的朋友找到我們，」她的父親說：「我們聽說了希維亞的事，他打電話給我們的時候，我們已經動身到法國來了。我們應該要和妳在一家飯店碰面，但飛機延誤了。」

她回頭。伯勤已經走近，站在幾步之外，面無表情地看著他們。「你知道會發生什麼事，還叫他們去那家飯店？他們會被殺的！」

他聳聳肩，動作有些僵硬。「重點是讓妳安全，我不在乎代價是什麼。」

「你這可惡……」

「別這樣，雪若，」她的母親說：「他救了妳的命。」

詹姆士．安德伍先生放開雪若，向伯勤伸出手。「我只想感謝你照顧我們的女兒，她有時候挺麻煩的。」

「我一點也不擔心她。」伯勤以平靜、平穩的聲音說。

「要不要我幫你看看你的傷勢？我不知道雪若有沒有告訴你，我們都是醫生……」

「我沒事。」他毫不考慮。「但你們該離開了。把她帶離法國，至少十年不要讓她回來。如果可能，至少五年不要讓她離開你們的視線。」

「談何容易啊！」她的父親咕噥道。

燈光下她看見伯勤若有似無的笑。他不再多說，只轉身往車子走去，而她杵在原地，全身顫抖，不只因天冷而凍僵，更因為相信他會就此一言不發地走開。

他打開車門，停了一下。他把手伸進後座拿出一樣東西，向她走來。

她仍在發抖，但她的父母不知為什麼往後退，讓她獨自站在那裡。

「你為什麼跛著腳？」她看著他走來，盡力以輕鬆的口氣問。

「跳樓的時候扭到腳了。」他手上是那件黑色的開司米外套，把它披在她的肩上，將她裹進它的溫熱和芬芳裡，用它包圍她。「聽妳爸媽的話，」他說：「讓他們照顧妳。」

「我向來不怎麼聽話。」

他笑了，短促、真誠而令人心碎的笑。「我知道，就當成為我而做。」

她累得沒辦法跟他吵架，只能點點頭，等他放開他圍在她身上的外套。

「我要吻妳，雪若，」他的聲音如此平靜。「一個單純的吻別。然後，妳可以忘了我的一切。斯德哥爾摩症候群只是一種迷思。回家，找個人愛妳。」

她已無力解釋，只是站在那裡，讓他用雙手扶住她的臉，那雙溫暖、強健的手，曾保護她、為她殺人的手。他的唇如低語般輕輕沾了她的唇，僅是短暫的接觸。他親吻她的眼瞼、她的鼻、她的眉，她淚流成行的雙頰，然後又吻了一次她的嘴，緩慢、深刻而溫柔的吻，守護著他們未曾有過的承諾。那是戀愛中的男人的親吻，剎那間她飄然浮起，迷失在那貼著她的唇的絕美之中。

他放開她。「吸氣，雪若，」他低聲說道。最後一次了。然後他離開，她還來不及抓住從肩膀滑落的外套，BMW已沒入巴黎的夜間。

「妳在哪裡認識這麼有趣的年輕人？」母親走到她身邊，挽起她的手臂。「妳在男朋友這方面，一向挺傳統的啊！」

男朋友？雪若茫然若失地想，那是混亂和死亡開啟前，她大聲說出的最後一個字眼。

「是他追著我的。」她的聲音聽來怪異而緊繃。

「這是好事，」她父親說：「看來他竭盡全力將妳帶出非常危險的情況，但願他讓我看看他的槍傷。」

「他不是真的中槍，」雪若說：「那只是我們……他今天傍晚弄上去的偽裝，模擬槍傷的假血和小型引爆裝置。」

「雪若，我的孩子，我不想糾正妳，但我在巴爾的摩做過十幾年的急診室醫生，是不是槍傷我一眼就知道。」

「那不是……」然後一件事突然湧上心頭，突如其來的怪異且令人作嘔。那個傷在他的左邊，而假槍傷是貼在他的身體右側。「天啊！」她大叫，突然想掙脫父母的掌握。「您說得對！我們得找到他……」

「親愛的，那於事無補，他已經走遠了。我相信他會直接去醫院才是……」

「他不會。他會死，他想死。」這些話才脫口而出，她便知道它們是事實。他想死，簡直一直在尋死，直到被她妨礙。而現在這個妨礙既已安然除去，就沒什麼可以攔阻他了。「爸，我們得找到他！」

「我們得趕上我們的班機，雪若。我們說好的。」

她無能為力。車已遠颺，在結冰的路上火速前進，沒有辦法追上他，沒有辦法找到他。他或許會得到幫助，或許不會，但無論會不會都不關她的事了。他已經離開她的生命，永遠地離開了。

吸氣，他總是這樣對她說。她顫抖地深深吸了一口氣，把他的外套裹得更緊。她什麼話也沒說，讓父母護送著穿過飯店後門，進入國際離境大廳，登上噴射機，過程出乎意料地容易。他們坐頭等艙，但她無法感受其中的奢華。她靠著椅背，閉上雙眼，拒絕把外套交給熱心的空服員。她已經流不出淚，沒有任何感覺。她手上有血——他的血，她現在明白，那不是假的血。而她不願把它洗去。那是他留給她的一切。

斯德哥爾摩症候群，她提醒自己。是精神失常，還是以訛傳訛，或許只是她某條神經徹底發狂的一刻。無所謂，都結束了。用一個完美的吻，結束了。

他不應該吻她的。如果他就那樣走開，她會比較容易撐過去。那樣她就永遠不會知道那有多甜美，在血脈賁張的性需要之外，還有別的意涵。

她睜開眼睛的時候，他們正飛越大西洋上空，她看到父母都注視著她，表情一模一樣的焦慮。

「我很好，」她平靜地說，瞞天大謊。但爸媽點點頭，因為他們最小的孩子大半輩子都過得很好。「只有一件事請你們答應。」

「什麼事呢？親愛的。」她母親說，語調中的憂戚證明她沒有上當。

「我絕不去斯德哥爾摩。」然後她再次閉上眼睛，把世界阻絕在外。

21

四月了，溫暖、潮濕、放眼望去盡是初春的欣欣向榮，巴黎將擠滿觀光客。四月是巴黎第二擁擠的月份，僅次於八月。但伯勤不在巴黎附近，短期內也不打算再去。

他比絕大多數人都清楚如何消失，他受過世上最優質的訓練。儘管身體仍然虛弱，但一拔掉臂上的靜脈注射管，走出他們藏匿他的私人療養院的病房，他就消失了，隱入一個即使是委員會也找不到的地方。

他最想避開的莫過於委員會。其他人只是想殺他，他願意心平氣和地面對他們。但委員會則是不放他走，也不接受他的拒絕；而他若不回去，哈利．湯瑪森又會派人來殺他。認真檢討起來，要是死於自己人之手，他就不是人！他有自尊的，無法接受這種可恥的命運。

他在義大利北部阿爾卑斯山區的一個小村落待了一陣子，等待傷勢復原。子彈削過他的肝臟，起初，他的傷勢能否好轉似乎無關緊要，因為他們花了好一段時間才找到他，在那棟廢棄屋子後面的BMW裡昏迷不醒。他們找到他，也找到穆琳，但穆琳已經回天乏術了。

委員會不打算讓他們昂貴的投資化為烏有，於是他雖然頑抗，仍兩度被他們從鬼門關前救回來。他們不肯放他走，而他終於放棄抵抗，讓他們在他身上施行醫療魔法，直到他意識清楚到可以不必依賴他們的藥物來控制疼痛。那些藥物可以止痛，但也讓他溫順、讓他聽命行事。他不需要他們的藥物。

病房外面整天有警衛駐守。偶爾他清醒時可以看到他們，雖然他不知道他們是否是藉保護之名行拘禁之實。委員會的人都還沒露過臉，他也不打算等哈利．湯瑪森帶著最後通牒現身。他等著，等到他可以下床，而後趁護士不在時偷偷練習走路，然後就拔掉臂上的靜脈注射管，擊昏警衛換上他的衣服，沒入夜色之中。

先去義大利阿爾卑斯山區，再到熟悉如家的威尼斯。在威尼斯錯綜複雜的巷弄中，沒人找得到他，如果他想要，可以一輩子迷失在那裡。

但他並不想要。他得不到休息，痊癒的速度比平常緩慢，而且神經非常緊張。這是很危險的。他已像以前做過的那樣，將人生的另一個部分拋諸腦後。先是跟著母親及賽西兒阿姨的流浪歲月，而後是再三利用女人、始亂終棄的自私歲月，還有永無止境的，被委員會雇用及操控的行屍走肉的歲月，他們堅信為達目的可以不擇手段，不管手段多麼卑劣。

現在他又回到流浪的歲月，這次是單獨一人。由一地到另一地，從不久留到留下蹤跡。他在嘉年華會的喧囂後離開威尼斯往西走，亞速群島溫暖宜人，而他只想過雪若一次，那時耳邊傳來滔滔不絕的葡萄牙語，讓他不由自主地猜測，那是不是另一個已被她征服的語言。

她還活著，安然無恙，被幽禁在北卡羅萊納的山區，他只需要知道這些就夠了。她不再仰賴他為她做每一件事：覓食、取暖、做愛和求生。現在的她，一想起他，應該害怕得發抖吧！如果她曾想起。

他只能希望她不曾。她對於他們共度的短短幾天，毫無準備——死亡和暴力不是年輕女孩應有的命運，特別是美國女孩。如果她無法拋開一切，他絕對相信她能幹的父母會拖著她去求助一個又一個的治療師，直到她不再被其所害。被回憶所害。被他所害。

他躺在陽光下，讓心情放空，讓身體痊癒。他不確定下一站要去哪裡，希臘可以自動剔除，遠東也不是聰明的決定。日本黑社會對大富先生的死絕不會善罷干休，而他們的情報網足以媲美委員會。一旦他踏入日本或鄰近國家，就算隱身於數百萬人之中，也會被發現、被消滅。而他覺得自己已經不想尋死，雖然想不出原因。

他不會去美國，這是十分肯定的。美國固然幅員遼闊，但只要他踏入它廣大的國境，就會想到那唯一一個危險的東西：一個女人。他不會採取任何行動，但除非離開美國，他也無法專心做其他事情。連加拿大可能都嫌太近。

瑞士或許是不錯的選擇，因為它嚴守中立。或者北歐、瑞典……

不行！他一想到斯德哥爾摩就會無法避免地想到……該死，他不知道自己到底在想什麼。他的世界已經被海浪沖入她的世界，被她的世界污染了。不管他逃到哪裡，都沒有辦法不想起她。或許終究他是真的想死吧！

也或許這只是他必經的修行之路。

他喝太多了，但這樣徜徉於陽光下，試著什麼也不想，除了喝酒又能做什麼？喝喝酒，抽抽菸，然後在醉到什麼都忘了以後和漂亮的女服務生上床。多美妙的人生，他告訴自己，將墨鏡掛上鼻樑，閉上眼睛享受葡萄牙燦爛的陽光。或許他可以這樣直到永遠。

陽光被遮住了，他等著，耐心地等它再次露臉。然後他睜開眼，看到簡森站在他的躺椅旁邊。

他和前一次伯勤看到他的時候，迥然不同，當時兩人在丹尼斯飯店的那個房間裡遙遙相對，簡森是雷塞提先生的助理。他的褐髮長了，色澤更深，身穿設計師牛仔褲，眼睛雖被墨鏡遮住，但伯勤確定那雙眸子一定不是原來的藍色。

「你是來殺我的嗎？」他懶洋洋地問，躺椅上的身體完全沒動。「這是公共場所，我不想看到你被逮捕。我們一向處得很好，你為什麼不等我回房或獨自走在無人的街道再動手？」

「別演戲了啦，」簡森在伯勤旁邊的躺椅坐下來。沒有槍的跡象，但伯勤不會上當。情報員外出不會不帶槍，素昧平生的未知敵人太多了。「如果我要殺你，在巴黎就會下手了，當時哈利．湯瑪森的命令是要我殺你，不是放你走。」

伯勤微微一笑。「我就知道是你。你為什麼改變主意？」

「哈利．湯瑪森是個渾蛋。他不會永遠得勢的，而你又是太寶貴的資產，不能輕易放棄。」

伯勤微微一笑。「抱歉，簡森，我不再替貴單位工作了。請盡管把我放棄吧！」

簡森搖頭。「我只殺有人付錢要我殺的人，」他說。「你難道不想知道我為什麼會來這裡嗎？」

「如果不是來殺我，我猜就是來說服我重操舊業。你只是在浪費你的時間。幫我跟哈利．湯瑪森說，滾他的蛋。」

「哈利．湯瑪森不知道我來這裡，如果他知道，可能不會太高興。」

伯勤推開墨鏡，凝視著他以前的夥伴。「那麼是誰派你來的？」

「委員會派去參加那場會議的，不只你我兩個。」

「說些我不知道的事吧！例如還有誰是我們的同事。」

簡森搖搖頭。「那是內部資訊，而既然你要退出，散布那個資訊就太危險了。」

「好吧！」伯勤說，拉回太陽眼鏡。「我不會回去的，你可以這樣告訴他們。要殺了我或滾蛋隨便你。」

「我不是來帶你回去的，我是來警告你的。」

「我不需要警告。我既然有辦法活這麼久，只要我想要，就可以繼續活下去。」

「不是你，伯勤，我們都知道危險對你而言是家常便飯。是你的美國小妞，我們認為他們找到她了。」

*** ***

北卡羅萊納山區的春天提早到了，但雪若沒有心情留意任何事。父母寵著她，兄姊呵護著她，姪子、外甥女逗她開心，但她心裡磨破、撕裂的地方仍在淌血。每當她以為那已經結疤，就會有事情提醒她，讓她又顫抖起來。

穆琳，當她跌在雪地上，刀脫手而出，血滲進厚厚的白色積雪。希維亞，眼睜睜看著死神奪走她的生命。丹尼斯飯店那些糾結的屍體、尖叫的聲音、血的氣味。她一想起就發抖，而現在沒有人提醒她吸氣了。

那些人都死了，那是她唯一確定的。她和伯勤一從陽台跳出去，警方就破門而入，而其他在屠殺中生還的人，不久後也在醫院裡斃命。這樣就沒有活口可以供出任何事情。莫妮卡當場被擊斃，臉被射穿，這是伯勤告訴她的。男爵在一兩天後斷氣，其他人則早就死了。

唯一她不會去想的是伯勤。就她所知他已經死了，他總是滿不在乎，一心尋死，而他中槍了。但話說回來，他不是輕易喪命的那種人。或許他已經去執行新的任務，或許……

無論如何，她都不會再想他。他屬於那段漆黑、混亂的過去，而不管她如何努力，始終找不出其中的意義。於是她放手，以鎮定、平靜的心情過日子，任憑父母帶著憂傷的眼神照顧她。

他們在四月中旬逐漸放鬆下來。她去大學註了冊，中文會是足以讓她全神貫注的挑戰，她也開始在醫院當志工。到秋天她就可以找正式的工作，甚至可以不顧父母的反對搬出去住。她在痊癒中，且拒絕回想自己是生了什麼病。她只知道那需要時間。

現在她是安全的。安德伍家族在一座小山的山腰擁有兩百英畝的土地，房子蓋得隨性、舒適而近乎與世隔絕。那間老農舍在這一百多年來修了又蓋、蓋了又拆、拆了又修，目前裡面或許雜亂，不過十分舒適。她母親從不自認是個有條理的人，而雖然每週都有女管家來打掃，但家裡依然稱不上亂中有序。安德伍一家人的興趣都太廣泛，書本和研究計畫、釣竿和縫紉機、顯微鏡和望遠鏡，加上七部使用中的電腦，幾乎占滿所有可用的空間。

就連客人居住的小木屋也不能免疫，主要是因為雪若正努力不讓腦子停下。她時常閱讀，電視畫面變動太快，讓她靜不下心，所以她很少看。如果不得不和別人在同一個房間，她就專心編織或打俄羅斯方塊。遊戲機甚至跟著她進洗手間。落至定位的小磚塊給她禪修般的安定感，她經常玩到雙手麻痺。

她平靜而愉快，連她的父母都以為她的痊癒之路走得順利。雪若心裡知道那需要更久的時間，但不用著急。只要能躲在爸媽家，要多少時間都有。

「我覺得妳應該跟我們一起去，」她母親拿開一疊紙，放上一大杯柳橙汁。「妳自我隔離太久了。」

「我沒有自我隔離，」她喝下其實不想喝的柳橙汁，知道爭辯無用。「我只是在……度假。如果妨礙到你們，我隨時可以……」

「別說那些蠢話！」要激怒她好相處的母親不容易，但雪若常能做到。「家裡隨時歡迎妳和全家人，不然我們為什麼要蓋小木屋。事實上妳也知道我希望妳待在主屋，知道妳待在同一個屋簷下，我會比較放心。」

雪若喝著柳橙汁，什麼話也沒說。她知道那是最令家人擔心的事情之一：她不尋常的安靜，但她無能為力。此時此刻她完全沒辦法和人閒聊，即使那能讓母親安心。

「我知道對任何不具醫學背景的人來說，這場會議將非常無聊，但妳的哥哥姊姊都會帶他們的家人去，何況會議是在海邊一座漂亮的度假中心舉行，我相信妳一定可以玩得很開心……」

「還不行，」她的聲音小到母親必須把臉靠過去聽。「你們盡管去玩，我待在這裡很好。從我回來以後你們哪裡也沒去，而我知道你們熱愛旅行。相信我，這裡很安全。沒有人會來打擾我，我也可以享受幾天的孤獨。」

「妳已經享受太多孤獨了。」母親轉頭看向剛走進廚房的父親。「詹姆士，說服她跟我們一起去！」

詹姆士搖搖頭。「別管那丫頭了，克蕾兒。她不會有事的。她只是厭倦我們一天到晚守著她，需要一個人安靜幾天。雪若，對不對？」

雪若盡力提高音量。「對，您們真的不必擔心我。」

克蕾兒．安德伍看看丈夫，再看看他們最小的孩子，深感挫折。「我沒辦法以一敵二，」她說：「一定要開保全系統，瞭解嗎？」

「我們從沒用過保全系統。」雪若反駁。

「我們花了一大筆錢裝設，也該用一用，」她的父親說：「那聽起來是個很好的折衷之道。妳保證會讓保全系統開著，我就讓妳媽媽跟我出門去。」

雪若一直沒想到媽媽可能會不肯出門，母女兩人共度週末的畫面令她不寒而慄。她不是不愛母親，但克蕾兒維繫感情的方式讓雪若怕怕。「我會使用保全系統，」她說：「如果你們覺得有必要，我甚至可以去買把槍、養一群警犬。」

「別說傻話了，雪若。」她的母親終於放棄。「另外，我想妳爸爸有一把老式二二步槍，應該放在閣樓裡。」

「太好了，我會去確認那些武器放在哪裡，以防蒙古游牧民族來襲。」

「不好笑，」她的母親咕噥道：「我知道你們兩個認為我瞎操心……」

「所以我們才愛妳呀！」詹姆士說：「但現在我們得走了。妳要發表報告，我要看孫子。」他瞥了雪若一眼，後者握著盛了柳橙汁的玻璃杯，坐在椅子上。「說到這個，我不介意多抱幾個孫子。當然不急，但請妳放在心上。我聽說凱文．麥金納已經從紐約回來，在布雷克山開了一家法律事務所。妳以前跟他約會過，對不對？很優秀的年輕人。」

「是啊！他很優秀。」雪若說。她根本不記得他是誰。

「或許等我們回來，再邀請他一起吃飯！」她母親說：「妳應該不介意吧？雪若。」

她寧可讓腳趾給蜥蜴吃掉。「沒問題啊！」

她的母親信以為真，這時父親拖著行李再度出現。「祝您們玩得愉快，」雪若爽朗地說：「我不會有事的。」

母親抱了她一下，又仔細看她的臉。她不喜歡眼前所見，雪若想，但她無能為力。

「凡事小心。」她的母親說。

十分鐘之後，他們已經消失，偌大的老房子充滿她喜愛的寧靜。她老實地打開保全系統，覺得那應該沒什麼用，然後就把它遺忘了。空氣寒意逼人，春天暫停散發溫馨的氣息。她應該注意氣象頻道，但北國暴風雪的畫面會讓她發抖，所以她通常不看。天空烏雲密布，大雨欲來；起風了，挾帶著冰的碎片。

一定是冷鋒過境，她試著平息出於本能的神經質。那不會影響家人出遊，他們趕在風暴來襲之前走了。也不會影響她，她哪裡也不去。她打算趁家人不在時縱容自己：悠閒地在水療浴缸裡想泡多久就泡多久，然後看看電視舊的音樂片。她以前喜歡看武打電影，但從巴黎回來後，她發現自己難以忍受那種不真實的暴力。但茱蒂嘉蘭和金凱利可以給她平靜，讓她相信世上真有歌舞昇平的地方。接下來幾天，她就要住在那種地方，管他外面是風還是雨。

她跨出熱水按摩浴缸的時候，天色已經暗了，她裹著一件毛巾布厚浴袍，慢慢晃進廚房。保全系統的控制面板在閃爍，綠燈告訴她一切安全，沒有狀況。而她這麼多個月以來，第一次覺得肚子餓。或許是因為母親沒在一旁催促她吃。她打開老是塞爆的大型冰箱，找到一些吃剩的蘋果派。她把它拿出來，把門關上，回頭卻直直望入伯勤．杜森深邃、無情的雙眼。

22

蘋果派脫手落下。盛派的百麗玻璃烤盤掉到赤著的腳邊，碎了，但她無法動彈，震驚地望著他。

「雪若，妳的表情好像看到鬼，」熟悉而迷魂的聲音。「妳不可能認為我死了吧？」

她好不容易才發出聲音。「我那樣猜測過。」她說。他變了，更瘦削、臉龐流露著痛苦或什麼，頭髮也更長，交織著和他的古銅色皮膚十分相稱的陽光。多麼奇怪，因為她從沒想過他會待在陽光下，他似乎只出現在黑暗與陰影中。

「要殺我沒那麼容易。」他說。他站得太近了，所以她開始後退，遠離他，但他如鋼鐵般強硬的手抓住她的臂膀。她出於本能地反抗，但他只是舉起她，避免她踩到到處是碎玻璃的地上。她早就忘記自己赤著腳。

「妳或許想去穿衣服，」他說：「等妳的時候，我會把這裡掃乾淨。」

「我不需要穿衣服，」她說：「我哪裡也不去，該出去的人是你。現在你可以走了。我不知道你為什麼要突然冒出來，但我不想看到你在這裡。走開。」

「那條項鍊。」

「什麼？」

「我來拿回我的鑽石項鍊，」他平靜地說：「妳戴著它離開巴黎，記得嗎？它頗有價值，我來拿回去。」

她震驚地望著他。「你為什麼不早點來？」

「我……沒有辦法來。」

「你為什麼不打電話給我，叫我寄去給你？」

「那不是可以放心交給郵局，甚至專人專送的東西。如果我的出現讓妳苦惱，我很抱歉，但我只能親自跑一趟。」

她什麼感覺也沒有，雪若告訴自己。就像戳一下傷口，發現它已經痊癒。她凝望他深邃、猜不透的眼睛，相信自己毫無感覺。

「好吧！」她說：「我去拿，然後請你離開。我們真的沒什麼好說的。」

「我也不奢望妳說什麼，」他靠著流理台。「請把項鍊拿來給我，我就走了。」

她又注視他一會兒。他不屬於她母親的廚房。他不適合在當她只穿著一件毛巾布浴袍時，站在離她不到幾呎的地方。對他，她沒有任何感覺，沒有恨、也沒有激情——她完全麻木，那保護她熬過在巴黎最後幾天的、天賜的麻木。而她必須在麻木消失之前，趕快把他趕出這裡。

「你留在那裡。」她說出命令後，便隔著他伸手也碰不著的距離繞過他身旁，往廚房的樓梯走去。他並未伸手，而她覺得自己很蠢，但又無能為力。她怕靠近他，會抖得更厲害。

她的衣服大多放在小木屋，但樓上的衣櫃裡還有些乾淨的衣物。雖然沒多少選擇，她還是找到一條灰色的舊運動褲、一件灰色T恤，還有一雙厚羊毛襪。她的頭髮已經長了，她把它拉到後面紮個小馬尾，不想照鏡子。她知道她現在是什麼模樣，而她不在意。

她確實忘了項鍊的事。她在大西洋上空就摘下它，一回到家，父親就把它鎖在保險櫃裡了。要是她早點想起，她一定可以想出辦法將它送回他手上。

她真的可以嗎？她不知道他的姓名，不知道他替誰工作，又住在哪裡。她對他一無所知，只知道他會殺人。

傍晚的天空透著怪異的藍灰色，她掃視了一下窗外，想知道他的車放在哪裡。想知道他是如何通過保全系統。蠢問題，如果他有心，石牆都能穿透，市售的保全系統在他眼中只是兒戲。

她難以置信地望著片片雪花開始飄落。四月不該下雪的，這是水仙綻放、美麗原野即將煥然一新的季節。因為他的心包裹著黑色的冰，所以暴風雪也跟著他來了。

她回到廚房的時候，他已經把碎了一地的玻璃清理乾淨，還泡了咖啡。這令她惱火，但還不致於拒絕他遞來的那杯咖啡。加了濃濃的奶油、沒加糖，是她喜歡的調配法。她不知他從何得知。在他們相處的那段時光，她不記得曾有時間悠閒地坐下來喝杯咖啡。

「給你。」她把鑽石扔進他伸出的手，小心不碰到他。

他把項鍊放進口袋。黑色的衣服，他總是一身黑，今天也不例外。他希望遮掩誰的血？

她真可笑。她啜了一口咖啡，忍不住輕嘆一聲。自從離開巴黎，她再也沒喝過這麼好喝的咖啡。

他坐在早餐吧台旁，在凌亂中看來出奇自在。他不屬於那裡，她提醒自己，又啜了一口咖啡。

「你如何通過保全系統？」她問。

「這種問題真的需要問嗎？」

她搖搖頭。「對於想追蹤我的人，那應該產生不了任何保護作用吧？」

「他們為什麼要追蹤妳？」

「我不知道，但話說回來，從一開始我就不明白他們為什麼要殺我。」

「他們都死了，雪若。再也沒有人會傷害妳了。況且府上的保全系統相當不錯，只是還不夠好而已。」他的眼神由上而下瀏覽了她的身體，嘴角泛起最微乎其微的笑意。「妳的氣色不錯。」

「我們非這樣不可嗎？你拿到你想要的東西了。為什麼你不搭飛機回法國，我們可以忘記彼此曾經認識。」

「我也很想那樣做，」他的言詞一如往常，不帶一絲諂媚，「可是似乎有點小問題。」

「什麼問題？」她說。她該坐下來，熱水澡泡太久，加上從窗口沁入的春寒，以及見到伯勤的震驚，再次讓她頭暈。或許她一眨眼，他就會消失。

「我不想眨眼，」她大聲地說，聲音頗為奇怪。伯勤的樣子也很怪──比她的印象中好看，命運真是不公平，她想這麼說，卻似乎失去了說話的能力。

「那就不要眨眼，親愛的，」他低語。「只要閉上眼睛。」黑暗再次將她籠罩。

＊＊＊　＊＊＊

他扶住她虛弱的身子。他騙了她，但這也不是什麼新鮮事，她的氣色一點也不好。她瘦了，呈現黑眼圈，彷彿一直沒睡好。那並不意外，但他希望……他希望見到的是一個健康、活潑、準備讓他倒大楣的美國女子。她已有時間康復，超脫那一切。

但她沒有康復。

他抱起她，把她抱到客廳。老舊的大沙發堆滿書報，他把它們掃到地上，放她下來。他可能給她太多了──他摻進咖啡裡的鎮定劑，劑量是按照她在巴黎的體重算的，而她回來後至少輕了十磅。

反正那只會讓她安靜的時間長一點。或許足以讓他解決問題後離開，這樣她就不會知道自己曾險象環生。她不必知道丹尼斯飯店的槍戰有意外的生還者，而且那位生還者會不顧一切地來取她的性命。

他不會錯認她看到他的時候，臉上又驚又怕的表情，這不能怪她。她一定以為他已永遠離開她的生命，而他突然現身無疑是噩夢成真。幸好他還有那條項鍊可當藉口，而她相信他了。他只希望他的好運能一如往常，延續下去。

他原本希望把它留給她。那條項鍊在他手上很多年了，是他決心走上地獄之路的第一步。當時他十二歲，長得很高，年紀和身高都讓他的母親和賽西兒阿姨感到難堪，她們總是自以為至少年輕十歲。地點是蒙地卡羅，她們亂賭一通，使得他的母親必須變賣她的鑽石項鍊。她氣得亂發脾氣、大吼大叫，伯勤從沒見過她的情緒那樣失控，身為孩子的他決定想想辦法。他無法取回她的項鍊，但他可以找另一條代替。

那很容易，人們不會懷疑小孩，就算是高高瘦瘦的小孩。況且他的身手跟猴子一樣敏捷，而且他膽大包天。擁有那條項鍊的女人又老又胖，胖到項鍊都被脖子的皺紋遮住了。他美麗的母親遠比那女人更適合戴著它。

他進入飯店房間時，母親躺在床上。他等到她那晚的男伴——他衷心希望不會成為他的繼父的中年酒商——離開後，才躡手躡腳地進去。

窗簾為了阻擋熾烈的日光而拉上，房間裡瀰漫著香菸、香水和威士忌，還有性的味道。她睡著了，層次分明的金髮順著纖細的背垂下，他在她耳邊輕聲地說：「媽？」

她沒動。他再試一次，但她只發出一陣不怎麼優雅的鼾聲。他伸手觸摸她的肩，用力搖她，她翻過身，瞇著眼看了他片刻，眼神才聚焦。

「你在這裡做什麼？小鬼，不是告訴過你，我有朋友來的時候盡量不要出來嗎？」

「我拿個東西來給妳。」她在他九歲的時候就已失去威嚴，但她的聲音沙啞中帶著憤怒，差點讓他轉身就走。

「什麼？」她坐起來，甚至懶得拉床單包住身體。他很習慣母親的裸體。既然她不端莊，他也就無動於衷地審視她。歲月不饒人。「你叫我起來幹嘛？」

鑽石項鍊在朦朧燈光下閃閃發亮。「送妳一個禮物，我為了妳去拿的。」

她沒動，只伸手拿了她的香菸，點燃。「給我。」

他把項鍊放在她手中，她端詳了一會兒，輕聲笑了出來。「你從哪裡拿的？」

「我撿到的……」

「你在哪裡拿到的？」

他嚥下口水。「我偷的。」

他不確定他在期待什麼。憤怒？淚水？但她卻笑了。「已經開始犯罪啦？伯勤。說不定你的父親真的是那個扒手，而不是那個美國商人。」她把項鍊放回他手上，按熄香菸又躺下去。

「妳不想要？妳失去那些鑽石的時候好像很難過。」這或許是他對她說的最後一句有感情的話。

她轉頭，瞇著眼睛看他，化妝品在眼睛周圍凝結成塊。「那是葛楚達．桑德翰的東西，她認識一些非常難惹的人。我不敢戴那條項鍊，它們太好認了。況且喬治已經幫我把項鍊贖回來了，我相信他一定還會給我一些小首飾。所以出去吧！讓我睡覺。」

他的手緊緊握住鑽石項鍊。他轉身往門口走去時，她叫住他。「項鍊可以留下來，」她說。「我不知道這裡有沒有黑市，不過我應該找得到人把它分割，一顆一顆賣。」

他低頭看著項鍊。它真美，古老而典雅，而那是他特地為母親漂亮的脖子而挑選的。

他回頭，準備宣洩他的憤怒、愛和傷痛，但她已經宛如麻醉般沉沉睡去，把兒子忘在一旁。

所以他把項鍊塞進口袋，頭也不回地走出房間，而她從此沒再提過這件事。

他無從肯定她是不是忘了這無用的禮物。無所謂。他不想送她了，也不想送給只比母親稍微親切一點點的賽西兒阿姨。

他也不會物歸原主。那是一個象徵，代表權力與獨立。只要他握著這條項鍊，他就擁有價值不凡的東西，就不必再依賴母親的反覆無常。

奇怪的是，這麼多年來，他一直留著它。他有很多次機會可以變賣，甚至應該變賣，但他始終將它留在身邊。

那應該很容易成為竊賊的目標，就像一開始那樣。但黑暗的罪犯世界對委員會知之甚詳，因此就算東西昂貴，也沒有人敢動它的腦筋。從二十年前他偷來那件爛東西開始，他從未見過它掛在誰的脖子上，直到他將它掛在雪若的頸項上。

他迅速而有效率地在屋裡穿梭，檢查每一道門窗，和易遭破壞的入口通道。保全系統是當前最新科技，這表示它可以阻礙意志堅定的情報員大約五分鐘。他已有充裕的時間提高屋外的防禦水準，現在他很快地把重點放在屋內。把他們鎖在裡面。

他看看手錶。雖然絕對可靠的直覺告訴他，簡森可以信任，但簡森提供的詳盡資訊不保證正確。計畫會變，交通會延誤，丹尼斯飯店的慘劇就是最好的例子。如果安德伍夫婦準時降落，雪若早在槍戰爆發之前就走遠了。

他可能會死，但他死不足惜。生與死，早就無關緊要。

他走回凌亂的客廳，雪若躺在沙發上，睡得很沈。椅子上有條色彩鮮豔的被子，他撿起來蓋在她身上。她的頭髮長了，但沒有人幫它做過任何專業設計。他訓練有素的眼睛知道，這仍是他坐在黑暗中看著她自己剪出的那頭亂髮。而他還是非常喜歡。

然而話說回來，他已經接受他太過喜歡多事的事實。這也是他不想重回她的生命的原因，但他別無選擇。

他走向窗邊，看著窗外陰鬱的午後。他已預先偵察過，知道她原本住在主屋旁邊數棟小木屋中的一棟。他也已打開那邊的燈和電視，關上百葉窗，為來人安排一點驚喜。那沒辦法拖延他們太久，但多一分鐘的警報，便可能扭轉生死局面。

他們已經到加拿大，一行五人，包括他們的領導人。簡森歸隊之前只設法替他弄到這些消息，如今簡森不能再對外通訊了。之後，他只能靠他自己。

這地方有數不清的電腦，但他不會笨到去碰。若缺乏適當的防禦，要找到他很容易。行動電話比較安全，雖然不是百分之百，但過了一些時候的觀察，他判定他們似乎不會在未來的八小時出現。他要對抗的人，不會被意外出現的自然力量耽擱太久。

夠時間讓她離開嗎？那個問題一直存在——或許他們待在這個迷你堡壘裡比較安全，尤其他已加強了保全系統。走在路上會一無保護，而且他們又能跑多久？她的家人遲早會回來；雖然他不在乎他們，但她很在乎。為她著想，他也必須保住他們的命。所以，在此時此刻解決問題才是上策。

客廳太難防守，而她將持續昏迷好幾個小時。或許，如果福星高照，她將昏迷到一切結束，而她確實不必知道事情的經過。等她醒來他已經走遠，危機也已解除。

唯一的遺憾是他得帶走那條項鍊，而不知道為什麼，他認為項鍊必須留給她。但如果她留著項鍊，她就會一直擔心他不知道什麼時候又會出現。大可不必讓他多愁善感的動作留下那麼多後遺症。

他們最佳的安身之地是二樓後面的一間臥室。由於房屋蓋在斜坡上，萬一他們需要跳窗，那裡的窗戶離地面夠近。房屋四周的草很高算是一項優勢。微不足道，卻是他們唯一的優勢。他把她從沙發上抱起來，再次因為她過輕的體重感到驚訝，然後上樓。走廊的燈照亮他的方向，他把她放在特大的雙人床上，再去把窗子開個縫。她臉色蒼白，雖然已經穿著法國女人絕不會穿的全無曲線的過大衣服，看起來依然很冷，他掀起被子將她推進去並仔細蓋好。

他站在那裡，俯視她許久。然後，一股衝動讓他撥開在她額前的頭髮。她還是那副固執又漂亮的模樣，但他的生命容不下漂亮的東西；然後又一股衝動讓他彎下腰吻了她，輕輕地，趁她熟睡的時候。

然後他什麼也不能做，只能繼續凝視。還有等待。

等待莫妮卡來殺她。

23

睜開眼睛的瞬間，她迷惘而困惑。房間裡一片漆黑，只有皎潔的月光從沒拉窗簾的窗戶灑進來，一時間她不知自己身在何處。記憶慢慢湧現……她在後面的房間，大哥和大嫂常用的房間。她蓋著棉被躺在床上，被黑暗包圍，而她又夢見伯勤了。

有人坐在窗邊的椅子上。她只能看到他的側影，但她知道那不是夢。

她沒有坐起來，也沒有移動。聲音非常平靜：「你來這裡的真正原因是什麼？不是為了項鍊吧？」

他一定早就知道她醒了。對於她的一切，他似乎總是有種直覺力。噢，天啊！她希望不是一切。她希望他不曾察覺他所誘發的那種混亂與瘋狂交纏的感情。他並未立刻回答，時間久得足以讓他捏造一些理由：他沒有她不能活，他非再見她不可，他愛……

「有人想殺妳。」他的口氣鎮定而無情。

一點也不意外，而那滿懷希望的瘋狂片刻，幸好沒有太長而至痛徹心扉。「當然，」她說：「事情怎麼可能改變？所以你是來救我的？我以為你已經盡了你的責任。你讓我安全離開巴黎，剩下的應該是我自己的事，或許交給美國警方或中央情報局等等。」

他什麼也沒說，她洩氣地坐起來。「究竟為什麼有人要殺我？你才更可能是目標吧！我並沒有對任何人做任何事，只是在錯誤的時間出現在錯誤的地點。我對你們統治世界的瘋狂計畫，又沒有任何威脅。」

「妳看太多電視了，」他說。除了外表改變，連口音也不那麼明顯了。她不知道他是不是也換了名字。

「那麼是誰想殺我，為什麼？還有，你為什麼在意？」

「求求你說句話，說句可以陪伴我的話。讓我知道我不只是一個礙事的東西。」

但她知道他會說什麼。他已經說過太多次了。他不是在意，他只是覺得有責任，而她不想再聽到那些話。

他站起來，側影落在月光照耀的窗上，一時間她深怕有人會射殺他。但光線太昏暗，在她不省人事的時候，雪一定變大了，而儘管她看得到窗外，但只要不開燈，外面的人是看不到裡面的。他走過來，走出窗戶的範圍，而令她吃驚的是，他在她床邊的地板坐了下來。

「莫妮卡還活著。」他輕聲道。

「你跟我說過她已經死了，臉被射穿了。」

「那是我親眼所見。但當晚一片混亂，我一定是看錯了。就我所知她還活著，而且要來找妳。」

「呵，才一個女人，你可以保護我的，不是嗎？這種事你做過的。」穆琳的屍體俯臥雪堆，不斷滲出的血，那段記憶仍時時侵蝕腦海，令她毛骨悚然。

「她不是一個人。」

他靠在床邊的桌子，雙手抱膝，看來一派輕鬆。「可是，我不懂。」雪若問：「假如她想殺人，她幹嘛不殺你呢？我當時只是個無辜的旁觀者。」

「妳現在仍然是。如果她找得到我，她一定會把我千刀萬剮。只是我比較難找，所以她必須在妳身上尋求滿足。」

「我何其幸運，」她咕噥道：「永遠是別人的第二選擇。」

「我很抱歉，或者妳寧願讓半數歐洲人來追殺妳？那不難安排。」

「要怎麼安排？」

「只要我待在妳身邊。」

她轉頭看他。那是他未加思索就說出口的話，她知道除非必要，否則他沒興趣也無意在她身邊多待一秒。若非身不由己，他是不會再來見她的。他不是早就說過了？

「所以她為什麼想殺我？我只想到我罵過她。她應該不會介意吧！我對她根本無關緊要。」

「的確。」他說。

「那麼究竟是為什麼？」

「因為妳對我很重要。」

他的臉藏在月光下，他的聲音沒有走調，使她差點以為她聽錯了。「我不懂。」

「有什麼好懂的？莫妮卡太瞭解我，知道要折磨我的最好方式就是折磨妳。很簡單的邏輯。她再幾個小時就會到了。」

「幾個小時？那我們為什麼不離開？」

「原因之一是積雪已深，高速公路不能走。而且那阻止不了莫妮卡，但應該會減緩她的速度。不管怎樣，守在這裡是目前最安全的。我已經加強保全系統，優勢在我們這邊。他們是要闖入一個未知的地區，而我已有充裕的時間徹底檢查每一項事物。我甚至弄了一些驚喜來歡迎他們。我也考慮過要不要事先把妳偷偷送出這裡，但妳跟我在一起比較安全。」

「這句話你說過很多次了。」

「可不是嗎？」他疲倦地說：「只要解決莫妮卡，妳就不必再見到我。且把它當成聽我話的獎賞吧！」

「你會殺她？你非殺她不可嗎？」

「不管她是不是非殺不可，我都會殺她，」他說：「然後我就會離開。」

「去哪裡？」

他聳聳肩。「去我歸屬的地方，或許回委員會去。我知道怎樣做那些事，也訓練有素，白白糟蹋那麼昂貴的教育和天賦，豈不可惜。」他的聲音輕鬆又愉快。

「殺了你的確可惜，」她說：「你覺得你的重要性只在於一些高度專業的技巧？」

他回頭看她，昏暗的光線映在他的臉上，洩露他微冷的笑。「不，」他說：「回去睡吧！我以為我給妳的劑量至少可以讓妳昏迷十二小時，但妳始終是個頑固的女人。」

「你下藥讓我昏迷？」

「又不是第一次。而且如果妳讓我不高興，我還有更惡劣的手法。不要說話，讓我思考。我會保持警覺，妳絕對安全無虞。相信我，他們不會沒有徵兆就憑空出現的。」

「他們什麼時候會到？」

「要不是暴風雪，他們應該在午夜前就到了。現在我預計他們會在清晨四到五點之間抵達。那時天色還夠暗，可以掩護他們的行動。他們可能打算採取單純的襲擊：迅速闖入、完成任務，馬上離開，前後不到二十分鐘。莫妮卡雇用的可能是最厲害的殺手。」

「你一個人就可以阻止他們？」

「是的。妳再睡吧！」

「現在幾點了？」

「十一點剛過。」

「他們在五個小時以內不會出現？」

「運氣好是六小時，運氣不好則是四小時。」

「那你何不躺下來休息一下？床很大，你不必擔心會不小心碰到我。」她原本期待他會拒絕，但他只走到大床的另一側，踢掉鞋子躺下來。他沒有鑽進被窩，但他就在那裡，伸手可及。

「妳回來以後睡不好嗎？」他的聲音是乘晚風而來的呢喃，比想像中更近。

「是的。你呢？」

「我從來沒有睡眠方面的問題。現在我只要睡足一小時，醒來就會覺得精神很好，敏銳、機警。別忘了，對我來說，在巴黎發生的事並不新鮮。」

她對他來說，並不新鮮。她真傻，壽命可能只剩幾個小時，竟然還在想這種事，但不知道為什麼，白刃臨頭更凸顯生存的重要。也更凸顯愛的重要。而一提到愛這個字，所有心理囈語和合理化的論述都不具任何意義了。

「那不是斯德哥爾摩症候群。」她壓著喉嚨說，轉過身，隔著廣闊的特大雙人床，背對他。他們之間或許也隔著一個海洋。

「我知道，」他的聲音和善得出奇。「我告訴過妳，斯德哥爾摩症候群只是一種迷思。」

她轉過來看他，他遠比她想像中近。近得可以伸手觸摸。「那我為什麼還有這種感覺？」她低聲說。

他什麼也沒說，但月光下他的臉第一次看起來毫無防備。「我們再過幾個小時就要死了嗎？」她問。

「很有可能，」他說：「但不是現在。」他伸手撫摸她的臉，難以置信的溫柔。她呆住了，只能怔怔看著他起身，用令人心碎的柔情親吻她。

「這又是什麼？」她想用嘲弄的語氣，卻徹底潰敗。「給我的獎賞嗎？」

「不，」他說：「給我的。」他用雙手夾著她的臉，托著它，靜靜凝視。徹底的靜止，蘊藏魔力，讓她覺得一切彷彿都在消逝，血、痛苦、危險，都在消逝。一時間，世界只剩他們兩人，在夜裡獨處，他深邃的眼裡不再有柵欄和冰冷的防衛。她可以看穿那冷酷無情的表面，看到深埋他心中更堅持而令她害怕的東西：他對她的感覺。

她閉上雙眼，伸手讓雙臂環繞他的頸項。他挪移到她身上，有力而溫暖的身體讓怪物不敢接近，然後開始親吻她，用他的嘴、他的唇、他的齒、他的舌，慢慢引誘她。她從未被如此專心致志地親吻過，彷彿吻她是世上唯一重要的事，別無他求，於是她忘情投入，為他輕啟朱唇，一心一意地回吻他，但這份專注卻慢慢化成驚慌的火燄。她抓住他的襯衫，指尖焦急摸索著鈕釦。

他強而有力的一隻手抓住她的雙手，不讓她動。「噓，雪若。這一次不用著急，不必害怕，不需要痛苦。妳擁有全世界的時間盡情享受，妳只要想著歡愉就好。閉上眼睛，讓我把歡愉帶給妳。」

他的聲音低沉，宛如催眠，安撫她突然湧現的緊張。她靠回枕頭，凝望著他。

他握著她的手，一種安撫而非限制，一邊讓唇滑過她的頸側，然後他探進大運動衫底下，撫摸她的肌膚，冰涼的手指貼著她火熱的身體。她已完全迷失於他的吻、他的唇的滋味，幾乎沒有察覺運動衫已被他從肩頭拉起，丟到一旁，寬鬆的長褲也從腿間滑落。他留著她的內衣——法式胸罩和蕾絲內褲，是爸媽出於善意送她的聖誕禮物。她根本沒注意她什麼時候穿上的，但當他的手攀上她的身體覆蓋住她的乳房，她恍然大悟她是刻意這麼穿的。他的唇隨後而至，隔著蕾絲吸吮她，令她的身體遽然顫慄，澎湃的熱浪將慾望沖遍全身。他已經放開她的手，它們癱在寬敞的床上，她的兩側，他安置的地方。她洋溢著奇妙的感覺，夢幻般的困倦，只能躺在那裡任他觸摸，任他親吻。當他的唇來到她的髖骨，就在內褲蕾絲細帶的上緣，她暈眩地想，一定是殘留的迷藥作祟。若非迷藥，就是他對她施展了催眠術，用他的唇、他的眼，以及她自己的渴望。

她覺得他們彷佛置身雪的世界——曾令人猛烈地顫抖，但隨著雪花飄落身邊，飄進他們安全的小玻璃瓶，天地已歸於寂靜。她隨時可以奮力掙脫這詭異的降服，但她不想。他是對的。他們的命可能只剩幾個小時。此時此刻她可以擁有她想要的，她需要的，不必去想需要承擔的後果。他們或許沒命可承擔了。如果終須一死，她想要和一個她連名字都不知道的男人，在床上共度生命最後的幾個小時。

他指尖輕彈，解開了胸罩，她不久前才努力扣上的胸罩。卸下來，扔了。他緩緩挪移，輕舐她的乳頭，她覺得那裡頓時硬了起來，硬成一個堅固、緊繃的結，宛如兩腿之間那道堅固、緊繃的結。她從沒想過她的胸部有這麼敏感，但他似乎就是知道該如何觸摸與吸吮，如何讓舌滑過，直到她顫抖地反應。正當她以為光是他的唇牽引著乳房、舌尖盤繞著乳尖的感覺就要讓她得到高潮，他卻轉移陣地，嘴在她平坦的腹部遊盪，手滑進內褲的蕾絲帶，順著她修長的雙腿將它拉下。他的嘴隨之而至，來到她的小腹、大腿、雙膝內側，又繞了回去，而當他讓唇觸及兩腿之間，她猛然震顫，伸手攫住他，雙手穿過他濃密的、此刻正落在髖骨上的長髮。

他扶起她的臀，分開她的腿，而他的嘴是她未曾體驗過的感受，是侵略，是烙印，也是索取，給她的感覺是那麼完整與純粹，讓她動彈不得，只能任憑他觸她、舔她、咬她，以她未曾想像過的方式運用他的嘴，直到他讓手指滑入，她猝然弓起身子，強烈的高潮來得既急又猛，是她未曾體驗過的感受。

它來得急，來得短促，她癱下來喘氣時，他卻從頭開始，慢慢地、溫柔地積蓄成更強烈的能量，這一次，當他的手指再次進入，她懂得喊出聲音，讓高潮維持得更久。如他所願的久。

她癱軟下來，橫在床上，氣喘吁吁，渾身打顫，伸手觸摸他的臉。「不要了，」她低訴。「我不行了……」

「妳當然可以，」他在她的腿間呢喃。這一次，他僅彈動舌尖就讓她抽搐，手指駭人的觸感令她昏厥。她覺得她尖叫了，做愛時總是謹慎地閉著嘴的她，但沒關係，因為他已有所準備，用他的手捂住她的嘴，所以她可以盡情貼著他的皮膚大叫，反正誰也聽不見。

這最後的自由讓一切完整。她不必壓抑什麼，她可以尖叫，可以吶喊，可以任意解開身體的束縛，讓事情發生，讓他做他想做的任何事，而她心甘情願地降服，準備捲入強大的漩渦，被無法想像的力量吞沒。

當她恍恍惚惚、軟綿綿地倒在床上，他放開捂住她的手，當她從難以言喻的強大高潮緩緩回返人間時，倒在她的身邊，濃重的喘息聲不亞於她。她仰臥著，閉目聆聽他的聲音，感覺他躺在身邊、他應該在的地方，疾馳的心跳逐漸緩和下來。

「睡吧！雪若。」他輕柔地安撫她。

困倦感消失了。她雙眼倏地一睜，轉頭看他。他平躺著，看似輕鬆自若，衣著依然整齊，昏暗的光線在身上流淌。

她想到種種可能性：他不想要她，不需要她和她的身體，只給他答應的愉悅，但不讓自己涉入。然後她不再多想。如果他們就要喪命，她不要再為那些愚不可及的不安浪費一分一秒。

她單肘撐起身體，俯視著他。她的肌肉微微顫抖，但她對這種意外的軟弱視若無睹。

「你在做什麼？」

他連眼睛都不睜開一下，卑鄙小人。「睡覺啊！」他說。

「不，」她說：「你不是。」然後她伸出手，開始解開他襯衫上的那排黑色貝殼釦。一隻手舉起來抓住她的手，再次阻止她，但她不打算轉移注意力。「放開我的手，」她說：「我們還沒結束。」

「我結束了。」

她抽出手，讓它滑落到他的腹部，撫摸他。硬的，賁張的，突出於黑色長褲。「沒有，你沒有，」她說，動手解下他的皮帶。「我也沒有。」

「雪若……」

「住嘴。」她冷酷地說著把它釋放出來，探過去，將它含入。

它在她嘴裡的感覺沁涼而光滑，如冰塊般堅硬，她不知道這樣讓嘴認識它，何以會讓她如此愉悅。她只知道這力量令她震顫不已。

他不再爭辯。她一手伸進他的襯衫拉扯著，這次他願意幫她了，幫她解開襯衫，脫了它，然後雙手扶著她的頭，跟她說話，輕吐低喃的法語，讓她慢慢吸吮、用嘴拉扯它，而她香汗淋漓，為自己竟然可以從他身上引發如此強烈的回應而快樂得發抖。但他突然拉起她，退後，背靠著這張舊大床的床頭，除去剩下的衣物踢到床下，於是他和她一樣赤裸，也一樣準備妥當了。

「雪若，妳若真的要我，來吧！」他說。

她往後坐在腳跟上，看著他。然後她伸手搭在他肩上光滑、結實的肌膚，攀上他坐著的身體，叉開腿，騎了上去。

她臨時忸怩起來。「我從沒這樣做過……」她說。

「這樣最好。」他引領她繼續未完的路，把她擺至定位，動了一下，讓她恰能感覺硬挺前端的觸碰。「現在就隨便妳了。」

她動了，剛好足以讓他進入，他的臉上頓時浮現近乎暢快的神情，而他急促的吸氣是那麼煽情，誘使她低下身子，讓它完全充滿自己，那麼深、那麼緊，她幾乎又要高潮了。

他閉上雙眼，但修長的手指抓著她的髖骨，以極輕微的壓力迫使她移動，抬起，再慢慢放下，而他喉音濃重的呻吟彷彿在她體內振動著。她一邊移動，前額抵靠著他的肩膀，它也一起移動，起起伏伏，深而猛，一邊對她說話，用法文訴說她想要相信的謊言，讚美愛與性的辭令，而那黑暗、急遽攀升的需求突然失控，他在裡面爆發了。如此猝不及防，她放開最後一絲矜持，跟著爆發，然後緊貼著他的肌膚輕輕啜泣，顫抖地感受結合的力量，直到癱在他身上，努力呼吸。

她不知道她在期待什麼。起碼不是他緊緊摟住她翻個身，讓她平躺在他結實的軀體底下，而她知道儘管它在裡面高潮了，它仍是那麼堅硬，甚且越來越硬，她認為她會受不了，但她依然伸腿勾住它，把它拉進更深、更遠處，言語早已失落。

她不必言語，他又開始親吻，開始送入，而她只需把自己交出，沈浸在愛與救贖的洗禮之中，當覆雪的黑暗悄然籠罩，時間已失去它的意義。

而他們之間，除了愛已一無所有，既不純潔也不單純，但依然是愛。

雪若趴在他身上，氣力用盡、筋疲力竭，比被他下藥時睡得更深、更恣意。全身癱軟，徹底放鬆，可能連槍聲也吵不醒。

但他承受不起這個實驗的結果。活到三十二歲這個成熟的年紀，他深知失敗是選擇的，向來小心地留意著。如果他被流彈擊中，那麼她也難逃一死，而他不會讓這種事發生。性使她深深迷戀著他，他既宿命又感激地接受這個事實，而他也一心一意、毫無保留地把自己交給她了。結果是她因愉悅而奄奄一息，而他自己的身體，也仍不時因餘波盪漾而顫抖。

她會克服的。她是講求實際的年輕女性，天生就能逢凶化吉，而一旦他消失，不論是回歸委員會的黑暗世界，或是更堅固黑暗的墳墓，她都一定能向前邁進。

但她這輩子享受不到更棒的性愛了。

這是他為自己保留的唯一一件自私又可惡的事。他希望也祈禱他已經使得任何人都再也無法滿足她。她會和其他男人上床，會和他以外的人結婚、生子，達到性高潮。但不再有誰能像他這樣，讓她的身體唱起歌來，而無論這個事實有多可惡，他都引以為樂。

他讓手掠過她的手臂。她的皮膚光滑無瑕，吉爾斯．哈金的暴行只是一段遙遠的夢魘。如果他回去委員會，哈利．湯瑪森一定會痛斥他把那液態白金浪費在一個老百姓身上。誰理他。任何能給雪若而不會受到制裁的，他都願意給她。

包括唯有他從她的生命徹底消失，才能給她的安全和自由。

莫妮卡是最後一波危險。他仍不知她是如何逃過一劫，但她是他開始替委員會工作以來，所應付過最反覆無常的人。該說是還活著的人裡面，最反覆無常的一個，其餘的都死了。像她這樣的人在業界待不久的，你不能讓私人情感妨礙任務，你不能為工作之外的理由殺人，你不能恨，你不能愛。

但莫妮卡已經被恨意狠狠吞噬，使得她能在別人活不了的時候摺倒死神。而她不先重建權力基礎，反而急於獵殺雪若．安德伍，僅是因為她知道這會讓他痛苦。她要誘使他現身，順便將他一網打盡。

只要伯勤能阻止莫妮卡，一切應該不再有問題，至少在雪若這方面是如此。就算他必須割斷哈利．湯瑪森的喉嚨來杜絕意外在未來發生。

他知道她的心跳變了，皮膚微微發顫，雖然她的臉側向另一邊，他也知道她的眼睛猛然睜開。他對她異常敏感——他們僅一起睡過幾次，他已非常瞭解她的身體、她的脈搏、她的心跳和呼吸的節奏，瞭解到自己已都跟她同步。他讓手掠過她的臂膀，最些微的愛撫，立刻感受到她的反應。她還想要。而老天助他，他也是。

「他們快到了，」他輕柔地說：「我們必須穿好衣服。」

她回頭看他，他看到她臉上乾涸的淚痕，頭髮散亂，脂粉未施。她看起來比之前更年輕，純真的模樣彷彿與方才共度的男女時光無關。如此發自內心深處的純真，當他的內心深處只是一個空心的核。

「不穿不行嗎？」她的聲音低沉、沙啞而性感。他不敢相信自己還想要她，這麼快就想要。幸好再過幾個小時，他若不是已死了就是離開了。柵欄既已撤下，想再築起更是難上加難。而他們的生命必須仰賴他訓練有素的天賦，那不能與脆弱沾上任何關係。

「不行，」他撥開遮在她臉上的頭髮。她抓住他的手，拉到嘴邊，唇間。他的手上有咬痕，是他讓她緊咬、用以掩飾因他而發出的聲音，而她甚至咬出了血。這給他帶來某種深刻而奇特的滿足。「如果要把握活下來的機會，我們必須準備妥當。」

「有機會嗎？機會多大？」

他聳聳肩。「世界上的事無奇不有。」

「你可以說些謊話騙騙我的。」

「為什麼？」

她推開他，在床上坐起來。月光下，不再因裸體而羞怯的她真美。他也給她留下了印記，乳房旁邊的吻痕，鬍渣刮擦過大腿的痕跡。那會復原。它們都會復原。

「如果我們會死，那麼對我說些美麗的謊言又有什麼關係，」她說：「到最後那些話是不是真的根本無關緊要，而我會快樂地死去。」

「我並不想讓我們之中任何人死去。何況，說謊對我們有什麼幫助？」

「如果你真的保住我們的命，那我保證我一定把它忘記。只要說你在乎我就好。如果我們會死，那麼真相到底怎樣，有什麼重要？」

「正因為我們或許會死，真相才格外重要，」他不肯碰觸她。「而告訴妳我在乎妳，只是浪費時間。如果妳對我無關緊要，我何必漂洋過海、從我無人知曉的藏身處過來找妳。」

她的微笑有些遲疑，那笑容如此甜美，如果他有心，一定為之心碎。「那就說個更動聽的謊。告訴我，你愛我。」

「妳不需要聽到謊言，雪若，」他說：「我真心愛妳。」

他的話半天才被吸收。然後，她當然不相信——他可以從那對美麗的褐色眼眸流露的懷疑看出端倪。

「我不該問的，」她不高興地說，開始把身子移開。「當我沒問……」

他拉她回來，她失去平衡而跌入他的懷裡，他雙手扶起她的臉，讓它動彈不得，讓他的眼神探入她的雙眼。嚴肅、真誠，痛苦地誠實。「我愛妳，雪若，」他說：「而這是我所做過最危險的事。」

「我又不是想殺你的人。」她低聲地說。

「或許時候未到，」他似笑非笑地回答：「這至少讓我們的關係有點變化。」他輕輕吻了她，然後將她推開。

他不給她再說任何話或問更多問題的機會。他不後悔說了真心話——萬一他死了，他將不再遺憾。她不相信他。他不知道他該鬆了一口氣或不高興。她可能以為是他一時心軟對她撒謊，才說出他愛她的話。沒想到都共度了那幾天，並親眼看到他的所作所為，她依然相信他會說善意的謊言。當他的靈魂裡沒有善意，那麼撒謊也只是為了達到目的。

他們在黑暗中迅速穿好衣服。他無法分辨天是不是開始亮了——日出是在六點某刻，但不用多久曙光就會撒遍丘陵起伏的鄉間。他不知道雪是不是已經停了。莫妮卡會想在天全亮以前速戰速決，而他也感覺得出他們就在附近。不是發現任何證據，一切全憑直覺。

他曾讓走廊的燈亮著，一如許多屋主不在家時會留一盞燈嚇退竊賊。它熄了，不一會兒，他聽到悶悶的小爆炸聲，心底泛起冷冷的滿足。

「他們來了，」他說：「而且應該已經少掉一個了。」

「什麼意思？」在剛降臨的漆黑之中他看不見她，但他聽得出她的聲音帶著一絲恐懼，她盡力不想讓他看出來的恐懼。

「我破壞了保全系統。我知道他們會先切斷電源，但不管是誰動手，他都見不到今天的太陽了。所以最多剩下莫妮卡和其他四個人。」

她沒有問他從何得知，她只是相信他。如果她繼續這樣違反本性地馴順，那麼他們或許有機會一搏。

她又穿上那套寬大的運動服，但他看得見柔軟的衣服下，她乾淨、俐落的強韌曲線，彷彿他能透視。任何女人都不該在穿著運動服的時候顯得這麼性感，也不該在有人不顧一切要殺他的時候，還這麼性感。

又傳來一聲爆炸，亮光向房間裡投射玫瑰色的陰影。他又能看到她的臉，看到他好想用親吻替她抹去的疑惑和憂慮。「那又是什麼？」

「是小木屋。他們的情報蒐集非常出色，知道妳應該住在那裡，所以他們率先找上那裡。我希望那可以至少再讓他們少掉一個人，但不能全靠它。」

「小木屋燒起來了？」她往窗邊走去。「我心愛的東西都在那裡……」

他摟住她的腰，將她拉回陰影中。莫妮卡和她的同夥一定會在房屋四周監視著每一扇窗戶，注意任何有人在場的跡象。蛛絲馬跡都逃不過他們的法眼。「東西是能取代的，」他說：「我得走了。」

她盯著他看，不諒解的樣子。「你得走了？你要棄我而去？」

「妳只會妨礙我的行動。當我出去狩獵的時候，妳得躲藏起來。如果不必同時擔心妳，我工作的時候會比較得心應手。我把事情辦妥了就回來找妳。」

「如果辦不妥呢？」

「那就永別了，我的甜心。我會直接被打入地獄，希望不會在那裡見到妳。」他輕柔地說。

「那你不能離開我。」

他早該知道事情會如此演變。她已著裝完畢，只剩鞋子沒穿，而且表情倔強，但他知道他只有一次機會，一次讓她活下來的機會。

臥室裡很暗，取出事先存放的用品毫無困難。他比她更瞭解她，知道她會反對，而他可以無情地做任何該做的事。他在黑暗中向她走來，而她第一次沒有畏懼，第一次沒有退縮。她會親吻他，如果他要她這麼做，她會再脫掉衣服，躺回床上，而他只希望人生有那麼簡單就好。但它一向不是如此。

「對不起了，我的愛，」他一手托起她的臉。在她來得及會意前已將封箱膠帶貼在她的嘴上，再抓住那雙揮舞抵抗的手，用繩索套住。她仍在掙扎，但他比她巨大且強壯許多，於是他將她壓倒在地，迅速捆綁，儘管她全力掙脫。他不必看她的眼睛，就知道那裡燃燒著怒火。或許這能幫她戒掉他，尤其是，萬一她必須面對最壞的結局。

他將她拉直起來，她試圖用被綁住的雙手打他，卻因此失去平衡，但跌倒前被他接住。他可以敲昏她、迷昏她，但那種方式他已下不了手。即使那種做法其實比較仁慈。

「不要打我，雪若，」他在她耳邊低語。「我沒有選擇，我解決掉他們就來放開妳。不然，妳也會很快被人發現。只要那個人不是莫妮卡就好。」

她沒心情聽，他也不奢望她會聽。他抱起她，像拋一袋馬鈴薯般把她扛在肩上，然後離開房間，宛如破曉邊緣的一道陰影。

她不再掙扎，小小的恩典，直到察覺他要把她帶去哪裡。他走下兩層樓梯，進入一團漆黑的地下室。他感覺到顫慄開始蔓延她的身體，是幽閉空間恐懼症又發作了，但他置之不理。凡事都要付出代價，而當他一打開他稍早曾進入過的管線隔間，她的掙扎劇烈到他再也控制不住，於是她跌落水泥地板，伴隨一聲被蒙住的嘶吼。

他不能因講究禮貌而浪費時間。他把她推進狹小的管線隔間——只夠容納她而容不下他的空間，但他可以撫摸她，手放在她濕冷的額頭，用姆指按摩她的太陽穴，徒勞的撫慰之舉。「這是我能想到的最好的辦法，雪若，」他低聲說：「閉上眼睛，不要想四周的黑暗。想想妳離開這裡以後要怎樣殺我好了。」

她在發抖，他懷疑她根本沒把話聽進去。他只看到她驚恐地瞪眼，但他無計可施。

他只能彎下腰，將唇貼在覆住她的嘴的銀色膠帶上，有著隔閡卻令他難以抗拒的奇妙的吻。過了一會兒，顫抖停止了，而她向他靠過來，沈入親吻之中。

「對不起，」他說。然後他退了出去，把堅固的門放回去，把她關在裡面，關在像棺材一樣沒有任何光線的空間，關進她最深的恐懼裡面。

他原以為會聽到她踢壁板的聲音。寂靜卻如死亡般幽深而冰冷。他親吻木板一下，無聲的道別後，便走出去呼吸黎明前的空氣，準備再次大開殺戒。

＊＊＊ ＊＊＊

她不能呼吸，不能思考。她不敢動，害怕會做出危害伯勳的舉動。她縮著身體坐在黑暗、狹小的空間裡，手被捆綁，口被封住，努力不叫出聲。明知叫出聲也不會有人聽見。

她動了一下，驚慌之中聽到有東西敲擊地面，某種金屬掉落在冰冷、堅硬的水泥地上的聲音。如果她的手被綁在身後，她就沒有辦法探索任何地方，但既然手在身前，她就可以到處摸索，試著專心摸索，不要專注於漆黑。那聽起來是低沉的金屬聲，像彈殼的聲音，但她知道那很荒謬。一定是別的聲音。

她被捆綁的雙手撥弄到細長的金屬圓柱體，一時間她想不出那可能會是什麼。歐斯底里的氣泡哽在喉嚨裡，他真有那麼法國、那麼瘋狂到給她一管口紅嗎？然後她豁然開朗。

刺眼的光芒充滿狹窄的空間，來自一支小小的手電筒。如利爪搔抓的恐懼感開始消退，慢慢消退，她靠在堅硬的牆上，試著控制呼吸。一會兒她才發現她原來可以撕開嘴上的封箱膠帶，於是她做了，毫不畏懼把膠帶從皮膚撕掉的疼痛。他一定知道她遲早會發現她可以撕掉膠帶，但這時她應已完全冷靜下來，明白她製造的任何聲響，只會讓他們兩人陷入危險。

她用力晃動手腕，但那是他讓步的極限。她被困在那裡，但不是在黑暗中。只要有微弱的光，她無論如何都能活下去。如果時間過去而他沒有回來，等她的父母回來她也可以放聲大叫，總會有人過來解救她。

說來很玄，但伯勤確實做好了萬全的準備。現在她只要安靜地等，等他回來找她。因為他一定會回來。雖然地獄會橫加攔阻，他們不都這樣說嗎？她必須相信，否則即使這支小手電筒能給她安全感，她還是會大叫的。

現在一定四點多了。她不知道他們一起在床上待了多久，時間已失去所有的意義。他告訴她他會吻遍她每一吋身體。他做到了。他以如此細膩的溫柔、如此激烈的佔有、如此驚心動魄的力道跟她做愛，到現在她還覺得震顫，以及興奮。

光固然強而亮，但電池的壽命不是永恆。她不知道會不會有零星的光線滲出管線隔間堅固的蓋子，但她不想冒險。因為如果他們找到她，便有武器可以要脅伯勤，而她不要這種事發生。

她把小圓柱體放在掌心，按下頂端的按鈕。濃密得令人窒息的黑暗像密不透風的毛毯將她包圍，而她深深地、顫抖地吸了一口氣。她閉上眼睛，拒絕成為黑暗的祭品。她縮成一團，安靜、孤獨、等待。

她幾乎以為自己睡著了，雖然這種事似乎絕無可能。她猛然抽搐，因為陳舊的樓梯響起明顯的腳步聲，讓瘋狂的希望洶湧而出。

她準備叫他的名字，但馬上咬住嘴唇，只剩下最輕柔的吸氣聲。那不是伯勤。正在地下室徘徊的這個人非常安靜，她只勉強聽得到最輕的腳步聲。

若是伯勤，會連一點聲音都沒有。

不知是她的眼睛已經慢慢適應黑暗，或是這個小隔間的黑暗稍微變亮了些。她可以看見面前被繩索和封箱膠帶捆綁住的雙手，但她看不到手電筒。她稍稍挪動身體，最輕微的挪動，小心不要製造任何聲響，這時她感覺有東西在肚子上面滾動，不一會兒它便撞上水泥，噹啷一聲，似乎響徹雲宵。

她屏住呼吸，慌亂地祈禱。求求祢，上帝，不要讓那個聲音被聽到。求求祢讓那個人是伯勤，求求祢，誰都可以，只要不是那個瘋婆子就好，那瘋婆子想殺她的理由太荒謬了，若非這幾個月來丹尼斯飯店的血腥味一直盤桓不去，她才不會相信那種理由。

沒有任何徵兆。管線隔間的門被拉開，一個人站在那裡，從地窖門外射入的昏暗光線，映出朦朧的剪影。不是她認識的人，他很高、瘦得不成人樣，禿頭。她靜止不動，說不定是伯勤帶幫手來了。

「原來妳在這裡啊！親愛的。」那屍體般的人形傳來莫妮卡的聲音，聽起來快活得可怕。「我就知道遲早會找到妳的。出來玩吧！」她將一隻纖瘦卻異常強壯的手放在雪若被捆綁住的手腕上，把她拖出地下室，讓她倒在腳邊。

莫妮卡在她身旁跪下，因此雪若能把她看得更清楚。她不是禿頭——她把頭髮剃光了。而伯勤也沒說錯——她的臉確實中彈了，下巴左邊被炸掉一塊，而時隔四個月，她才剛剛開始復原。但再給她四年也好不了。

「我很漂亮吧？」莫妮卡柔聲細語。

「不是我幹的。」雪若顫抖地說。

「當然不是妳。我懷疑妳連槍都不會用呢！妳這個沒用的小白痴。我不知道是誰幹的，可能是那個希臘人的手下，或者是伯勤的同伴，說不定是我自己。是誰不重要。我剛解決了一些零星的問題，而妳是最後一個。沒有別人了。」

一陣冰冷、噁心的擔憂湧上雪若的喉嚨。「什麼意思？」

「妳認為我是什麼意思？伯勤死了。」

25

「不！」雪若說，厭惡聽到自己聲音中的恐懼。

「但他真的死了。妳以為他是那種超級英雄嗎？他流出紅色的血，跟每個人一樣。我承認他比其他人難解決，但他終究只是血肉之軀。至少以前是。」

「我不信。」

「妳當然相信，妳的聲音說明妳相信。我想妳始終非常清楚你們沒有希望。我原本沒料到會在這裡找到他。他為什麼要一直跟著妳呢？他跑不了多遠，但總比守在這裡，像頭無路可退的小鹿來得好。不過話說回來，他或許覺得寧可死，也不要被像妳這樣的愛哭鬼一輩子掛在脖子上。」

她從內心深處汲取最後一些力量。「如果他不想要我，他就不會來救我。」

莫妮卡聳聳肩。日光越來越亮，一定六點出頭了。這些日子雪若的睡眠極不規律，使她非常熟悉天空在無盡夜裡各個時間的樣貌。「我們共同的朋友早就想死，這件事我早就知道。我只是送他上路的工具。」

她不是說她「已經送他上路」。如果他真的死了，她應該會用完成式。

但話說回來，英語不是她的母語，雪若不能將希望寄託在一個瘋婆子的文法錯誤上。

「既然妳已經達到此行的目的，妳為什麼還在這裡？伯勤死了，妳還想做什麼？」

「親愛的！」莫妮卡說，訕笑著。「妳有沒有聽我說話啊？殺掉伯勤雖然令人爽快，卻不是我來這裡的目的。何況是我的人在他企圖逃跑時發現他的。他已經拋棄妳了，把妳交給溫柔又慈悲的我，可惜狄米崔的動作比他快。就算我們現在沒殺掉他，遲早我也會在歐洲找到他。反正，我來這裡是要找妳。」

「為什麼？」

莫妮卡聳聳肩。「因為妳讓我不爽。因為伯勤似乎只為那一時興起的可笑的榮譽感，就願意犧牲一切，包括我在內。」

「榮譽感？妳認為那是他救我的原因？」

「當然囉，不然還有什麼？」

「他愛我。」

莫妮卡狠狠揍了雪若一拳，讓她再次摔在堅硬的地下室地板。莫妮卡一直拿著槍，雪若之前沒有注意，被那硬硬的金屬打到臉和嘴。雪若嚐到自己的血，但她早就不怕血的味道了。如果伯勤死了，那她一定也活不了，但她要盡可能利用所剩的最後幾分鐘來折磨莫妮卡。她願意付出代價。

「嫉妒嗎？」她甜蜜地問：「我很難過他之前比較喜歡妳，但是我想他應該已經厭倦老女人了。」

莫妮卡踢她的肋骨，力量大得嚇她一跳。胸側疼痛不堪，雪若覺得骨頭可能斷了。再過一會兒就不會感覺到痛了。「或者他只是玩膩了。」她勉強出聲。

莫妮卡蹲下來，一把抓住雪若的上衣，猛力將她拉起。雖然胸側劇痛，雪若仍以鐵石般冷漠的眼神迎戰莫妮卡憤怒的目光，即使冰冷的鋼鐵槍管抵著她的額頭。「想看妳的臉被轟掉一部分是什麼樣子嗎？我很清楚怎麼做——射那裡妳不會馬上就死。妳會痛苦地打滾，祈求趕快結束……」

「我不在乎，」雪若說，恨不得能打個有說服力的呵欠。「妳都已經殺掉伯勤了，還有什麼事情值得在乎呢？」

「噢，天啊，妳愛上他了！」莫妮卡痛恨地大叫。「想也知道。多悲慘啊！我承認他的床上功夫了得，是我上過最好的一個，儘管他對我喜歡玩的一些遊戲有點反感。但他絕不是浪漫英雄。他死的時候可是跪地求饒呢！妳也會的。」

「別指望了。」她沒看到第二下向她襲來。一陣眩目的痛苦，一片純白，雪若心想是不是莫妮卡對她開槍了。接著黑暗再次來襲，什麼都看不見。

春天的暴風雪終於停歇，留下白皚皚的原野。伯勤原本希望小木屋爆炸能多消滅幾個人，但開始融化的雪堆上僅有一具焦黑的屍體。屋裡可能還有一具，但他不能指望。他也繞過去檢查了保全系統，另一個男人倒在那裡，觸電而亡。

——

他在車庫後面扭斷第三個人的脖子，但他已先被刺傷。對方並未傷到要害，他的動作夠快，對手來不及轉動並讓刀子往上，割開他的重要器官。他不必翻動屍體已認出對手的長相和攻擊風格。顯然費南度厭倦了在馬黑區經營小酒吧的日子，決定接下一樁戶外工作。他很優秀，但比不過伯勤。

不過，他還是不錯，竟能將伯勤刺傷。他事前聽到的簡報也很翔實，因此一刀捅進伯勤上次中彈傷口的附近。顯然以為攻擊這個部位會更為脆弱，但伯勤已長出夠多的痂，抵擋了一些攻擊的力道。

伯勤後退一步。血仍汨汨地流，滲進長褲裡，但他把費南度的刀收進皮帶。他火力充沛，可是到目前為止他仍不確定還剩幾個人要應付。簡森告訴他莫妮卡帶了五個人入境。她會在美國又多找些人手，或者他只剩兩個人要對付？

他還是做最壞的打算為宜。他繞著車庫走，天色慢慢變亮，絢麗的桃紅色光輝逐漸暈染整個天際，讓他暫時停下腳步。雪已經隨著溫度攀升而漸漸融化。在死亡與危險之間，晨曦裡的雪景真美，他還聽得到微弱的鳥語。美國有哪幾種早起的鳥啊？他很快揮走這些胡亂的想法。他永遠不會知道。但這些美景帶給他某種平靜，知道雪若每天都在繽紛的天空下、未知的鳥鳴中醒來。

他往屋子前進，莫妮卡會讓同夥分頭行事，自己則一定往主屋直去。她的直覺向來很準，他只能盼望那尚不足以引導她找到雪若。黑暗之中，管線隔間不容易被發現，如果雪若乖乖待在那裡，安靜不動，或許有機會逃過一劫。

把手電筒留給她是愚蠢的主意，但他實在不忍心將她密封在她如此害怕的黑暗裡面。他只希望那個小動作不會害她斷送性命。

他遠遠就聽到他們的聲音。他們無意保持安靜，而要穿越剛下完雪的雪地是件大費周章的事。說不定他們希望藉此引他出來。他消失在陰影中，等待著，等莫妮卡在兩名男子的陪伴下從地下室出來。其中一名男子扛著雪若軟綿綿的身體。

她不省人事，但還沒死。如果她死了，他們會把她丟棄在那裡。他看見她蒼白的臉上淌著血，黏纏著她的頭髮，而他竭盡所能才忍住不移動、不發出聲響。他不能冒險在黑暗中取他們的命。如果失敗，雪若會死。他必須等待。

莫妮卡打開門，他第一次正眼看到她。晨曦下他沒辦法看得清楚，僅剛好能夠知道那個瘦如骷髏的人形就是他的前任情人。那顆子彈足以釀成大禍，怪不得她想殺人。她選擇雪若的邏輯很可笑，但不容否認，若非雪若在場，一切早在莊園那邊就可以解決，不必經歷巴黎那個血肉橫飛的夜晚。她對雪若的憤怒降低了她的防衛能力，差點因此而斃命。

只要他再補一槍，她會斃命的。但此時此刻他什麼也不能做，只能跟蹤，等候適當的時機。他已經太多次讓雪若置身危險，這必須是最後一次。

春天的早晨晴朗而平靜，雪在他們的腳下融化，樹上的新葉被最微弱的風吹得沙沙作響。他很快便明白他們要帶她去哪裡，他早該知道莫妮卡的情報蒐集做得很好。

已經封閉的舊礦坑。

道理很簡單。如果她已經死了，而依他們事先的偵察發現，那是棄屍的最佳地點，扔在那裡不會被人發現，尤其是如果他們燒掉主屋。或者他們可能明白她的恐懼，所以帶她到那裡準備折磨她。

以他對莫妮卡的瞭解，後者的可能性較大。她不會在乎雪若的屍體被誰發現，那時她早已遠走高飛。而被留在礦坑的屍體，不會只有一個槍擊傷口。他不認為她會留雪若一個全屍。莫妮卡的瘋狂暴怒需要更多凌虐才能平復，就算雪若死了也不會罷休。

手中的槍光滑而冰冷，因為他的手是冰冷的，血管裡流動的液體是冰冷的。東升旭日融化了雪，但暖不了他心中的寒。不要想她，他告訴自己。全神貫注於目標，別讓情緒阻撓該做的事。唯一能拯救雪若的方法，就是什麼也不要放在心上。他必須把那一層冰披在身上，才能化做完美的機器。

雪若已將所有支撐他的冰融化殆盡。他的盔甲憑空消失，生平第一次如此害怕失去。

他靜靜地穿過樹林。連落葉都在他腳下無聲無息。一旦知道他們要往哪裡去，他就可以放心先走，在他們到達之前找到有利位置。舊礦坑的入口就在第一座山的後面，現在雜草叢生，封閉且加了鎖鍊。

但不復如此。他第一次來此勘查的時候——那時她的父母還在家，這地方仍無法通行。現在它則是個漆黑寬敞的洞穴。莫妮卡做了研究，這正是雪若最害怕的環境。

他們走近時並無意掩蓋他們製造的聲響。兩個男人說著中歐的語言，可能是塞爾維亞語。每三、五句話他只聽得懂其中一句，而他祈求上帝讓雪若醒過來，機敏地為他翻譯。她似乎會講全世界的每一種語言。

日光中仍很難把莫妮卡看清楚。她剃了頭，雖然他不知道那是為了追求時尚或是手術需要。她的臉毀了一半——必須切除頰骨才能摘除子彈，而她還沒有時間進行整型手術。她看起來像陰森的亡靈，暴瘦得危險，也瘋狂得危險。

一個塞爾維亞人把雪若的身體放在堅硬的地上，她隱約的呻吟宛如樂章。她還活著，甦醒過來了，而他只需要介入她和莫妮卡之間。塞爾維亞人不成問題，他可以在幾秒鐘之內解決他們。他是出色的槍手，而那兩個人手上都沒有武器。第二個人會在第一個人尚未倒地之前斃命。

雪若翻過身，呻吟著，奮力坐起來。伯勤不動聲色，看著莫妮卡走過去，用厚重的皮靴狠狠踹她一腳。雪若壓抑的叫聲讓他不忍再聽。

「小可愛，妳要做個選擇，」莫妮卡說：「我可以馬上把槍塞進妳的頭，把妳智障的腦袋炸個開花。那或許是最仁慈的做法，而我相信妳知道我不會那麼仁慈。維拉德和狄米崔出了這麼多力，我當然要給他們一點甜頭，再說他們都表示有興趣……在妳死前跟妳玩一下。妳們美國女孩對強暴這種事太敏感了，其實那可是妙趣無窮呢！我可以在旁邊看，而妳不會知道我什麼時候會開槍。兩個男人也不知道，這樣他們會覺得更刺激。」

「噁心的賤人。」雪若咕噥道。她的嘴在滴血，八成是莫妮卡把她揍到嘴唇都裂了。

「或者妳可以早早去跟妳那位改過自新的英雄相聚。他說不定還沒死夠呢！妳有活下來的機會，微乎其微的機會，如果妳願意接受挑戰。」

「妳認為我還會相信妳嗎？」她又試著坐起來，這一次莫妮卡沒有阻止，只露出令人不寒而慄的微笑。

「妳當然不會相信我。這只是單純的詐騙遊戲，第一種是死得快速又慈悲，第二種是強暴加死得慢一點，第三種就是去伯勤濕冷的墓地陪他。」

濕冷的墓地？莫妮卡在玩什麼心理遊戲？事情不對──明明他才是她的首要目標，莫妮卡為什麼會把全部心力放在雪若身上，為什麼她要謊稱已經殺了他……

「狄米崔非常仁慈地處理了我們共同的朋友，是不是啊？狄米崔。我想妳應該先讓他試用，畢竟這是他贏來的。」

這下有趣了，伯勤想。狄米崔騙了莫妮卡，那女人相信他死了。他很清楚莫妮卡不是在虛張聲勢。那麼狄米崔說謊是為了幫助伯勤，還是為了保住他自己的小命？

他看起來一點也不面熟，而絕大部分的情報員伯勤都認識。問題來了，他是該信任狄米崔的協助，或者該讓事情單純一點，把他連同他的夥伴處理掉，然後祈望他可以搶在莫妮卡對雪若下毒手之前解決她。

「我想我會選濕冷的墓地，」雪若的聲音嘶啞。「我就是不要這麼快就讓妳得到殺我的快感。」

「我仍會把它視為我的成就。他已在坑道底下，裡面有水，所以在妳餓死之前或許會先溺死。或者妳也許會在下去的途中撞到頭，這樣就仁慈多了。但我認為妳不會想選擇這個吧！妳很不喜歡密閉、黑暗的地方，不是嗎？我認為妳寧願死在開闊的戶外，攤開四肢躺在那裡吧！」

噢，天啊！他知道雪若要做什麼了。她要鑽進坑道，那是唯一能逃離莫妮卡的辦法。她以為他在下面，所以要去找他，即使她會死也在所不惜。

＊＊＊　＊＊＊

沒有別的選擇了，雪若心想。伯勤死了，像垃圾般被扔進坑道了。她幾乎想不起來那個特別的入口會通到哪裡，她只知道它又陡峭又危險。無所謂。但若非親眼所見，她不會相信伯勤死了，而如果她非死不可，她也要和他在一起。愚蠢、浪漫、可笑。如果他還活著，一定會笑她的。我將踏著月色而來，即使地獄會橫加攔阻。只是拂曉已過，天色越來越亮，雪在四周融化，礦坑是令人窒息的死亡隧道。

她的動作快得讓莫妮卡差點來不及拔槍。她爬過空地，一頭就要鑽進去，以逃離那骨瘦如柴又精神錯亂的賤人，和她那兩個貪婪的爪牙，就在這時，一陣爆炸般的槍聲粉碎寂靜，而後她聽到一聲不是她自己發出的尖叫。

無所謂。她已經爬到那被破壞的柵欄，這時一隻沉重的手掐住她的肩膀，把她轉過來。狄米崔，那個殺掉伯勤的傢伙。

她的內心突然崩潰。她撲過去，又踢、又抓、又咬，尖叫著猛捶他肌肉發達的碩壯身軀。他像趕蒼蠅般揮開她的手，用強壯的手臂環住她，讓她在他汗涔涔的懷裡動彈不得。

然後她才發現空地陷入一團混亂。大叫的聲音，熟悉得討厭的槍聲。另一個男人倒在地上，額頭有一個彈孔，雙眼茫然凝視湛藍晴空。然後從看不見的地方傳出打鬥的聲音。

她轉過身去，正好看到伯勤倒在地上，血從身體下面流出，而莫妮卡纖瘦的身體騎在上頭，大笑著，笑得剃光的頭前俯後仰。「親愛的，真高興你沒死，」她說：「我多麼希望擁有親手解決你的榮耀。」她手中的槍很大，大得足以讓他腦袋開花，雪若尖叫起來，無可遏抑地尖叫。

尖叫聲讓莫妮卡轉頭，微小的錯誤，但足夠了。一整匣子彈穿透她，她的身體抽搐、搖晃，而她扣下手中的扳機。

槍在雪地中爆炸，莫妮卡整個人趴下來，攤開的四肢微微抽動著。然後她不動了，躺在伯勤靜如止水的軀體上。

接著，她又開始移動，坐了起來，嚇得雪若想再放聲尖叫，這才發現那只是伯勤在把她鮮血淋漓的身體推到地上。

狄米崔放開她，她以為他是要射殺伯勤，惶恐地抓住他的手臂，但他只用力把她甩開。「這樣可以了嗎？夫人。」他出聲叫道。

從容自樹林步出的女子一如往常般雍容華貴，一頭銀亮的金髮梳理得很漂亮，妝化得完美極了。穿著黑色設計師服飾，身邊持槍的幾個男人也都是一身黑。掩蓋血跡的絕佳裝扮。

雪若試著移動，奔向伯勤，但蘭伯特夫人快她一步，向他伸出她優雅的手。他站起來，稍微退縮了，甚至不往雪若的方向看。

「狄米崔是妳的人？」他平靜地說。

「我們的人，」夫人說：「你早該回來的。委員會可以保護你。沒必要這樣流竄。我們不是一直合作愉快嗎？雖然你沒那麼肯定我們是同一邊的。簡森一告訴我，我就組了一隊人馬跟你過來。差點來不及。」她神色凜然。

伯勤陰森森地的一笑。「委員會從來不會來不及，蘭伯特夫人。而且如果讓哈利．湯瑪森知情，他會要雪若的命。他留著她沒有多少用處。」他提到她的名字，但他不會看她。雪若什麼也不能做，只能站在那裡，杵在早晨的陽光下，任血的味道蔓延四周，玷污美麗的林間空地。

「哈利．湯瑪森提前退休了。他的決定有點輕率，所以上面決定只讓他擔任顧問。」

「我可以問是誰取代他的位置嗎？」他彷彿在討論柳橙的價格。但柳橙是手榴彈，不是嗎？雪若想笑，又怕笑聲聽起來歇斯底里，而她並不想做任何會引起注意的事。在他那麼努力忽略她的時候不可以。

蘭伯特夫人的笑容冷淡而高貴。「你認為是誰呢？我們需要你回來，伯勤。這世界需要你。你不適合做其他任何事，而你非常、非常擅長這份工作。我完全相信，就算沒有我們的幫忙，你也能搞定莫妮卡。」

「是嗎？」他的聲音毫無情緒，而雪若快要暈倒了。她完全不想倒下，胸側痛得厲害，她不知道自己還可以站多久。但如果她倒下來，他就非得看她一眼，而這令她不忍。她必須讓他走，他顯然很想走，而如果她必須讓自己好端端地靜立，他才能安全地忽略她，那她願意再站十二個小時。

「我可以給你完全的自主權，尚馬克。我需要你幫我忙。你有留下來的理由嗎？」

他依舊沒有看她。他在流血，情況不嚴重，但她知道他在流血。她的情況或許更糟，而她仍佇立著，雖然在狄米崔的控制下她也不得不站著。

「沒有。」他說。

夫人點點頭。「那我們離開吧！狄米崔可以留下來善後，稍後再跟我們會合。你的傷口需要醫治。」

「妳會殺她嗎？」他似乎只是隨興問問。

「當然不會。我剛說過，哈利．湯瑪森的時代已經結束了。我不認為她會跟任何人討論這件事，那會讓你有危險，而我也知道你對女人很有一套。你只要對她們笑一笑，她們都會誓死為你賣命。」

「莫妮卡就是最好的例子。」他喃喃自語。

「如果安德伍小姐惹出麻煩，我們等事情發生再處理也不遲。除非你想現在防範於未然？由你自行決定。」

他轉頭看著她，終於。她動也不動地站著，決定不要流露任何軟弱。她凝視著他的臉、他的眼，但什麼也沒看見。只有她以為已經消失的空洞。

而後他聳聳肩。「我不認為她會惹出什麼麻煩，」他終於開口。「如妳所說，之後如有必要，我們永遠可以回頭處理。何況我們不該懷疑我對女人的魅力。」

蘭伯特夫人沒有理會他話中的嘲諷，點點頭。「這才是我認識的尚馬克，我真怕他永遠離我們而去了。你的中年危機結束了吧？」

「完全結束了。我知道我是誰，我屬於哪裡。」

從夫人滿意的笑靨可以看出她年輕時的美豔，就連她也無法從他對女人的魅力免疫。

或許她是一長串受騙女性之中的前幾名，而愚蠢的小雪若．安德伍是最近的一個。「謝天謝地，」她說，一手抓住他的手臂，想要把他拉走。「我們一定可以一起恢復委員會的榮景。我沒辦法告訴你，你讓我有多開心。我們對抗恐怖主義和壓迫主義的戰爭，會因你而大有斬獲。」

他在空地邊緣停下腳步，把手臂從夫人牢牢的緊握中抽出。

「我恐怕不行，」他冷淡地說：「簡森可以取代我的位置，我已經失去當一名殺手的本能了。」

「就我所觀察，你並未失去，」夫人揚起眉梢。「這世界需要你，尚馬克。」

「去他的世界。」言簡意賅。

籠罩這一小塊染血空地的寂靜令人窒息。雪若不敢動，不敢呼吸。

「你可以放開她了，狄米崔。」他在燦爛的陽光下向她走去。雪幾乎融化殆盡，一個嶄新、晴朗的黎明。

狄米崔放開力大無窮的手掌，她覺得膝蓋開始打結。伯勤抓住她的剎那，她壓抑地叫了一聲。他伸手環抱住她，溫柔地抬起她傷痕累累的臉。光又回到他的眼中，而他對她微笑著，她之前只見過一次的緩慢而溫和的笑。

「不要如此震驚，雪若，」他說，指尖輕觸她紅腫的嘴，然後將它送至自己的唇。「我說過我不會騙妳。」

「你能考慮只休一年假嗎？尚馬克。」夫人認命地問。

「我退休了，」他深情望進雪若的眼裡，世上其他一切都消失了。「而我的名字是薩伯勤。」

～全書完

國家圖書館出版品預行編目資料

神秘軍火商的追殺令／安妮・史都華(Anne Stuart)著.
－－第一版－－ 台北市： 宇河文化 出版；
紅螞蟻圖書發行， 2010.8
面　　公分－－(典藏小說；8)
ISBN 978-957-659-794-7（平裝）

874.57　　99013739

典藏小說 08

神秘軍火商的追殺令

作　　者／安妮・史都華（Anne Stuart）
翻　　譯／洪世民
美術構成／葉若蒂
校　　對／鍾佳穎、周英嬌、楊安妮
發 行 人／賴秀珍
榮譽總監／張錦基
總 編 輯／何南輝
出　　版／宇河文化出版有限公司
發　　行／紅螞蟻圖書有限公司
地　　址／台北市內湖區舊宗路二段121巷28號4F
網　　站／www.e-redant.com
郵撥帳號／1604621-1　紅螞蟻圖書有限公司
電　　話／(02)2795-3656（代表號）
傳　　眞／(02)2795-4100
登 記 證／局版北市業字第1446號
港澳總經銷／和平圖書有限公司
地　　址／香港柴灣嘉業街12號百樂門大廈17F
電　　話／(852)2804-6687
法律顧問／許晏賓律師
印 刷 廠／鴻運彩色印刷有限公司
出版日期／2010年 8 月　第一版第一刷

定價 260 元　港幣 87 元

ISBN 978-957-659-794-7　　Printed in Taiwan